U1007677

爱情稍息

陈咏梅 著

山西出版传媒集团
北岳文艺出版社
BEIYUE LITERATURE & ART PUBLISHING HOUSE
·太原·

图书在版编目（CIP）数据

爱情稍息 / 陈咏梅著. — 太原 : 北岳文艺出版社, 2019.1（2020.3 重印）

ISBN 978-7-5378-5708-6

Ⅰ. ①爱… Ⅱ. ①陈… Ⅲ. ①长篇小说－中国－当代 Ⅳ. ①I247.5

中国版本图书馆CIP 数据核字(2018) 第225755 号

书名：爱情稍息
著者：陈咏梅
特约编辑：李　路　韩玉龙
责任编辑：赵　雪
封面设计：Dharma 设计事务所
排版设计：西橙工作室

出版发行：山西出版传媒集团·北岳文艺出版社
地址：山西省太原市并州南路 57 号　邮编：030012
电话：0351－5628696（发行部）
0351－5628688（总编室）　传真：0351－5628680
网址：http://www.bywy.com　E－mail：bywycbs@163.com
经销商：新华书店
印刷装订：三河市同力彩印有限公司

开本：660mm×960mm　1/16
字数：265 千字　印张：18.5
版次：2019 年 1 月第 1 版
印次：2020 年 3 月河北第 2 次印刷
书号：ISBN 978-7-5378-5708-6
定价：59.80 元

在临窗的桌前

能看到大街上人影匆匆

可终究看不清一张张面孔下面

隐藏着怎么样的人心

……

一

在冬天还没有到来时，网上已经有传言今年将有一个千年一遇的冷冬。晓寒是个怕冷的人，况且凤凰山林区海拔整整比这个城市高出近一千米，“这样的冬天肯定会是漫长的！”晓寒一边这样想着，一边无聊地在网上看电影，突然，电话响了，是蓝澜。

“喂，这会儿有空吗？”

“正无聊着呢，怎么了？”晓寒心不在焉地问。

“给我帮个忙，好吗？”电话那边蓝澜的声音压得低低的。

“怎么了啊？这么神秘兮兮的。”

“那个网友，就是我说的那人，今天真的来了！”

“什么？”晓寒大惊。

“你先别急着大惊小怪的好不好！”听口气蓝澜很焦急。

“那你找我能帮你什么，我陪你去？”晓寒没好气地问。

“我这会儿在家，今天夏钧刚从乡下把他妈接来了，说要请人商量结婚的事，刚才那人打电话说已经到我们这儿了，这会儿在江南茶楼，还说给我个惊喜……你说我怎么办啊？我这会儿在外面给你打电话呢……”听得出蓝澜已经六神无主了。

“你别理他不就行了，你不到，他自觉无趣，自然就走了。”

“不行啊，他说我若半小时后不到，他就隔五分钟打一次电话，真是个混蛋！知道他这样无赖，早把他扔到黑名单了。”

“那你把电话关了啊！”晓寒也替她着急。

“不行啊，他说我若把电话关了，他就在街上写个寻人启事！”蓝澜几乎要哭了。

“不就是跟网友见个面吗，你怕什么啊，不行，你就去见见他啊。”

“问题是这边我走不开啊，夏钧他妈这会儿刚来，你也知道她在乡下很少来的，我说有事走了不合适啊。万一被夏钧知道了我是为了去见一个网友而怠慢了他妈，还不知道会怎么样呢？”

“那你打算怎么办啊？”晓寒问道。

“你替我去见他！”

“什么？”晓寒以为自己听错了。

“你别生气啊，他说他也只是路过，想到这儿有个网友，就想见面喝杯茶，不会牵扯不清的。”

晓寒感到自己有些晕。

“求你了，好晓寒，你不能见死不救吧，你就帮忙拉我一把吧！”蓝澜可怜兮兮地低声求道。

“你们不是视频过吗，他会认出来的。”

“我把视频调得很模糊，根本看不清的。”蓝澜焦急地说，“好了，我得进去了，夏钧在窗子那儿看呢！就在江南茶楼，二楼，你快去啊……拜托，拜托……”电话挂断了。

晓寒怔怔地拿着电话，半天没反应过来。

“唉……”晓寒一声长叹，“这是什么世道啊！”

可叹气归叹气，关键时候为朋友解围还是必须的。

半个小时后，晓寒出现在江南茶楼二楼。冷清清的大厅里，没有几个人。晓寒突然记起，蓝澜忘了说怎么和那个“他”接头了，她心里的紧张一下子被茫然代替了。她不知所措地站在大厅门口，穿着藏蓝色衣服的服务员热情地过来问：“小姐，几位？”

“喂，这儿！”突然临窗有人朝晓寒招了招手。晓寒的心顿时怦怦直跳。

“你好！”那人伸出手来。

淡然的目光，浓浓的眉毛，大大的双眼皮，微微上翘的唇角……晓寒的心中竟莫名其妙地掠过一丝似曾相识的感觉。

晓寒慌乱地迟疑了下，最终也没伸出手去，点点头：“你好！”然后傻傻地站着，不知该再说什么。

“呵呵，坐下吧！”那个男人的唇角掠过一丝轻笑。

晓寒取下肩上的包，放在一边的沙发上，尽量想把动作做得随意，以掩饰自己的慌张。

她抬头，看到对面的男人似笑非笑地正盯着她，一双眼睛大而明亮，唇角轻轻上扬，有一种戏谑的味道。晓寒忙将目光移到桌上的茶杯，碧螺春在沸水中逐渐舒展成满满的一杯绿，她端起来，轻轻地抿了一口，他的目光怎么这么熟悉呢，我在哪儿见过他吗？晓寒心乱如麻地等待他开口。

“没想到你竟然真的敢来。”那人似乎并没有料到晓寒会来。

“我为什么不敢来呢？”晓寒反问。

“你难道不怕？”

“怕什么？”

“怕我骗你上床啊？”

“呵呵，如果上床也应当是情之所至，不存在骗与不骗！”晓寒讨厌随便拿上床说事的男人，但此刻，却说得风轻云淡，不显山不露水地就让这个男人哑口无言。

那个男人微微一怔，轻轻地笑了下，端起茶杯，喝了起来。

两个人陷入了静默。茶的清香在空气中弥漫开来。

晓寒的一杯茶都快喝干了，而面前的男人依然一言不发，晓寒突然感到一丝恼火，突然电话响了，静静的茶楼里，铃声显得格外突兀，晓寒看了看号码，韩箐的。

“晓寒，今天下午我要晚些下班，你去接琅琅吧。”

晓寒缓缓地挂了电话，随手将手机放到桌上。一丝嘲弄的笑毫无察觉地在唇边绽放。她把头转向窗外，依然是那条熟悉的街，依然是行色匆匆的人，然而，这些人的面容之下，是一颗颗怎样的人心啊！为什么，她越来越看不透韩箐了？迷茫又一次浮上晓寒的双眸。

那个男人静静地看着有一抹忧伤从眼前的这个女人脸上漫延开来，她沉浸在自己的思绪里，她忽略了他的存在！他何曾被女人忽略过，而此刻就有了一种挫败感。

“你的眼睛近视？”他突然莫名其妙地问。

晓寒转过脸来不解地看了他一眼，然后奇怪地问：“你怎么知道？”

“呵呵，刚才你看电话号码拿得那么近！”

“哦，是的，不过我平时不喜欢戴眼镜，只有上网时才戴的，所以有时感觉特别不方便。”

“你每次上网时都戴眼镜吗？”

“是啊！”晓寒随意地说，“对不起，我去下卫生间。”

晓寒从卫生间出来，看到那个男人将茶杯举起来对着窗外，晃啊晃的，好像要看出茶里面别的什么东西来。

“我们已经见过面了，我可以走了吧！”晓寒说。

“真的就只是见面吗？”那个男人把眼睛从茶杯上移开，落在晓寒的脸上，似笑非笑的神情让晓寒一下子紧张起来，“你还想怎样？”

“呵呵，你在网上时不是很能说吗？今天怎么这么不善言谈了？”他的眼神怪怪的，“再说，你还没说对我的印象如何呢！好不容易见一面，好歹给个评价嘛，和想象中有差距吗？”

“想象？差距？”晓寒一下子蒙了，她能跟他说我感觉和你似曾相识吗？不过幸好她反应快，“差距嘛……你觉得我和网上有差距吗？”

“你比照片上漂亮！”那个男人故意上上下下地打量了一下她。

什么？照片？这个死蓝澜，发我的照片给别人，怪不得自己刚上楼就被他认出来了。晓寒觉得自己要崩溃了。

“你还没回答我的问题呢！”那个男人紧逼着。

“你？没有想象中好，所以请你以后不要再联系我！”晓寒突然想起她此行的目的。

“呵呵，是吗？”那个男人笑了，有些不怀好意。

“你相信缘分吗？”晓寒突然想捉弄下这个自以为是的家伙，但话一出口她就知道自己犯了个愚蠢的错误，人家也只是说见个面，并没有谈及情感，怎么自己就自作多情地冒出“缘分”两个字呢？

“不！”那个男人紧紧地盯着晓寒，身体往前凑了凑，“但我相信你我一定有缘！”他一字一句。晓寒突然就明白了为何蓝澜冒着风险和这样的男人玩游戏，这样的男人，真的让人无力拒绝。

“是吗？”晓寒不得不向后靠了靠，躲开他的眼睛，轻轻地笑了一下，“可我们的缘分就到今天为止了。”

“不，你我才开始而已！”那个男人并不生气。

晓寒不想再和这个无聊的男人纠缠下去了，她拿起桌上的手机装进包，然后站起来：“谢谢你来看我，但我更珍惜我手里的幸福、所以，请你好自为知！”

那个男人平静地看着晓寒转身离去，脸上露出一抹微笑。

走出茶楼，冷风便迎面扑来，晓寒掏出手机准备向蓝澜兴师问罪，号还未拔出去，电话倒先响了。她一看，不认识的号码，疑惑地放在耳边。

“喂，你好！”手机里传出似曾相识的声音，但一时又想不起对方是谁。

“你是？”晓寒机械地回答。

“哈哈，这么快就忘了我了……”有声音同时从身后响起。

晓寒疑惑地转过身，顿时大惊，那个男人正拿着电话冲她笑，还招了招手。

“你……”晓寒不知所措，“你怎么会有我的电话号码？”

“呵呵，你去卫生间，我用你的手机给我打了个电话……”他毫不在意地说。

“你……卑鄙！”晓寒实在找不出其他的词来表达她此时的愤怒和委屈，她转身离去，她不想再与这个人纠缠。

那个男人突然冲她喊：“我知道你不是她！”

晓寒太过安静，这和那个网上张扬的女人迥然不同。刚开始时他还以为她是不好意思，但当他看到她凝望窗外的目光忧伤而模糊时，他突然心里莫名地一动。再说，晓寒说她上网时戴眼镜，视频再模糊，有没有戴眼镜还是可以看得出的。所以，晓寒去了卫生间，他看到桌上的手机，便动了下心思。

晓寒觉得自己从没这样狼狈过：“她也只是爱玩，在网上为了消磨时间而已，你就别再纠缠她了！”

“我纠缠她了吗？”那个男人一脸的无辜，“我也不过开个玩笑说说而已，都准备要走了，没想到你……来了！”

晓寒彻底崩溃。

二

蓝澜的电话很识趣地挂掉了，晓寒窝了一肚子的火无处可泄，却也无可奈何，谁让她摊上了这样一个闺蜜呢？晓寒、蓝澜和薛妍是高中时期的同学，不过蓝澜是高三那一年才转学来的。按理说晓寒和薛妍的感情应该更深些，但事实就是彼此间越谦和，心越是贴近不了。也许是晓寒和薛妍都属于那种对人比较谦和的人，所以相对而言晓寒和蓝澜的关系可能要更亲近一些。所以晓寒恼火归恼火，却知道在蓝澜的准婆婆到来之时，自己断是不可以追上门去兴师问罪的。晓寒不得不收起愤愤不已的情绪，她得去幼儿园先把琅琅接回来，然后去爸妈那边吃饭。

晓寒带着琅琅回到家时，暮色已经很浓了。韩箐还没有回来，客厅窗子外白杨树淡淡的叶子在暮色中模糊成一团阴影。沙发上，地板上，到处扔着琅琅的玩具和彩笔，家就显得冷清而凌乱。晓寒突然想，她不在家的时候，韩箐是如何陪着琅琅度过这一个个难熬的日暮时分，一大一小两个男人，在落日的余晖从屋子里一点一点溜出时，心中是否有着和她一样的落寞？

每次晓寒在家，琅琅都要和晓寒闹到很晚才肯入睡。看着熟睡中的琅琅，晓寒的心中充满了歉意的柔情。

已到午夜时分，韩箐还不见回来。晓寒突然想起白天里见过的那个人，他是谁，他怎么让她有一种说不清的感觉？她越想越难以入睡。钟表秒针移动的声音在静寂的夜清晰而空灵，有风掀动阳台上的窗帘……晓寒轻轻地下床，披上衣服，来到客厅，她没有开灯，只是静静地坐在沙发上。良久，她站起来，打开灯。从鞋柜最底层拉出了一只红色的皮箱，厚厚的尘土落了一层，晓寒用手指轻轻地在灰尘上画来画去，思忖了好久，她打开了皮箱。

皮箱里，装着晓寒和韩箐相爱的证明。透明玻璃瓶子里的幸运星、撒着玫瑰花瓣的千纸鹤、两大本日记和留言册、一些很久以前的照片和贺年片、被精心地用丝带扎起来的信——粉红色丝带扎的是晓寒写给韩箐的、黄色丝带扎的是韩箐写给晓寒的……

晓寒的皮箱，不是晓寒的秘密。结婚之初，天气很好的午后，晓寒常和韩箐坐在阳台上一件件地看，一遍遍地重温他们的浪漫。但不知从什么时候起，他们便很少再有这样的美好时光了。

晓寒拿出皮箱里的照片和贺年片，一张一张地看，然后目光停留在一张贺年片上。一张很普通的贺卡，背面，潦草而稚嫩的字迹写着当年很是流行的诗人汪国真的一句话："既然选择了远方，便只顾风雨兼程。"

晓寒的手指轻轻地滑过这两行已经淡了下去的字迹，又从照片中抽出一张来。照片上，一群男孩女孩挤在一起，无忧的笑脸灿烂如盛夏的荷花，而背景，是两株含苞待放的玉兰。

晓寒的目光久久地停在照片上，如今，那两株玉兰已然长成了茂盛的大树，而那昔日的玩伴，被命运的风，吹向了何处？

晓寒的神情中，又弥漫了一层如雾的忧伤。眼前，却莫名地浮现出一个男人的脸来。迷迷蒙蒙中，晓寒沉睡过去。

"晓寒，醒醒，你怎么了？"晓寒迷惑地睁开眼，只觉得浑身燥热，"晓寒，你做噩梦了吧，看你满脸的汗。"韩箐不知道什么时候回来了，关切地在晓寒的额头上摸了摸。

"晓寒，你梦到什么了，看你吓成什么样子了？"黑暗里，韩箐并没有发现晓寒神色中的不安。

"我刚才梦到一条大蛇在吃人！"晓寒心有余悸地说，"你什么时候回来的？”

第二天，晓寒觉得昏昏沉沉，一直睡到九点多才起来。桌子上放着韩箐买来的包子，已经凉了，她草草地洗了把脸，又随手把包子塞进微波炉，一边给蓝澜打电话，可连打几次都是关机。这个死蓝澜，你最好永远别开机！晓寒想起昨天的事，就有一股无名之火。

韩箐进门时提了一大袋的菜，边换鞋边说：“这个项目终于忙完了，好多天没在家里好好吃过一顿饭了，今天我们好好做顿饭吃。”

韩箐做饭的手艺比晓寒好，每次做饭晓寒也只是负责洗菜就行了。晓寒准备洗菜，韩箐说：“这些天加班，没有照顾到你和琅琅。今天你就不用帮忙了，坐下来只等着吃好了。”

看着韩箐在厨房忙碌，晓寒走过去，轻轻地从背后抱住韩箐，脸紧紧地贴在他的背上。

韩箐笑着说：“你怎么了啊？”

“你说，我昨晚梦到一条大蛇在吃人，这样的梦是好是坏啊？”

“梦里的都是假的，以后只要你少想些乱七八糟的事，晚上就不会做噩梦了。”

晓寒若有所思地点点头。

“好了，别瞎想了，你先去看会儿电视，饭一会儿就好。”韩箐回转头在晓寒脸上亲了下。

晓寒在卫生间时，听到自己的电话提示有信息。

“晓寒，蓝澜的信息。”韩箐随手拿起来，“为了答谢昨天的解围之功，特约你去吃火锅，下午五点，老地方！”

韩箐奇怪地问：“你帮蓝澜解什么围了啊，还答谢你？”

晓寒边擦手边走出来：“蓝澜就爱小题大做，没事找事，想见面了找个借口罢了。”

“是吗，那你去好了，我和琅琅把剩下的菜热上也就够吃了。”

三

晓寒到火锅店时，蓝澜和薛妍已经在那儿了，看晓寒来了，蓝澜笑嘻嘻地说：“哈哈，韩箐没骂我分享了他的美好时光吧？”晓寒没理会她的热乎劲，直奔主题地说：“说吧，照片是怎么回事？”

蓝澜装作无辜地问：“这是怎么了啊？”

“你自己干的好事还问我，把我的照片发给网友，我还傻瓜一样替你去见面！”晓寒没好气地说。

“我也是无心的，他说视频看不清楚，发张照片总行吧，我就把我们的合影给发了一张，让他猜猜谁是我，他肯定地说穿红衣服的就是我，我就将错就错，没有解释。是他自以为是，不是我的错吧！”蓝澜一脸的无辜。

“什么？”晓寒哀叹一声，靠倒在椅子上，“你真是天才啊！”

“嘿嘿，其实也没什么，不是吗？”蓝澜嬉皮笑脸的，“昨天你们见面如何啊？晓寒，给我说说。”

“托你的福，我们相谈甚欢！”晓寒对蓝澜一直是毫无办法。

“哈哈，那就好啊，他没对你怎么样吧！”蓝澜一脸神往状。

“你想会怎么样啊？”晓寒简直要疯了，“你以后少惹这乱七八糟的事，聊天就聊天，发什么照片，还留电话号码，大言不惭地约人家见面，人家真来了，又不敢去见。”

“不是我不敢去见，你们看我是见不得人的人吗？”蓝澜顾影自怜一番，“只是昨天夏钧的妈来了，你说，人家的妈前脚刚进门，我就说有事，人家还以为我看不起他乡下的妈呢！再说了，如果真有其他事也就罢了，可这见网友的事毕竟听起来有点暧昧，对吧！万一夏钧知道了，会多心的。”

“你知道就好。蓝澜，也不是我说你，你也太贪玩了，一天到晚不是和朋友出去唱歌，就是在网上和朋友聊天。夏钧提出要结婚，你又不肯，怪不得人家对你不放心。”想来蓝澜已经给薛妍说有网友来见她的事，薛妍一副苦口婆心样。

“这你就不懂了……”蓝澜一副扬扬得意的神情。

“对男人啊，不能太过投入，投入越多，期望值会越高，期望值越高，失望的概率就越大。你们知道什么叫无欲则刚吗？就是说对男人永远不要太上心，让男人在你面前有挫败感，挫败感越强烈，他们才会对你越在意！”

“切，什么逻辑啊？你没听有人说，我爱你时，你是我的生命，我不爱你时，你什么都不是！人家是因为爱你才在意你，你以为是因为你的欲擒故纵啊？”薛妍对蓝澜的理论一向不屑一顾。

晓寒轻淡地笑了笑，自顾自喝着茶，不理会她们俩的争论。其实晓寒还是蛮赞同蓝澜这句“无欲则刚”的，但晓寒和蓝澜对这个词的理解又有所不同。晓寒认为无欲就是无所求，人这一生，别人给予的，心存感激，别人不给的，乃是人家的本分，她一向对任何人无所求，也才造成今日的淡定吧。

但晓寒知道，每个人的生活际遇不同，对事情的看法当然千差万别，虽然她们三人年龄相同，蓝澜老像一个长不大的孩子，时尚、贪玩、任性。和夏钧在一起也有五六年了吧，夏钧虽然是从农村出来的，但人长得帅气，而且工作又有能力，不过在当今社会，光有能力远远不够。就像在这个所谓的三线城市，也不知从什么时候开始，像他这样通过读书一步一步从农村走出来的人，单凭自己的努力是无论如何也买不起一套房子的。这个社会就是这样，有些人天生就不需要奋斗，只要有了名誉、地位、金钱，随之而来的爱情就总在泛滥；但有些人即使起早贪黑，做那只早起的鸟，也不过是解决吃饭问题而已。夏钧就是这样的人，进城也七八年了吧，虽然在公司的成绩是有目共睹的，领导不止一次地说相信会有更好的前途在等着他，但工资的增长，就连肉价的上涨都跟不上，怎么还赶得上房价的上涨呢？

刚和蓝澜谈恋爱那会儿，两家的大人们都想着让他们早点把事情给办了，也好安心，现在租房结婚的人那么多，没有房子难不成还不结婚了？可蓝澜不急，她的目标是在二十九岁的那年把自己嫁出去。对于选择这个年龄结婚，蓝澜也有她自己的想法，她说："你看啊，我多自由几年不说，听起来也是二十几岁就结婚的，并不属于大龄剩女行列，对吧！"

薛妍劝蓝澜："反正婚迟早得结，你就早点结了算了。'八〇后'早就不是时尚与个性的代名词了，你看看，现在玩浪漫的都已经是'〇〇后'了，'九〇后'都已经过时了，你一个'八〇后'还跟着他们凑什么热闹呀！"

蓝澜眼睛一瞪："'九〇后、〇〇后'有什么了不起的，我也不过是'九〇前'而已！"蓝澜对年龄的计算一定要精确到日，所以当父母苦口婆心地提醒她已经三十岁了时，蓝澜很不服气，说："什么啊，三十岁还得差一年两个月零三天呢！"哎，女人的年龄总是让她们不自觉地心生恐慌。

其实，蓝澜嘴上虽然这么说，但心里清楚，现在已经不是她说了算了。夏钧在公司的业务刚刚有了起色，对三十岁的男人而言，在事业上有所成就似乎更为迫切，眼看着离蓝澜的既定目标越来越近，首付的钱也攒得差不多了，可夏钧却无暇考虑结婚的事了，所以结婚的事一拖再拖。不过，蓝澜的生活相对来说还是幸福而惬意的，单位清闲不说，家里的事也不用操心，简直是不用沾柴米油盐这些摧毁女人容颜的杀手，所以她们三人中也数蓝澜看起来最年轻。

蓝澜常大言不惭地开导晓寒和薛妍，女人在男人面前不能太透明了，得有属于自己心灵上的空间，就是“灰色空间”。其实，关于“灰色空间”的理论并不是蓝澜第一次提出的，而是蓝澜从一本什么杂志上看来的，说男人和女人之间应当允许存在一些思想及感情上的比较隐秘的空间。

“谁没有些乱七八糟的事呢。”这是蓝澜常说的，但晓寒知道，蓝澜所说的事也不过是指“想法”而已，她就是喜欢不负责任地贫嘴。“我就很庆幸在自己的年代，人们不但可以足不出户地在网上查找一切所需的资料，随心所欲地购物，更重要的是可以坦然地和一个心仪的朋友面对面地聊灵魂的自由、情感的放任，却不关乎现实中的情感！”

薛妍笑着推了蓝澜一把：“你那些乱七八糟的想法别再给晓寒灌输了，小心人家韩箐来骂你！”

“这有什么啊，聊天又不是找情人，更谈不上对家庭的背叛，不过是给生活加入一点暧昧的色彩而已，根本不会影响你做一个贤妻良母的！”

“你就打住吧！”薛妍对蓝澜的理论不敢苟同，但也从不辩解，这一点和晓寒很像。也许因为薛妍的大度和晓寒的随意，所以三人的关系才会保持这么多年。

蓝澜的网友太多，多得让蓝澜常常记不起他们谁是谁。蓝澜上网几年早就练就了金刚不坏身，对甜言蜜语一声谢谢，让对方以为她是含蓄地笑纳了，其实，她只是喜欢上了被人疼的那一丝甜蜜感觉，要说其间的真假，也只有蓝澜自己最清楚了。

“晓寒，我说你昨天就不该替她去。你看她不是天天想着能有点什么事吗，说不定人家亲自去了一见倾心，发生一次‘完美’的偷情，从此心中有一段可以典藏一生一世的爱情，岂不合了她的心意！”薛妍不怀好意地笑着说。

“是啊，只知道在网上和别人玩暧昧，来一点实际的给我们看看啊！”晓寒也笑起来。

“你们俩就别一唱一和地奚落我了，我只是喜欢在网上瞎侃着玩，谁想到他竟然真的会来我们这里啊？”

“也是啊！我之前也绝不相信会有人那么没头脑，千里迢迢去见一个素昧平生的网友，又花时间又花钱。况且，就拿我们自己来说，在网上天天对别人标榜着真诚，可自己真的真诚过吗？给每个人说的话都一样，都是无聊了互相消遣而已。”晓寒对网络上的情谊很是不屑。

“是啊，蓝澜，我看你最好把电话号码换了，免得以后那人再来纠缠。”薛妍提醒。

“嘿嘿，知道了，知道了，我昨晚已把他扔到黑名单了，电话也拖进黑名单了。”

晓寒的心却一沉，自己也要换电话吗？

四

冬至一过，天骤然变冷。

天刚蒙蒙亮，晓寒就睁开了眼，随手拉开窗帘。玻璃上结了一层冰凌花，她用指甲在冰花上蹭了几下，随着吱吱的声响，玻璃上出现了几道惨白的划痕。晓寒将嘴靠近玻璃，呼了些热气在上面，使劲地用手指蹭了几下，把眼睛凑到跟前，薄雾中惨白的冷霜便清晰地出现在她的视线范围之内，她不由得打了一个冷战，感觉一股冷气穿透玻璃直逼而来。晓寒顺手拉紧窗帘，转过身来。

这个冬天的确冷。晓寒记得，已经有好多年不见玻璃窗上结冰凌花了，还是刚结婚的那年，天也很冷，早上起来，玻璃上经常结着冰花，像一簇簇琼枝玉叶附在透明的玻璃之上。每天清晨，她都趴在窗前用指甲在冰凌花上乱画，那时，晓寒常画一只胖胖的小猪，然后在旁边写上“韩箐自画像”几个字，然后得意地摇醒还在呼呼大睡的韩箐。韩箐看了，便张牙舞爪地扑过来，他们在床上闹成一团……想到这儿，晓寒的嘴角不由出现一丝浅笑，这曾经是晓寒习惯的笑容，安静、满足，洋溢着幸福……以前很多的时候，她会不经意地笑出来，只是近来，她发现她的那一丝笑容总会被莫名的叹息冲淡，而她，却找不到这声叹息究竟缘于何处。以前晓寒常常自以为是地跟蓝澜和薛妍说，这男人和女人啊，谈恋爱时爱要说，也要做，结婚之后呢，爱要做，也要说。当时蓝澜不解，问何故，晓寒一本正经地说："你看啊，男人和女人谈恋爱时，哪个不是甜言蜜语，但一味地听甜言蜜语听得太多了，就会腻的，这个时候就得换种表达爱的方式，那就是做。其实女人和男人无论心理还是生理也差不到哪儿去，做爱也是一种爱的方式嘛，到适当的时候，该做的还是要做的，彼此愉悦，才是爱的最高境界。等到结婚以后呢，两人在一起习以为常了，往往是埋头就做，说的就少了，这是不对的，这个时候就应该多说，把自己对对方的爱说出来，这样才能更好地让爱情保鲜。"蓝澜对此嗤之以鼻，薛妍倒是很赞同，也许都是身处在这个"做多说少"的婚姻生活吧，然而，近来，晓寒明显感觉到韩箐不但说的少了，做的更少了。

暖气整晚一直开着，屋子里并不是很冷。晓寒光着脚趿着棉拖鞋去了趟卫生间，洗了手出来，淘了些米倒进电饭煲，插上电源，又轻轻推开了琅琅的房门。因为是周末，昨晚睡得晚，琅琅还睡得沉沉的，靠墙摆着一溜儿的奥特曼小人儿，有的已东倒西歪地趴着，最近琅琅老爱趴着睡觉，可能是肚子里有蛔虫了吧，得给他买点药。晓寒一边想，一边把琅琅蹬掉的被子往上拉了拉，琅琅翻了个身，又睡了过去。长长的睫毛静静地盖住眼睛，脸蛋白里透红，作为男孩子，晓寒总觉得琅琅的皮肤过于白皙。韩箐的朋友都说琅琅长得像晓寒，而晓寒的朋友却说他更像韩箐，对别人的赞誉，晓寒虽然是一副淡淡的神态，但晓寒知道，琅琅是她的骄傲。

琅琅房间的玻璃窗上也结了冰凌花，但还不是太厚，透过它，能依稀看到外面青灰色的天。晓寒不自觉地叹息一声，没人知道，有什么事沉重地纠结在她的心里。

晓寒回到卧室，韩箐还在熟睡。她把枕头倚在床头，钻进被窝，靠在枕头上，不小心碰掉了床头上放的琅琅的玩具，玩具"啪"地掉在地上，韩箐被吵醒了，疑惑地看了看她："怎么这么早啊，又不上班，再睡会儿。"说着翻过身来，伸出一只手搂在晓寒的腰间，晓寒顺势又躺了下去。晓寒的一只手习惯性地摸索着往下移，韩箐身上光溜溜的。韩箐一直喜欢裸睡，即使在冬天，也是要脱得一丝不挂的，今天怎么了，还挂个裤衩？韩箐知道晓寒的意图，这几乎是他们之间的习惯，他曾那么喜欢被她柔软的手握住……然而今天，他却向后一缩。晓寒还当他是和她故意闹着玩，不依不饶地往韩箐怀里钻。晓寒的手刚触到时，她奇怪地问："咦，怎么没反应啊？"

韩箐紧紧地搂了搂晓寒，在她耳边小声地说："亲爱的，你除了想这些，能不能再想点别的？"晓寒一下子掀起被子，坐了起来，拿起床头的衣服披在身上，走了出去。韩箐一怔，一把拉过被子，捂在头上。

晓寒坐在客厅的沙发上，光线从身后粉红色的窗帘透过来，天已经大亮了。晓寒看着对面墙上挂着的那一面钟表，早就走不准了，换了电池也是走走停停，毕竟挂在那儿五年了。五年的时光，有什么能是一如既往的？呵呵，可什么又不是一如既往呢，房子、沙发、电视、窗帘……都一如结婚时的样子，没有丝毫的改变啊！晓寒的心里自嘲着。抬头，一眼看到卧室里，床头上方挂着的结婚照，她穿着一袭婚纱依在韩箐的胸前，脸上洋溢着由衷的幸福和喜悦，韩箐则一脸深情，看着韩箐那满是爱意的神情，晓寒的心柔软起来。

"妈妈，昊昊哥哥和我昨天说好了，今天还去奶奶家玩枪战。"琅琅一边坐在床上磨磨蹭蹭，一边对晓寒说。

"不行，今天太冷了。再说，妈妈好不容易今天休息，可以陪你在家里，平时你天天在奶奶家还没玩够吗？"晓寒说。

因为韩箐的父母都不在本市，家里还有一个八十多岁的奶奶，家里似乎总有干不完的活，自打琅琅生下来，就从没抽出时间来照看琅琅。晓寒的爸妈当初就是考虑到这个原因一度反对他们结婚，但在对晓寒苦口婆心地说过无数遍利害关系后，看晓寒还是一意孤行，便也没再坚持。有了孩子，实在看不过眼让晓寒为难，便又主动帮着带琅琅，好在住得比较近，琅琅几乎是被外公外婆带大的，所以晓寒一直让琅琅喊他们爷爷奶奶，觉得这样才亲近。她嘴里不说，但对于韩箐的父母不能来帮着带孩子总是耿耿于怀。

“不嘛，我和昊昊哥哥说好了的！”琅琅赖在床上不起来了。

“那你就睡着吧！”晓寒不耐烦地把刚穿了一半的衣服扯下来，扔到床上，由于用力过猛，把琅琅的胳膊弄痛了，琅琅便趁势“哇”地大哭起来。

“你们俩又怎么了啊？”韩箐走了进来。

看着琅琅一脸委屈，晓寒心一软，叹了口气，坐在床边：“琅琅，你也知道，奶奶身体不好，刚做了胆结石手术。平时妈妈不在家，没时间照顾你，让你在奶奶家，是迫不得已，周末你就让爷爷奶奶消停下吧！”

“那舅舅怎么让昊昊哥哥天天住在奶奶家呢？”琅琅不服气地说。

晓寒一愣，竟不知道怎么回答，韩箐在一边哧地笑出来。

“昊昊姓李，你姓什么？你如果天天住你韩爷爷奶奶家去，我也没意见！”晓寒瞪了眼韩箐，摔下刚拿起的衣服，走了出去。

韩箐知道自己理亏，冲琅琅做了个鬼脸：“快起来吧，吃过饭，我和妈妈带你去购物，好不好？”

琅琅还是不情愿地磨蹭着。

生活一如既往了这么多年，她一直是随意而安于淡泊的，最近怎么就突然对生活失去了往日的热情呢？晓寒默默地喝着黑米粥，琅琅的眼睛只顾盯着电视上的喜羊羊。韩箐的电话响了，他接完电话一脸沮丧地说：“这破单位，又让加班！”然后一脸歉意地看着晓寒，他已经有好几个周末加班了。晓寒只是低头喝粥，没有说话。韩箐几口喝完了碗里的粥，抽出张纸巾擦了擦嘴说：“报告上要改几个数据，我去看下就回来。”然后一边换鞋，一边对琅琅说，“快些吃，吃完了给妈妈背几首诗，让妈妈高兴高兴，一会儿带你去超市购物去。”

在出门之前，韩箐走过来，弯下腰在晓寒脸上亲了下：“宝贝，别生气啊，为了生活就得四处奔波啊！”

五

晓寒收拾完碗筷，又简单地收拾了下房间，把琅琅换下的衣服扔进洗衣机，琅琅一边玩一边不情愿地嘴里嘀咕着什么，电话响了，“一定是昊昊！”琅琅扔掉玩具冲向电话，“哦，奶奶，昊昊呢？……奶奶，我要到你家来，妈妈不让……爸爸不在……妈妈在啊……妈妈，奶奶让你接电话。”琅琅叫她。

“妈……”

“韩箐不在啊？那你带琅琅过来吃饭吧。”妈妈在电话里说。

“算了，冷得很，我不来了，说不定一会儿韩箐就回来了，他说去去就来的。”晓寒说。

然而，直到中午饭后，韩箐还没有回来，窗上的冰凌花已经消失了，剩下一缕缕消融的痕迹。晓寒看到窗外，太阳有些苍白，但也有一抹温暖的色泽，她对琅琅说：“去穿棉衣、换鞋，我带你去奶奶家。”

琅琅高兴地跳起来，一下子来了精神。

外面也没有想象中那么冷，因为有太阳，街上闲逛的人还颇多。每一次走在街上，看着人来人往，晓寒总在想，这些或匆忙，或悠闲的脚步里，隐喻着怎么样的人生旅程？每一张面孔之后，隐藏着什么样的人心？

在这个暗流涌动的舞台上，又扮演着什么样的角色？

穿过一条街便到了晓寒的妈妈家。屋子里很暖和，琅琅一进门便和昊昊商量着去喊楼下的小朋友玩了。

“妈，爸呢？”虽然自小爸爸对晓寒要求很严格，但晓寒和爸爸很亲近。对晓寒的婚事，他曾极力反对，但当婚礼那天，他还是亲手把晓寒的手交到了韩箐的手上，并对韩箐再三交代，一定要让晓寒快乐。每每想起当日的那一幕，晓寒都有想流泪的感觉。

“你爸下棋去了。”妈妈一边给晓寒找来换的拖鞋一边说，“你就记得你爸。”

“呵呵，我也记得你啊……这么冷还去下棋，你也不管管他。”晓寒笑着说。

“哎，你爸这一辈子啊，不抽烟不喝酒，就好下棋。你也应该记得，年轻时为了下棋的事我们常常吵架，现在老了，也想通了，随他吧……”

“我爸说他只要下棋回来晚了，走到门口时就心惊胆战的，怕挨你骂啊！我记得只要你生气，爸总是一个劲儿地讨好你的。”晓寒笑着说。

妈妈也笑起来：“年轻的时候脾气大，一点不对就非得争出个谁高谁低来，幸好你爸的脾气好，不然说不上以后会怎么样呢。你啊，就像你爸，不但长得像，脾气也像，心里再多委屈，也不说出来。”晓寒突然觉得鼻子一酸，忙笑着把脸转向了别处。

“晓寒，韩箐最近怎么这么忙啊，经常加班？”

“嗯，他们单位最近项目很多的，他主持制定具体方案，所以就忙得很。”晓寒说，“琅琅一天在家烦得很吧？”

“自家的孩子烦什么啊！就是一天老嚷着要看电视，我和你爸怕对他眼睛不好，就不许看，为了这事，孩子老和我闹别扭。为了让他别看电视，害得你爸天天得陪着他下棋……”

“嘻嘻，那就让老爸好好培养他，长大了下象棋去。”

“晓寒……”

“嗯，怎么了？”

“韩箐那么忙真是在单位加班吗？”

“妈，你这是什么话啊？”晓寒突然明白过来，她笑着说，“妈，韩箐不是那种人，我相信他，你别胡想了。”

“我也没胡想，我只是给你提个醒，多长个心眼。你啊，和你爸一样实心眼儿！当初我不同意你们结婚，就知道他们家里是指望不上的，果不其然，不但没帮你们，反而一结婚先省吃俭用替他们还韩箐上学时借的钱。结婚时要不是我主张买了房子，说不定你们现在还住在租的房子里呢。你看，结婚快五年了，家里仍然是老样子，什么也没添置。你说，你们俩工资也不低，那你们把钱都花到什么地方了？”

“妈……”晓寒低低地喊道。

“怎么，我说的不是实情啊？你啊，就是太善良，你给韩箐家里寄钱，给他爸妈买衣服我都没意见，毕竟都是养儿养女的人，尽孝道那是应该的。但家里的钱你也应该有数啊，别人家是女人当家，你倒好，不但不管家，反而把自己的钱也给韩箐，自己用钱时再伸手问人家要，你知不知道他把钱都花到哪儿去了？”

晓寒无言。其实这一点晓寒不是没有想过，有时她也会拿出存折看看，即使有些钱取得不合常理，但问韩箐时，韩箐总是一副苦苦思索的神态。现在物价飞涨，水费、电费、网费、话费，还有同事、朋友结婚、朋友的朋友、朋友的兄弟姐妹结婚，再加上谁家喜迁新居、谁家父母去世、谁家祖父已逝三年儿孙为了寄托哀思设宴款待亲朋……哎，数也数不过来的人情，都得用钱去打发啊！晓寒只要一看到韩箐冥思苦想的样子，心就软了，就有些不忍，不想再为难他了。毕竟钱乃身外之物，钱没了可以再挣，感情没了，就再也找不回来了，晓寒常想，只要没有什么原则性的错误，她是什么都能原谅韩箐的。

“晓寒，我只是想提醒你要珍惜自己的家！”

“妈，你放心好了，你的意思我明白了，但韩箐不是那样的人。”

“我知道你不爱听！”

“没，妈，你说的也有道理，我会注意的！”

“晓寒，我看还是让韩箐找找人，把你的工作尽快调下来吧。”

“好，妈，我会考虑的，你放心吧！”晓寒掏出手机看了看时间，笑嘻嘻地说，“妈，让琅琅玩，我今天下午还有事，一会儿我让韩箐来接他。”

“去吧，去吧，我知道你是嫌我说话烦。”

六

晓寒走出楼门，长长地舒了口气，心情却不由得低落下来。她漫无目的地走在街上，店铺里的音响宣扬着大甩卖的特大好消息，夹杂着声嘶力竭的流行歌曲，一派喧闹和繁杂，人们行色匆匆，晓寒却不知此时她能去哪儿。她半闭着眼睛，抬头看看那一抹阳光，想了想，从衣袋里拿出手机，找个号拨了过去："喂，忙吗？想你了，我们去茶楼喝茶吧，好久没见面了，聊聊……你知道薛妍回来了吗……你打电话叫她一起来吧……老地方，我等你们！"

茶楼里人很少，服务员将晓寒引到一处临窗的座位处。

"碧螺春，先上一杯，还有两杯人到后再上。"晓寒对服务员说道。服务员退了出去，随手合上柳枝编的屏风。

暖气很足。透过淡绿色的玻璃，街道上人们的神情模糊不清。

晓寒刚喝了一口茶，屏风被拉开，蓝澜闪了进来："薛妍呢，你联系了没？"

"来了，我打电话时她正在睡觉呢，这会儿先去洗手间了。"

"她看病的事怎么样了？"晓寒关切地问。

"我也没问呢！"蓝澜双手端起晓寒的茶杯捂在上面暖手，又把脸贴到玻璃杯上暖了暖。

“至于吗？有多冷啊？”晓寒看她里面只穿了件低领毛衫，外面穿一个小得不能再小的小棉袄，“你啊，是要风度不要温度啊！”

“你也不问问我好不好？”蓝澜瞪着大眼睛抱怨。

“你？不问也知道你很好！”晓寒笑起来。

“错，我很不好！”蓝澜一本正经地说。

“你不好是自找的！”随着说话声，薛妍拉开门走了进来。

“啊……这是什么人啊，这样说人家，受伤了！”

晓寒笑着抽出张纸巾递给举着湿淋淋的手的薛妍：“蓝澜说你在睡觉，没打扰你吧！”

“你客气什么啊，她睡也睡不着。”蓝澜看着窗外，头也不回地说。

“呵呵，还是蓝澜了解我啊！”薛妍笑着说。

“薛妍，这次去看病，检查清楚了没？”晓寒知道前几天薛妍和李明去了北京。

薛妍点点头。

“那到底是你的问题，还是李明的问题啊？”蓝澜插嘴。

“是李明的问题……”薛妍轻轻叹了口气，向后靠了靠，随手端起茶抿了一口。

晓寒和蓝澜都是一怔：“怎么会这样，看他人高马大的，身体那么结实。”

“这事与身体结不结实没关系啊！”薛妍幽幽地一叹，“我还没把结果告诉爸妈，我怕说了，爸妈一下子接受不了……”

“那李明自己知道吗？”蓝澜问道。

“嗯，检查结果是他去拿的，大夫还找他谈了话。”

“他什么态度？”

“他？自从知道结果，要么沉默不语，要么双手抱头，使劲地揪自己的头发，一遍一遍地对我说对不起。我都要崩溃了，一边得安慰他，一边还要瞒着爸妈，这人怎么这么难活啊！”薛妍的眼圈红了起来。

“这有什么啊！没孩子的人照样活得很好，真想不通，干吗非得有个孩子啊！”蓝澜大大咧咧地说。

“可我们家的情况你们是知道的……”薛妍很无奈地说。

晓寒和蓝澜突然不知道该怎样安慰她才好。

薛妍的父母属于走在时代前列的人，早些年因所在单位不景气，早早地下岗开创事业，小有成就，在市区购置了不少房产。其实薛妍爸在和薛妍妈结婚之前，曾有过一次婚姻。当时他的前妻在乡下，不知道当年是因为薛妍妈以爱的名义充当了第三者，还是薛妍爸和前妻本就心存芥蒂，总之，两人离婚了，离婚时前妻已经有孕在身。薛妍爸和薛妍的母亲结婚后生了两个女儿，一个就是薛妍，一个是薛妍的姐姐。姐姐早就嫁人生子了，已经有了个可爱的女儿。姐姐未出嫁前父母就对她姐妹说得清楚，嫁出去的女儿泼出去的水，嫁出去的女儿不继承他们的财产，留下的女儿要和父母一起住，赡养父母，也理所当然地坐拥他们所有的财产，姐妹俩必须有一个留下来，让她们自己想想，谁去谁留。

“我嫁！”姐姐抢着说，其实谁心里都明白，留下的人只能是薛妍。姐姐有一份不错的工作，而且已经有了对象，是她的同事，家境也很优越，更重要的是，人家只有那么一个儿子，当上门女婿是根本不可能的。父母也希望薛妍能留下来，他们觉得，薛妍的性格柔弱一些，更需要做父母的给撑腰。于是，薛妍便选择了留下来。似乎父母对上门女婿的要求考虑得更多一些，虽然相处了一个又一个，但都不是那么太适合，所以薛妍的婚事也就一拖再拖。那一年薛妍和蓝澜来晓寒家玩，临走，两岁多的琅琅认真地说：“阿姨，我要和你家宝宝一起玩。”晓寒和韩箐一脸的尴尬，倒是蓝澜爽快：“我们还没结婚呢，哪来的孩子啊，谁像你妈，早早地上了贼船！”

在琅琅闹过笑话不久，薛妍便遇上了李明。那个夏天的一天，薛妍去外面吃早点，然后给爸妈提了包子和豆浆，突然被一辆自行车从后面撞了下，穿着高跟鞋的脚一歪，便倒在一边的台阶上，因为早上街上行人比较少，骑自行车的那人还没等薛妍反应过来，早就逃之夭夭了。包子豆浆洒了不说，薛妍的脚崴了，胳膊上还划了一道口子，她又气又痛，不知怎么办好。这时，李明正好也骑着自行车准备去上班，看到了这一幕，他停下来，跑到附近的药店买来了创可贴给她包扎，又用自行车送薛妍回家。薛妍和李明的相识就像是某一部电影里很老套却又很浪漫的情节，所以，薛妍对此颇为沾沾自喜。不久，他们就结婚了，住进了薛妍家那座漂亮的大别墅。李明不但人长得很有型，心眼好，而且很勤快，最重要的是和薛妍很相爱，所以他也深得薛妍父母的喜爱。

婚后的薛妍和李明是形影不离，就连上班，也李明先送薛妍到单位，然后自己才去上班，当然，自行车早就换成了那部白色的“现代”了。薛妍的父母看到薛妍幸福也很高兴，但又觉得心愿未了，招个上门女婿为的是什么啊？还不是希望能给他们生个孙子，让这说大不大、说小也不小的家产不落外姓之手啊！可世事总难都遂人心，转眼薛妍已经结婚两年多了，可她的肚子还是没有动静，不说父母，就连薛妍、李明自己也觉得着急，他们身上的责任自己更清楚。从年初开始，大大小小的医院看了许多，乱七八糟的药也喝了不少，可就是怀不上。眼看又到年底，薛妍爸拿出一笔钱说，这样乱喝药也不是个办法，还是去大医院检查清楚，两个人都得检查！于是，李明和薛妍便请假去了趟北京。

“你们说，这结果我怎么跟爸妈开口啊？”薛妍为难地说，“如果是我有问题，倒也罢了，毕竟我是他们生的，也怪不得我，可偏偏是李明……唉，这让我爸妈怎么接受啊！”

“你爸妈如果知道了，会不会让你和李明离婚啊？”蓝澜问。晓寒忙捅了捅蓝澜：“你这乌鸦嘴，什么都说，有没有孩子真那么重要吗？”

“可在我们家孩子就是那么重要！”薛妍说，“我现在也不敢肯定他们会有什么样的反应……不过，我不会和李明离婚的，命运和我们家开了个玩笑，但这不是他的错！”虽然说得很轻松，但她的唇角却是无法释然的无奈。

七

茶已微凉，服务员在换过水之后又退了出去。三人默默地喝着茶，大厅里人造清泉淙淙的流水声透过屏风传来，有轻柔的音乐回旋，突然，隔着玻璃窗，蓝澜摇晃了一下晓寒："哎，你看那是不是你们家韩箐？"

晓寒把脸凑近窗子："哪儿有啊？你看错了吧！"

"是韩箐又怎么了啊，人家一会儿回家就见面了，至于大惊小怪的吗？"薛妍也把脸贴在玻璃上向外看了看，又坐了回来。

"我不会看错的，他旁边好像还有个女人呢，好像刚从对面的酒吧出来"，蓝澜还在向外张望，"晓寒，我跟你说，你可得小心点，你经常不在家，可别让什么人钻了空子啊！"

"别瞎说，人家韩箐可不是那种人。"薛妍推了一下蓝澜。

晓寒的目光久久地在窗外浮动，因为，她也看到了那两个身影，只是她也不确定到底是不是韩箐。晓寒拿起桌上的手机，拨了几个号，又颓丧地将手机扔回桌上。这个时候，按韩箐所说，他应该在单位，而不会是在某一处的酒吧！呵呵，她怎么会不相信他呢，晓寒摇了摇头。

"怎么了，你？"薛妍奇怪地看着晓寒，"你们吵架了吗？"

"呵，没……"晓寒故作掩饰地一笑，"吵什么啊，我们也不知有多久没有吵过架了，有时想想，也不知这样是好是坏。”

“不吵架当然是好事了，我只要和夏钧一见面除了吵架就是吵架，我都要烦死了。说实话，我现在最羡慕你现在的生活了，韩箐对你那么包容，随便你喜欢什么，他都支持，你喜欢干什么，他对你从不干涉。哪像我们夏钧，一天到晚对我提防着，也不嫌累。”

“那说明人家夏钧在意你啊！”

“算了吧，谁不知道你和韩箐是我们同学中爱情的典范啊。”蓝澜酸溜溜地说。

晓寒笑了笑，不表示赞同，也没有反驳。

“我们好久没有一起了，今天去唱歌吧。”蓝澜提议。

“不行，我得回去吃饭，这几天李明心情不好，我不回去，他会乱想的。”薛妍边说边收拾包，“再说万一我爸妈问起李明病情的事，李明一支吾，什么都说了，就完了。”

“我也要回去，韩箐也没打个电话，可能还在忙，我得去妈妈家接儿子。”晓寒也开始收拾自己的衣服。

“唉，两个可怜的女人，你们什么时候才能想想自己啊！”蓝澜夸张地叹了口气，“看你们这样，我都没勇气结婚了！”

冬天的白天就是短，才五点多，已是暮色渐起。晓寒牵着琅琅的手，街道上的人也是匆匆忙忙地往回赶，夜市上已经开始在摆着小吃摊点，一幢幢大楼模糊不清地拥挤着，晓寒给琅琅把衣服的帽子往前拉了拉，不自觉地又是一声叹息。

“爸爸回来了吗？”琅琅突然问。

“我也不知道啊。”其实，从那会儿她在茶楼看到那个身影时，她就强迫自己不去多想。

“我想爸爸是回来了吧！”琅琅自言自语，“嗯，说不定已经做好了饭等着我们回去呢……”

晓寒的脚步突然慢下来，她有些怕回到家去，若今天看到的是事实，那么，是不是可以说她一直生活在自己想象的幸福之中，那个夜夜相拥而眠，在清晨还不忘温存的男人，只是一个笑话？

晓寒在上楼时竟有些紧张，钥匙在已经微微冒汗的手心，她不知道是希望韩箐在，还是不在。若在，她该如何？若不在，他去了哪里？单位？加班？抑或是别的什么地方？

晓寒站在门口有些迟疑，门却啪地打开了。

“咦，老爸在家！”琅琅边说边从韩箐的身边挤进去。

“我会算啊！”韩箐一边拉上门，一边接过晓寒的包。

“我猜爸爸就在家！”琅琅扬扬得意的。

“今天中午忙着没时间回来，下午事完后就早早回来了……哎，你们买的东西呢？”

“我们去奶奶家了。”琅琅抢着说。

“哦，那去洗手吧，饭马上就好了。”韩箐说着走进了厨房。

琅琅已经用最快的速度把电视打开，不厌其烦地看《喜羊羊和灰太狼》了。

“韩箐……”晓寒靠在厨房的门上。

“嗯，怎么？”韩箐头也没回地应了声。

“你们加班都有谁啊？”晓寒尽量装作随意地问。

“就是我们办公室的那几个，还有设计队的几个。”

“你们中午吃的什么？”

“牛肉面……本来领导安排让去美食城去吃的，但大家连续在那里吃了几天，不想去了，再说为了节约时间，就简单地吃了牛肉面。”韩箐把菜铲到盘子里，递给晓寒，“你盛米饭和琅琅先吃吧，我再炒个豆腐。”

“是吗？”晓寒问。

“什么是吗？”韩箐有些不解，“怎么了？”

“没什么。”晓寒掩饰地一笑，“你去吃吧，我来炒。”

晓寒机械地翻动着铲子，客厅里传来韩箐和儿子的说话声：“今天有没有惹妈妈生气？”

“没有！”

“那就好，妈妈那么爱我们，我们要让妈妈高兴才对，是吗？”

“是！”

晓寒听得笑了。

她摇摇头，看来是我多心了，夫妻之间最重要的是信任，以后可再不能乱起疑心了。

金黄的豆腐在锅里吱吱作响，唱着快乐的歌。

八

晚上，韩箐坐在电脑前玩游戏，晓寒哄儿子睡着后，拿了本书坐到床上看。她把书翻得哗啦啦直响，一本杂志她来来回回地翻过来又翻过去，却没心思看，索性拉过被子睡下了，眼睛却睁得大大的，韩箐一转头看到了："你今晚怎么了？"

"我想调工作！"晓寒的眼睛盯着天花板。

"调工作，怎么现在突然想起调工作了？"韩箐的目光没有离开电脑屏幕。

晓寒有一阵子没提过调动工作的事了。

晓寒学校毕业时正赶上大学生不包分配，她和那一年毕业的大学毕业生首当其冲地被送进了人才交流市场，美名曰"双向选择"。遇到政策性的转变，谁都无能为力，蓝澜和晓寒同时毕业，她们别无选择地辗转于各个招聘会，用晓寒的话说真是看尽了眼势。蓝澜说："我们怎么这么倒霉啊，逢着我们烧香了庙门就关了，我们也是挥汗如雨地拼搏过来的，凭什么人家一上大学就等于有铁饭碗，到我们了连个吃饭的地方也没有了。你看就是早我们一年毕业的，不也包分配了吗？你早些说我还不如不上大学呢，你看那些没考上学校的，现在谁不都比我们强？"许多单位虽然在那里设有招聘的席位，但他们总能从你身上找出许多他们不需要的东西来，比如专业不对口，比如岗位只适合招聘男生，甚至因为身高、体重不符合要求了……晓寒学的是旅游专业，那个时候她们市的旅游产业刚起步，前景无法预测，多数人还在持观望态度。晓寒知道旅游局是进不去的，招聘也只能是去旅游景区，她们市的旅游景点除了枫叶公园，其余的多在郊区。起初晓寒是想着应聘个别的什么专业的工作，至少能在市内的，但后来她发现背弃专业就等于给本来就没有优势的她又自断一只手，人家门前专业对口的人都排着队等着呢，哪轮得到你非专业的人士说话。几次碰壁，痛定思痛，晓寒想郊区就郊区吧，至少得先找个工作把自己养活了。于是晓寒便被招聘到旅游局下属的一个景点——凤凰山森林公园，凤凰山的主峰因像凤凰而得名，其山间林木茂盛，生长众多的奇花异草，而且寺庙建筑年代久远，有着得天独厚的自然景观和宗教文化景观。

公园距市区三十公里，晓寒每星期天下午乘车回家，周一、周二休息，周三再乘车回公园。因为周末人比较多，算是旅游的“旺日”。

晓寒第一次进入森林公园时，正是初秋时分，鲜艳的红叶摇曳在山里的沟沟岔岔，俊秀的凤凰山主峰在清晨的薄雾里若隐若现。晓寒一下子就喜欢上了那里，再加上工作清闲，同事之间关系单纯，没有是是非非的，晓寒就再没动过调动的念头。结婚后，韩箐说：“要不托个关系花点钱调到市区吧，方便些。也免得你大冬天的半夜上厕所还得跑到外面去，你不怕，我还担心呢。”晓寒说：“有什么可担心的，那可是我们市的神山啊，那么多的神仙在上面住着，妖魔鬼怪是不敢靠近的。”但那里海拔1980米，冬天实在太冷了。在有了孩子后，来来去去地跑实在不方便，晓寒便有了调回市里的想法。韩箐的姑父在市政府工作，虽不是身居要职，但也是举足轻重的人物，韩箐跟姑父说晓寒已经在山上工作近三年了，现在又有了孩子，没有人帮着带孩子，看能不能借他的面子跟他们领导说说，把晓寒调到市内的公园管理处上班。他满口答应，说这还不好办，哪天和他们局长一起吃饭时给说说。没过几天领导便打来电话让晓寒去他的办公室。领导先是对晓寒的工作能力大加称赞，说在这些基层的景点他最看好的人就是晓寒了，是很有前途的。然后语重心长地让晓寒想清楚，是想着自己干事业呢，还是想为了家庭牺牲自己的前途。最后他说：“你回去好好想想吧，如果你真的想像别人一样浑浑噩噩地混日子，不想着在事业上有所发展，那你来告诉我，我给你调整。但我觉得你孩子还小，建议你再锻炼两年，两年后你回来时就有资本了，就不像是现在的样子了，即使回来也只能做一个普通的职员。”晓寒一下子没了主意，说回去再想想。

毕竟有人肯定是值得高兴的事，况且事情比想象中容易多了，晓寒一从领导办公室出来就兴冲冲地给韩箐打电话，把领导的话原原本本地说了一遍。韩箐也很高兴。晚上两人睡在床上，晓寒还沉浸在喜悦当中，她问韩箐什么意见，韩箐说：“我看还是能调回来更好，这样也就不再麻烦你爸妈了，我也心安些。”晓寒一听不高兴了，说：“哼，你真自私，你就不能为了这个家多付出些吗？”说着转过身去，只留给韩箐一个后背。韩箐看晓寒真的生气了，忙讨好地说：“你急什么啊，我的话还没说完呢，我看还是能调回来更好，这样也就不再麻烦你爸妈了，我也心安些。我这辈子是没指望了，但是，我更希望你好好奋斗啊，说不定我家的祖坟真的冒青烟了，也光耀我韩家的门楣了。到时候你在外面喝酒应酬，我在家就给你洗衣、做饭、带孩子，做你的贤内助……”韩箐说着把晓寒拉到了怀里……

这件事在晓寒和韩箐的三心二意和优柔寡断中一拖再拖，后来就这么不了了之了。有时候晓寒安慰自己，也许是领导认为她选择了听从他的建议了吧。不久事实也证明了她的猜测，在单位后备干部的选拔中，她在人们意外的目光中参加了竞选的述职演讲。但事实上晓寒从那个时候开始就已经后悔了，晓寒说单位就那些人，除了年龄大些的，还有一两个影响极差的，剩下的基本上都是后备干部。

可晓寒现在别无选择了，她只好耐心地等，不就是两年嘛，三年时间都过去了，也不差这两年了。但就在两年时间期限快到时，先是韩箐的姑夫到了退休年限，从此赋闲在家，昔日热闹的小四合院一下子冷清了下来。没多久市里领导大轮换，旅游局局长去了别的单位高就，一切就此悄无声息地结束了。晓寒才明白过来，当初人家说那些话不过是领导艺术，不过是为了敷衍她，领导嘛，谁还能一辈子在一个位置上，麻烦的事能拖过一天就拖一天吧，到时候一拍屁股走人，既不用为难自己，又不得罪人。晓寒悔得肠子都青了，她让那个老奸巨猾的家伙给忽悠了，自己还沾沾自喜呢。韩箐安慰晓寒，反正我们也没花什么钱，你看还有多少人花了钱事办不成呢。晓寒想说如果当初花了钱说不定事儿早就办成了呢，但晓寒没说。晓寒从这件事上总结出来如果谁把领导的话当真，那她就是天字第一号的白痴。

这件事之后，晓寒对蓝澜说："算了，听天由命吧，也许我命中注定只能这样了。"蓝澜说："晓寒你真是身在福中不知福啊，首先就拿你自己来说，虽然一周有四个晚上是在景区，三个晚上在家，呵呵，当然在某一件事上确实是有点不方便……"蓝澜不怀好意地笑了下，"但你在山上的几天却不用自己动手做饭，这对于女人来说是何等幸福的事啊！你们一天也不过就是在售票处卖卖票，和游客偶尔发生点小冲突，权当是解闷罢了，生活过得很是悠闲，每周既可享受几天城市的繁华热闹，又可以享受山中岁月的清静。唉，要是我有这种生活就好了！"蓝澜夸张地叹口气。晓寒笑着说："你别得了便宜还卖乖，你觉得好，那你当初怎么拼着命地往市区挤呢？"蓝澜说："我不过是想劝你想开点，你倒不识好人心！"晓寒说："行了行了，你的好心我早就知道。"

虽然嘴上这么说，但晓寒有时候还是想调进市区。毕竟琅琅一天比一天大了，如果上了小学，再不能放到爹妈那儿了，会惯坏的。学习不好倒也其次，只怕一天到晚看电视把一双漂亮的大眼睛给糟蹋了。再说蓝澜说得对，男人到了这个年纪，饱暖思淫欲，不看紧点，难保不会在外面偷吃，像她这样经常不在家的，就更容易出现状况了。晓寒对韩箐说："有机会还是调动吧，这样老在乡下也不是个事，我们总不能老让我爹妈带孩子吧。"但机会却迟迟不来。晓寒不知道为何韩箐不热衷于她工作调动，别的男人，都是想方设法地把老婆往市内调。

晓寒说想调工作时，韩箐的无动于衷让她感到一丝悲哀，难道他不希望夜夜和她相拥而眠？她没有回答韩箐的问话。半天没听到晓寒的回答，韩箐的目光离开电脑，转过头来：“怎么了，是不是遇到不顺心的事了？”他又问。晓寒说：“我也只是随口说说，没什么！”晓寒突然觉得好没意思，她闭上了眼睛。

不过，她很快又睁大双眼：“你这周就打听一下旅游局局长家的住处，我周末回来就去送礼。”

九

晓寒觉得简直是倒霉透了。

早上乘车回到单位，把被子抱到楼顶去晒，然后和李玫她们几个同事去大门售票处，刚打扫完卫生，又通知开会。管理处的窦主任前来主持召开会议，说：“这几年旅游产业发展迅速，我们凤凰山旅游景区以开发生态旅游为主，虽然被评为4A级景区，但无论硬件建设还是软件建设都还存在很大的差距。硬件设施的改善我们市里也非常重视，正在加大对外宣传招商引资，最近已经有投资方要来实地考察，而软件方面的提高就要靠在座的各位了。作为旅游区的工作人员，仪容、仪表、对游客的态度都严重影响着我们旅游景区的声誉，希望大家在工作中举止得体、微笑服务，再别像以前一天嘻嘻哈哈，在大门口打打闹闹的，成何体统？”窦主任在上面义正词严地讲话，晓寒突然感到肚子一痛，她身子蜷缩起来，眉头不由得一缩，正好被窦主任看到了：“晓寒，你对我说的有什么意见吗？有意见就提出来，别在那儿皱眉头了！”同事们趁机叽叽喳喳地聊起天来，晓寒要崩溃了。

坐在售票处，晓寒没精打采的。李玫说：“晓寒你不舒服要不去休息吧，有我们在这儿呢。再说窦主任开完后又回市里去了，你去睡会儿吧。”晓寒摇了摇头：“我没事的，每个月这几天都不舒服。”晓寒说着把头埋在胳膊里趴在桌子上，迷迷糊糊之间，竟睡着了。突然她被争吵声吵醒，原来是几个年轻的小伙子骑着摩托带着女孩子，在门口讨价还价，李玫和谢婷正在给他们解释：“我们景区票价上调是有物价局的文件的，还有旅游局的通知，都在这儿张贴着呢，不是我们自己想调就能调整得了的……不错，都是本地人，但本地人就应该为本地的旅游事业发展做出贡献……”但这几个流里流气的小伙子根本不听，嘴里还说些不干不净的话，说：“怎么这么贵啊？你们想抢钱啊，你看我值钱不，要不我把我卖给你？”晓寒实在听不下去了，她走了出去：“你们怎么这样说话啊，你以为你很值钱吗？”其中一个留长发的小伙子摩托车后面坐着一个女孩子，突然说：“你们别和她们这一帮看门狗吵了，我打个电话给我舅，看她们还敢让我们买票？”李玫一听，一下子冲过去，一把抓住那个女孩子：“你说清楚，谁是看门狗？”那个女孩子一下子尖叫起来：“救命啊，打人了……”几个本来已经进入景区的游客听到声音都向这边跑来，晓寒她们几个连忙过去拉开李玫，可那个女孩顺势坐在地上不依不饶地哭闹起来。那几个小伙子也趁机起哄：“大家快来看啊，景区的工作人员打人啦！我们要去市旅游局、去消协投诉！”那个女孩子坐在地上闹时一只手握着电话也不知道跟谁在诉苦。不一会儿，售票房里的电话就响了，晓寒忙跑进去接电话，电话是窦主任的：“我的外甥女和几个朋友去山上转，怎么你们发生冲突了吗？不是今天早上才说了要注意自己的形象，注意自己的言行，你们怎么还动起手来了啊？”“是他们先骂我们的！”晓寒打断他的话。对方一怔，说：“好了好了，这件事下来我会调查清楚的，你先让他们进去吧！”

看着他们吹着口哨带着胜利的笑声呼啸而去，李玫狠狠地冲他们喊：“小心点，下一个弯道处把你们这帮家伙全摔下去！”

“他妈的，”李玫简直被气晕了，“这是什么世道啊！晓寒、谢婷，我们走，把大门开着，今天不卖票了，我们回宿舍睡觉去！”

本来生了一肚子的气，吃晚饭时，晓寒又从碗里夹出一条虫子来，晓寒看看别人正吃得津津有味，就没有出声，将饭端到外边倒进垃圾桶，又用水冲了冲。被李玫看到了：“你怎么不吃了？”“吃饱了！”晓寒径直走上楼去。自从这个长得像个肥猪的窦主任来了后，换了大灶上做饭的师傅，安排了个自家的亲戚，就没吃过一顿好饭！调工作，这次下定决心，一定得调，再也不想待在这里看这个肥猪的眼色了！

十

好不容易熬到轮休的日子，晓寒一进门，边换鞋边问韩箐：“你打听旅游局局长住哪儿了吗？”

韩箐一怔：“哦，我还没来得及打听呢。”

“我对你说的事你到底有没有上心啊？”晓寒突然莫名地从心底升起一股怨气来，她脱下厚重的羽绒服，扔到沙发上，一屁股坐到沙发上。

韩箐赔着笑将衣服拿起来，挂到门口的衣架上：“别生气了，我这几天实在是有些忙，没有顾得上，我明天就去打听好不好？来来来，先去洗手吃饭，吃完还要去爸妈那儿接琅琅呢。”韩箐从沙发上拉起晓寒。

虽然晓寒是下定了不怕牺牲、排除万难、争取调工作的决心，但真的准备付诸实施的时候，还是有很多顾虑，她一遍又一遍地问韩箐：“你说我们该送多少钱的礼才合适呢，是送东西好呢，还是送现金好些？万一我们送礼人家不收怎么办，人家把我们赶出来怎么办？工作不但调不成，反而给领导留下不好的影响……”韩箐心里就更没底了。晓寒问蓝澜，蓝澜说：“你们也太天真了吧，现在哪个领导会把送礼的人拒之门外，他们都敞开着大门等着人们随时往里送呢！至于送现金还是送礼品，我个人建议还是送礼品好些。第一，因为你们是第一次去，和人家又不熟悉，那些人再爱钱也不是谁的钱都敢随便收的，说不定真会赶你们出来，也说不上你们前脚刚走，后脚人家就送到纪检委去，不是我吓你，真是有这种可能的；第二，送礼品毕竟也花不了多少钱，即使事情办不成，权当认个门、搭个线，等以后有机会再去找也不是没有可能的；第三，如果真送现金，人家也真收了，但事情迟迟不能解决，你还不得冤死啊？”

虽然蓝澜的话给晓寒打足了气，但“有问题找领导”，这都是老话了。提着大包小包的东西，站在马路边的阴暗角落，晓寒和韩箐还在举棋不定。

晓寒说：“你说，这会儿他在家吗？”

“不知道，应该在家吧。你看他家灯亮着呢，就是中间那个单元八楼靠东侧的。”

“那如果我们上去他没在家，家里只有老婆或者干脆只有保姆在家怎么办？我们是坐着等呢，还是放下礼品留下我们的名字……你说他老婆或者保姆不会不跟他说吧……如果不说怎么办，我们的东西不就白白扔掉了吗……我可是听说过这样的事的，有些领导老婆为了攒私房钱，收了人家的礼却不告诉老公……”

“已经这会儿了，他应该在家吧。”韩箐看了看表，已经快十一点了，冬天的这个时候，一般人都应该在家的。“我们还是上去吧，我们去得太晚了也不方便。”

站在防盗门前，晓寒的心咚咚直跳，韩箐用力地握了握她的手。

“谁啊？”一个女人的声音。

“请问孙斌孙局长在家吗？”晓寒看了一眼韩箐，连忙回答。

门打开了，只开了一条缝的门后面露出一个女人的脸来。

“我是凤凰山旅游区的，找孙局长有点事……”晓寒赔着笑。

那个女人却瞪大了眼睛，不相信地问了句：“是你？”

“我？”晓寒莫名其妙地回头看了看韩箐。

韩箐也怔在那里，目光怪怪的。

“韩箐，怎么会是你啊，快进来，快进来……”那个女人把门拉开，把两人让了进去。

“你们认识？”晓寒这时才有些反应过来。

这个女人叫田思思，是韩箐高中时期的同学。当时他们一起在县城的一个学校读书，田思思不但长得漂亮，也热情活泼，是班里的文体委员。但由于高三那一年她的父亲得了重病，看病花光家里所有的钱，还欠了许多的债，为了还钱，思思决定辍学外出打工。当时韩箐还作为班干部被老师派到她家去劝说她不要放弃学业，因为眼看就要毕业了，以她的成绩考上个好大学应该是没问题的，就在她家屋子后的那条河边，她流着泪对韩箐说她感谢大家对她的关心，但她想过了，即使考上了，那又需要一笔不少的钱，家里现在哪有钱再来让她读书啊？田思思走时，说等找到工作稳定下来后会联系韩箐的，但刚开始田思思居无定所，后来韩箐考上了大学离开县城，两人就再没有联系过。

突然在这种情况下遇上，韩箐感觉有些措手不及。

手里提的东西放也不是，不放也不是。

“这是你太太吧！”田思思嘴上说着晓寒，但目光却没有离开韩箐。

“嗯。”韩箐点点头。

“这些年你还好吧？”田思问，晓寒突然觉得这句话听着怎么就那么不舒服，又找不出不舒服的原因来。

没等韩箐回答，晓寒明知故问：“你是孙局长的夫人吧？”其实晓寒环顾了下四周豪华的装饰，想着这必定是局长家无疑了。

“嗯，我叫田思思，你叫我思思好了……哦，你看你们，来了就来了，还带东西干吗……先放门边，走的时候拿上……韩箐，你看我们，这么多年在一个城市，居然都不知道，你现在还常回去吗？叔叔阿姨的身体都还好吧，你和我们以前的同学还有联系吗……哦，你热吧，暖气不太热，我开着空调，你们把外套脱了吧……”田思思只穿着一件乳白色的居家服，手忙脚乱地去找水杯给他们倒水。

韩箐要脱外套，晓寒拉了他一下，指指门边的东西。韩箐会意，他轻咳一声：“思思，孙局长呢，没在家吗？”

“他今晚有应酬，回来可能要晚一些……你找他有什么事吗？”

韩箐突然不知该如何开口：“也没什么事，就是随便来坐坐……”

“韩箐，你就别跟我客气了。没有事，这么晚了谁还会来找他啊，这会儿来的，都是有事的。什么事，你就直说吧！”

从孙局长家出来，晓寒挽着韩箐的胳膊边走边嘀咕：“真没想到啊，孙局长的老婆竟然是你的同学。哎，孙局长不是已经快五十岁了吗，她怎么还这么年轻，哦，她和你是同学，本来也不老嘛！”韩箐没有搭话。

“你说这个田思思不会不跟他老公说吧，几千元的东西呢！”

“思思她不是那种人！”韩箐说。

“你怎么知道她不是那种人，你们已经多少年没有见面了，你对她有多了解啊，那你说她是哪种人？”

“我想思思既然答应跟他老公说，就一定会说的。我们就先别急，等消息吧。”韩箐紧紧地搂了搂晓寒。

“唉，从今天起，我再不是富贵之人了！”晓寒长叹一声。

“什么？”韩箐不解。

“何为富贵？无须向人伸手则为富，无须向人折腰则为贵。我一向自认为也算是个富贵之人，今天我们这眼巴巴地给别人送礼，算是折腰了吧，真是人生最不光彩的一笔啊！”晓寒夸张地又叹了一口气。

十一

天越来越冷，日子也过得漫不经心。

这天中午，晓寒轮休在家，韩箐依然很忙，她无聊地看着电影，蓝澜打电话约她去唱歌。

晓寒和蓝澜两个人要了一个小包间，叫了两瓶啤酒，随便地点了些歌，一首接一首地唱。不一会儿就觉得没意思了，晓寒说：“要不打电话把薛妍叫来吧，也有好些日子没见她了，不知道最近怎么样了。”

不到一会儿，薛妍就来了：“你们好兴致啊，竟然有心情唱歌？”

“怎么了，你没有心情吗？你又怎么了？”蓝澜趁着切歌的时候回过头来看了一眼倒在沙发上没精打采的薛妍。

“还不是老事情！”

“薛妍，你的事家里知道了没？”晓寒过去把音响的声音调低了些，顺手给薛妍倒了一杯啤酒。

“知道了，能瞒多久啊！”一提起自己的事，薛妍就头痛。

自从薛妍和李明看病回来，虽然装作没事一样，但薛妍爸妈还是从他们的表情上就知道事情不容乐观。终于有一天，趁薛妍没在家，薛妍爸爸问李明究竟是怎么一回事，李明便将自己身体有毛病的事说了。

“现在是我妈天天到处烧香拜佛，我爸是整天唉声叹气，李明一声不吭。我最见不得他一副忍辱负重的样子，只会对我说，要不我们离婚算了。你们说，烦不烦人？”

“我看你爸妈的心思也可以理解，你说，他们的家产以后谁继承啊，在我们这地方，这可不是小数目啊！”蓝澜说话从来都是直截了当。

“你说我怎么就这么倒霉呢！”薛妍很无奈。

“你也别想这么多，现在医学技术那么先进，不孕不育根本不是什么疑难杂症。主要是你们心情要调整好，这事也急不得。”晓寒安慰她。

“你们说我能不急吗？我妈天天在我耳边念叨，说自己的命怎么那么苦啊，自己没本事生个儿子，女儿还……唉，真是报应啊！她还试探我的口风，想让我和李明离婚！”

“什么，你妈也希望你们离婚？”晓寒有些意外。

“嗯，她说她和我爸辛辛苦苦地干了这么多年不容易，她可不想让别的女人占了便宜去。她说听我爸的口气，若我生不出个孩子来，他就要把几处地产给他前妻，说是当初对不起她，让她孤苦伶仃地过了这么多年，况且人家也为老爸生过一个孩子的。我妈还说，自从我爸知道了李明的病，就又开始打听前妻的情况了，很可能要找当年的那个孩子！”

“找回来？当初不是你爸抛弃他们的吗？这么多年你爸都没和他们有过联系，现在他们会认他那个老爸吗？”蓝澜很不屑。

“可能人老了就爱想一些因果报应之类的事了吧，我爸这样做也无非是想弥补当年的过失，一来后继有人，二来也是求个心安吧。”

“那你打算怎么办？”

“我能怎么办啊，听天由命吧，反正我是不想离婚的。”

晓寒和蓝澜都没有想到事情会这样严重，一时不知道该说什么才好，倒是薛妍突然想起来：“哎，晓寒，你工作调动的事有眉目了吗？”

“哦，还忘了告诉你们了，你猜旅游局局长的老婆是谁？竟然是韩箐老家的同学啊！看得出当初他们的关系好像还不错，韩箐说了我的事，她爽快地答应了，说那是小事一桩，她会跟老公说的。我们带去的礼品她也不收，后来还是韩箐再三说算是这么多年没见面，送的见面礼，她才收下，不过她说改天请我们吃饭。”

“旧日同学？关系不错？不会是初恋情人吧？你可得注意点！”蓝澜瞪大眼睛。

“去你的，闭上你的乌鸦嘴，什么事让你说出来怎么就那么让人不舒服呢？”晓寒没好气地说。

“好好，我不说行了吧……今天总该尽情地唱歌了吧？”

“好吧，反正今天韩箐在家，我们就放开玩吧！”

十二

天气阴郁，似在等待一场雪的来临。苍茫的，除了青灰色的天，还有晓寒低落的心绪，晓寒知道，有些事，不说出来，并不代表心里能够释然。韩箐越来越忙，甚至晚上加班要到十一二点，他们好久没有一起相拥而眠了。孩子放了假，去乡下爷爷家玩了，屋子更显得冷冷清清的，晓寒最怕看到窗外暮色四合，时光一点点地消逝，黑暗从四面袭来，心便会莫名地恐慌。

突然，电话铃声乍然响起，晓寒竟吓了一跳，她拿过手机，看也没看号码，就放在耳边。这个时候，不论是谁，有人说说话，总该是好的。

“你好！最近好吧？”似曾相识的声音传来，晓寒一阵慌乱。

“你最好别挂电话，因为我会继续打的。我只是突然想起了你，你也不至于已经把我忘了吧？”电话里的声音一如当初见面时的随意，但在晓寒听来却简直是无赖至极。

“嗯，还好。”遇上这样的人，晓寒不知所措。

晓寒从没想过，这个男人会以这样的方式再次出现在她的生活中，更令晓寒没想到的是，以后每当夜幕来临，他的电话便会不约而至，话语随意得让晓寒的气愤无处着力。

一天，蓝澜指着滨河路对面刚开工的建筑兴奋地说：“看到了吧？我们城市目前最高的高层，不久的将来我就可以坐在二十三层的阳台上晒着太阳喝下午茶了！夏钧说首付已经交了，可如果等着交房，至少还得两年吧。我决定先结婚了，婚期也已经定了，明年开春就举行婚礼。”那天之后，蓝澜开始忙着在网上搜索装修新房的最新资讯、喜欢家具的款式、窗帘的颜色……晓寒偶尔打电话约她出来吃饭，人家也是今天去见夏钧的三姑，明天去会夏钧的四姨，根本没时间，倒是和薛妍在一起吃了几次饭。因薛妍坚决不和李明离婚，薛妍说她爸已经托人去找他的前妻，她妈天天一个劲地唉声叹气，怪自己命不好，自己辛苦一辈子，到头来什么也没落下，全替别人做了嫁衣裳。薛妍说她要崩溃了，她想要和李明搬出去住，反正她妈说给她一套房子的。晓寒静静地听着，也只能陪着叹息，人的一生，总有太多的阴差阳错、情非得已，所以，那顿饭，两人吃得没滋没味。

晓寒常会在后半夜醒来，静静地盯着熟睡中的韩箐，手指轻轻地滑过韩箐眼角的细纹。皱纹对于女人而言，是可怕的诅咒，但对男人来说，是阅历，是成熟，是睿智，每到这个时候，晓寒就有一种深深的失落。一次韩箐出差回来，一进门就先提着水壶给几盆花浇水，边浇边跟晓寒说：“你在家怎么也不给花浇点水啊，你看花都要干死了。”晓寒没好气地说：“人都要干死了也没人管，还管什么花啊！”晓寒想韩箐应该是会明白她的意思的，可是，韩箐过来抱了抱她：“亲爱的，我怎么会不管你呢？说，今天想吃什么，我给你做！”晓寒不知道韩箐是真糊涂还是在装糊涂，不过，那个晚上，韩箐还是浇灌了晓寒好久不曾承接雨露的身体，结果却并不尽如人意。黑暗里，晓寒睁大了眼睛，一个男人若对一个女人的身体不再感兴趣，那生活的意义又何在呢？再多的甜言蜜语终究苍白！

昨晚韩箐是什么时候回来的，晓寒已记不清了，只是她昨晚在网上看完电影后已经十二点多了，韩箐说他加班，晚些回来，她便先睡了，后半夜醒来，看到他和衣睡在床边，今早不知什么时候又走了。“唉，现在单位工作越来越多，管理越来越严了。”每当韩箐对晓寒歉意地抱怨时，晓寒总是微微一笑，不言语。

山中的日子，总是显得那么漫长。晓寒百无聊赖地在网上搜寻最新的电影，电话响了，她拿过一看，轻轻地叹了口气，按掉了。

虽然在每一个日暮时分，尤其是在山上时，晓寒的心会莫名地悸动，渴望那遥远而陌生的声音不期而至。也许，一个人在心底自语了太久，便会生出倾诉的欲望来，尤其在特定的氛围里，她说，他静静地听，他说，她浅浅地笑。有一天，晓寒惊觉，他们彼此说得已太多。他说：“我说过，我和你，一定有缘，对吧？”他的话语清晰得让晓寒不安。

不久，电话又响了起来，晓寒随手把手机扔到桌子上，可手机依然执着地响着。晓寒想了想，接了起来。

“喂，干吗？我不是说过请你以后别再给我打电话了吗？”

“你何必总是拒人千里之外呢，难道你真相信这人世间真会有永恒不变的爱吗？”自从晓寒为了摆脱那个人的纠缠，告诉他她有家庭，有相爱的老公后，他有几天不再打电话了。可现在，那个人竟然这么恶毒，这不是在暗示晓寒她的爱不会长久吗？

“当然，没有到达过高处的人是看不到高处的风景的，但他看不到，并不代表高处的风景不存在！”晓寒冷冷地说，“爱是一种境界，你看不到爱的永恒，是因为你的境界达不到！”晓寒挂了电话。

从那天起，晓寒拒绝再接他的电话，也不再回任何的信息。渐渐地，那个男人，淡出了晓寒的生活，就如同当初的进入一样不经意。

依然是周一至周四在景区上班，周五至周日在家。

独处在孤远的山中，凄冷的冬季里便平添了一缕幽幽的叹息，窗外夜夜山风肆虐，松涛呜咽，却始终没有漫天飞雪来点缀这个寂寥而干燥的冬天。有几颗寒星总是漠然地挂在沉寂的天幕上，将山中的夜晚诠释得更加凄凉和漫长。没有雪的山中岁月，似乎只剩满目的苍凉和刺骨的冷，所有关于浪漫和轻灵的思绪都无法开启。于是，对雪的渴望，成为晓寒在这个季节里挥之不去的情结。

等待一场雪，也许只为在漫天飞雪中寻求曾有的冬的记忆，可能为一段情感，可能为一种心境。

每一个山中的夜，晓寒都将炉火烧到最旺，任水箱里的水沸腾起来，溢出来溅在炉壁上，发出滋滋的声响。沏一杯菊花茶，放在炉边伸手可及的地方，然后，坐在火炉边拿起昨夜未曾看完的书，看故事中主人公聚聚散散，命运无常。偶尔，抬起满是倦意的眼，窗外的山峰一如往夜，魅影一般地幽黑，轻轻叹息，心情便暗淡下来。连忙将思绪归于书中的人生，怕这种感觉就此弥漫开来。晓寒不懂，这个冬天，心绪怎么会如此忧伤。

让这个冬天快些过去吧，晓寒常这样想着，也许在来年的明媚春光里，她也会一扫心里的阴霾。

十三

春天终天来了！

晓寒走在大街上。

大街上每个店面里都传出或忧郁，或轻快，或流行，或怀旧的歌。大大的玻璃橱窗里，上市的新款春装，穿在身材完美的模特身上，彰显着春的浪漫和浮华的气息。

晓寒从玻璃橱窗的镜子里也看到了自己，黑色的毛衫宽松地裹在身上，头发乱七八糟地扎了起来，嘴唇没精打采地紧闭着。一看到自己的形象，晓寒就莫名地感到燥热。

已经是春天了啊，可在晓寒的身上，却看不到一点春的影子。因为晓寒刚从单位回来，因为凤凰山的春天还没有来。晓寒突然觉得她和这座城市显得那样格格不入，她恍惚觉得自己好像已不再属于这座城市。

工作这几年，她身处大山之中，终日与青山为伴，眼前是延绵起伏的群山，身后是峻峭挺拔的山峰，往复行走的也永远是那一条蜿蜒在山腰、一直通向大山深处的碎石公路……晓寒从未有过如此的厌烦，她觉得她急需摆脱现在这一种消极状态。要么就改变工作的环境，可这谈何容易。冬天她好不容易鼓起勇气去找了旅游局的局长，当时田思思说得那么轻巧，可谁知一拖一个冬天过去了，让韩箐去问一下，韩箐又磨不开面子。她真不懂，韩箐为什么总是对自己调动工作的事不热心呢，她调进市里不就能照顾上家、照顾上孩子，他自己也省心些吗？难道真如妈妈说的，韩箐这人城府太深，她晓寒太单纯了？韩箐怎么说也不是那种人啊！要么，调整自己的心态，可能是自己的心态出现问题了吧！年近三十的女人，是不是都多疑与神经质，晓寒想。

路过公园时，晓寒看到公园内的那两棵高大的玉兰树，她上星期上山之前，它的花苞还犹如一支支饱满的笔，簇立在高大简洁的树干之上，而现在，已然绽放成一朵朵硕大的、洁白的玉兰花，繁茂地开在枝枝杈杈。那株白色的丁香，也不知在哪天的清晨将细小的花撒满了树间，任淡淡的清香弥漫在早春的阳光里。晓寒记得，小时候这个公园就已经存在了，她总会在每天清晨上学的路上经过公园时特意驻足。晓寒知道哪天玉兰开出了第一朵花，知道哪天丁香的香味最浓，知道海棠花谢了的时候，紫藤花就开了……在晓寒的整个青春岁月，每到春天，晓寒都在静静地看沉寂了一冬的树木，在她的眼底绽放成动人的风景。而那时的晓寒，也如春天的花一样，随着第一缕暖风换上轻盈的衣衫，悠闲而略显忧伤地信步于春光明媚之间。

晓寒摇摇头，轻轻地叹息一声。

“晓寒，我发现你好像有什么心事？”晚上在看电视时，韩箐突然说。

“心事？没啊，我怎么不觉得。”

“那我怎么发现你最近话特别少。”

“呵呵，感觉没什么说的啊……你看电视吧，我先去睡了！”

“晓寒……”看着晓寒走进卧室，韩箐欲言又止。

韩箐突然觉得他越来越看不懂晓寒了。他能感觉到在过去的整个冬天里，晓寒很不快乐，但是，他不明白她的不快乐缘于什么。

韩箐一直觉得他和晓寒的生活于简单中渗透着一种无法看清的虚幻。正如他们的相识。

韩箐和晓寒是大学的校友。韩箐高晓寒一级，韩箐常说他在新生名单中看到晓寒的名字时，就喜欢上了她。所以，当晓寒一脸茫然地出现在学校门口时，韩箐微笑着接过了她手中的行李。

那时的晓寒单纯而安静，同学们一起玩牌时，她总是浅笑着看大家吵成一团。韩箐能感觉到她的沉静是在有意拉远他们之间的距离，但也正因为她目光中的淡泊，让韩箐总试图走近她。韩箐发现，总有淡淡的忧郁在晓寒含笑的眉目之间。

也许男人就是这样，因为看不透，所以看不够，韩箐喜欢上了晓寒。

当晓寒在每天清晨，踩着落满黄叶的水泥路，一脸落寞地漫步时，韩箐适时地拿一本书，出现在她的面前。她总是微微一怔，然后嫣然一笑，淡淡地说一声“你早”。

韩箐觉得，晓寒的心中，像是老在沉思着什么似的，但韩箐觉得他能让她褪掉隐藏于眼帘深处的最后一丝忧郁。

每个恋爱中的人都是诗人，每一次相恋都是一首动人的诗。韩箐用他的真诚给温婉内敛的晓寒书写了一篇爱的故事，故事中，韩箐牵着晓寒的手，从秋到春。然后，在她纯净的笑意中，她成为韩箐的新娘，成为琅琅的妈妈。

韩箐依然喜欢在午后的暖阳里和晓寒下五子棋，看她一脸恬静的淡泊和从容，依然迷恋在晚风中的旷野和她相拥、亲吻，依然渴望在她哄孩子睡着后，钻进柔软的被窝，手指游走于她的身体……

但现在韩箐有些不明白，为何每次晓寒在看到她皮箱里的小东西时，在某个瞬间，目光中会有一丝惆怅？韩箐曾一件件地仔细看这些东西，除了晓寒小时候的一些照片、贺年片、小礼物，其他的就属于他和晓寒了。只是过了那个瞬间，晓寒还是那个简单的晓寒。但是，过去的整个冬天，晓寒为什么沉默寡言？是他太忙了，忽略她了吗？可这也是为了生活啊，这样一天到晚地忙还不为了这个家啊？再说，为了她的工作调动，田思思约他出去吃饭，他也不好意思拒绝，就去了几次，她是为了这个生气吗？也不至于吧！这不是为了她的事吗？那么，她肯定是为了那事！那事其实也就是夫妻之事，从去年冬天开始，不知道怎么回事，对床第之事他越来越感到力不从心。都说女人三十如狼，晓寒正是如狼的年纪，难道是因为这个而不快乐？

十四

星期一，是一个好天气。

尽管晓寒昨晚睡得很晚，但还是早早地就起床了。她穿上了单薄的衣衫，将长发顺顺地垂在肩头，镜子里的晓寒一下子清爽起来。

韩箐又打电话说中午不回来了。

晓寒带琅琅在外面吃过早点之后，沿着滨河路边走边玩。长长的柳枝轻盈地随风摇摆，晓寒的心也轻盈起来。

琅琅看到前面一大堆沙子，高兴地跑了过去，蹲在那里拿着喝完豆浆的杯子装沙子玩。

晓寒便倚在河堤的栏杆上，看柳枝在风中轻舞。这滨河路上的柳树，还是在晓寒和韩箐没结婚的时候栽的，那时，他们常沿着这条路散步，而现在，都长得这么粗壮了，时间过得可真是不经意啊！

“琅琅……”对面的人行道上一个小女孩在喊琅琅，是琅琅幼儿园的小朋友。

琅琅抬头看了看，扔掉手中的豆浆杯，跑了过去。高兴的琅琅没有注意到有一辆车开了过来，晓寒看到时，想阻止已经来不及了。晓寒吓傻了，一下子冲了过去，紧紧地抱住已跑到路中间的琅琅。

“吱……”因为刹车过猛，车子发出刺耳的声音。在离晓寒还不到两米的地方终于停了下来，地上画出一道长长的刹车的痕迹。

晓寒紧张地抓住琅琅，一个劲地问琅琅：“吓着你了吗？”琅琅倒像没事似的，一蹦一跳地跑过马路，找他的小朋友去了。晓寒这才觉得两腿发软，她觉得应该跟司机说声对不起。

隔着车子前的玻璃，晓寒模糊地看到司机双手紧紧地握着方向盘，面无表情地呆愣在那里。晓寒知道，他一定很生气，但晓寒也知道，是自己错了，他骂几句也是应该的。晓寒告诉自己，无论他怎样骂她，她都不会还嘴的。于是，晓寒绕到车窗前，隔着车窗，他看到那人好像还没有缓过神来，眼神显得那么空洞和复杂，晓寒也不知所措起来，不知该如何开口。

晓寒轻轻地敲了敲车窗，说：“不好意思啊……你还好吧？”

那个人一怔，好像才回过神来，缓缓摇下了车窗。

一个男人俊朗、忧郁、棱角分明的脸清晰地出现在晓寒的面前，恬淡的目光，浓浓的眉毛，大大的双眼皮，微微上翘的唇角……

“是你？”晓寒的嘴巴张开就再也合不拢了。

“你还好吧？孩子没被吓着吧！”那个男人竟先开口了，口气很轻松，晓寒听不出有什么感情色彩，好像从不曾相识。

晓寒不知道该说什么才好。

那人不再说话，抽出了一支烟来，缓缓地点燃，烟雾顿时弥漫在车内，从车窗飘了出来。晓寒站在车窗前，看烟雾之中，这个人好像陷入了某种回忆，目光渐渐扩散开来……晓寒一时不知该怎么办，直到有淡淡的烟味钻到了她的嗓子里，她轻轻地咳嗽了一声，他才收回游离于目光之外的思绪，看了看晓寒，掐了烟，摇上车窗，发动起车。晓寒向后退了退。

车在开出几米之后，又停了下来，那人摇下车窗，伸出头来，看了看还不知所措地站在那里的晓寒：“我说过，我们一定有缘！”

车子绝尘而去，看到路面上两道长长的划痕，晓寒心中不由得生出一阵后怕。

“琅琅，你想吓死妈妈呀！”晓寒紧紧地牵着琅琅的手，生气地对琅琅说。

“跟你说过，不许一个人过马路的，你看，今天多危险！”

也许琅琅从没看到过妈妈这么严肃、这么生气过，他闭上嘴巴，任妈妈牵回家去。

晓寒开门时，发现门没有反锁，她知道是韩箐回来了。

韩箐拥住了晓寒，在晓寒的脸上亲了一下。晓寒突然觉得没来由的烦，轻轻地推开了他。

“怎么了，和琅琅闹别扭了？”韩箐一看晓寒的脸色和没精打采的琅琅，就知道他们又闹不开心了。

于是晓寒说了刚才的一幕。

韩箐的脸色也严肃起来，把琅琅叫到跟前。

“琅琅，以后可别再一个人过马路，知道了吗？”琅琅乖巧地点了点头，溜到一边玩去了。

“晓寒，我明天终于可以休息了，你说我们明天带琅琅去爬山好不好？我们都好久没有户外运动了……”韩箐在卧室翻腾着找运动服，半天却不见晓寒有什么反应。他从卧室伸出头来，看到晓寒坐在沙发上，鞋子也没有换，只是怔怔地发呆。“晓寒！”韩箐喊了声。

“嗯？”晓寒一脸茫然地抬起头来，看着韩箐，“怎么了？”

“没什么……”

“晓寒，我好想你……”韩箐从后面轻轻地搂住晓寒。

“别闹，琅琅还没有睡熟呢……”

三月的夜，已有淡淡的暖意。晓寒的双手搂在韩箐的脖子上，韩箐轻轻地抱起晓寒……

晓寒有轻微的低血压，所以每次韩箐抱起晓寒时，晓寒总有种眩晕，一种说不出是舒服的还是难受的眩晕。但晓寒无法拒绝韩箐这样抱着她，还有他眼睛里充满了的渴望和期待……

“晓寒，我爱你……”

晓寒又感到那种眩晕弥漫到身体的每个地方……可这种感觉并没有多久，韩箐不好意思地将头埋在晓寒的胸前，晓寒轻轻地抚弄着他的头发，没有说话。

十五

第二天，晓寒和韩箐准备带琅琅去城郊爬山踏青。

晓寒正在给琅琅穿鞋，电话响了。

“晓寒，你们单位的，准又没什么好事。”韩箐顺手接过电话。

“妈妈又要上山去吗？”琅琅一脸失望。

“没有啊，妈妈今天不但不去，而且明天也不用去的。”晓寒接完电话说。

“哦，我们玩去了！”琅琅高兴地跳了起来。

野外的山坡上，春意已经很浓了，远远看去，已是绿茵茵的一片，有黄色的、紫色的小花点缀其间。琅琅在小溪边捡石子玩，韩箐和晓寒便坐在不远处的野草地上，看琅琅跑来跑去地玩。暖暖的、柔柔的春的气息弥漫了整个山坡……

“你们单位打电话是什么事啊？”韩箐问晓寒。

“管理处通知说明天有旅游开发考察团的代表要来，明天在鑫鑫大厦开会，让我也参加……”

这几年，本市的旅游产业逐渐升温，但要想做强做大，光靠地方财政根本无力改善现状，于是旅游局加大了招商引资。考察投资的人也不知道来了多少了，站在凤凰山顶，一个个说得天花乱坠，什么前景不可限量，甚至有人打算在凤凰山的主峰处安装电梯，说是让人在失重的瞬间感悟当年帝王君临天下的快感；又因为杜甫有首《凤凰台》，有人说那就在山顶再建造一座全国最大的花岗岩的杜甫像，这个杜甫像一定要建得够高够大，标准就是在市区能清晰地看到。当时晓寒悄悄地问负责项目设计的孙主任，此凤凰山和杜甫笔下的凤凰山有联系吗？孙主任说这个你就不懂了，现在搞旅游凭的就是三分事实，七分演义，不怕典故少，就怕思想太保守！当然，那个市里领导亲自接待、在市区最豪华的国际宾馆住了半月有余的考察团，最后因项目设计没有可操作性而拍拍屁股走了，给管理处留下一大堆账单。

其实凤凰山就自然风光来说还是很有开发前景的，就是运气不好，遇上的都是骗吃骗喝的，没有个真心实意想投资的。晓寒和同事们常在一起议论。

晓寒到鑫鑫大厦会议大厅时，时间尚早。晓寒便在中间靠后的一排坐了下来。晓寒不喜欢参加会议，与开会相比，她宁愿待在静寂的山上，看凤凰山的山桃花如何在干枯的枝头吐露一点点淡红……晓寒在笔记本上胡写乱画起来。

会议室里突然安静了下来，晓寒抬起头，原来领导们已经在主席台就座了。突然，晓寒看到了一个熟悉的面孔，怎么是他？那个坐在局长旁边的男人，竟然是他！怪不得昨天……他怎么会出现在这里？

晓寒的电话不合时宜地响了起来，安静的会议室里，显得声音特别大，吓了晓寒一跳。她手忙脚乱地拉开包，看也没看号码，马上挂断了。晓寒觉得所有的眼睛都齐刷刷地向她看了过来。尤其那个孙主任，脸色已经很不好看，狠狠地瞪了她一眼，晓寒忙低下头，不敢看台上领导的脸色。

还好，也许领导们今天心情好，没有发火。晓寒慢慢地抬起头来，却看到一双眼睛正静静地看着她，那个唇角上扬的男人，晓寒的心竟又有种慌乱的感觉。

“这位就是负责这次旅游项目投资开发的林清杨先生……”会议室里响起噼噼啪啪的掌声。

“林清杨……清杨？”晓寒的双手凝固在空中。

林清杨含蓄地向大家点点头，目光有意无意地掠过晓寒。

晓寒一片恍惚。

十六

晓寒十三岁那年的同桌叫清杨。

刚开学，夏的灼热还未完全褪去，窗外操场边的白杨树下，三三两两地坐着上体育课的同学。数学老师看到午后昏昏欲睡的同学们，说道：“给你们出道智力测试题吧，调动一下你们的积极性。”

这么多年晓寒一直清楚地记得那个智力题。

说是有一个人，扛着两块一样长的木板要进一座城去。古代城池都是四方形的，外面有一条河叫护城河，这个人来到护城河边上时，天色已晚，通往城里的吊桥已经升起来了，如果想进城去，必须自己想办法过河。他犯了难，这个人就想着用木板自己搭桥，可惜用一条木板长度不够，还差一点点搭不到河的对岸去，把两条木板接起来吧，又没有任何工具。不过，这是个聪明的人，他在查看了地形之后，轻而易举地就利用手里的两条木板过了河去，问，这个人想到了什么办法。

教室里顿时活跃起来。大家先前的拘谨和陌生一下子就没了，同桌之间讨论起来。

而晓寒，却只是回头看了看，又把目光投向了空荡荡的操场。

晓寒的同桌，就是那个清杨，捅了她一下。她转过头来，一双大大的眼睛漠不关心地看着他。

“我知道这个题的答案。”清杨悄悄地对她说，并给她画出了示意图。他先写了一个大大的“回”字，说是代表护城河，然后在其中的一个拐角的地方画了个T，代表两块木板，一块木板搭在护城河拐角的地方，另一块一头搭在第一块木板的中间，另一头不就能搭到对面了吗？晓寒恍然大悟，突然想起人们形容谁的脸皮厚时常说你的脸皮厚得和“城墙拐弯”一样，城墙拐弯处确实是要比别的地方厚许多的，但就这个问题来说，还真是多亏了这个拐弯处。“你上去做吧。”晓寒却摇摇头：“你自己去吧，我不习惯拿别人的成绩去换取称赞。”

那道题最终没有人做出。

但晓寒和清杨却成了好朋友。

考试时，清杨悄悄地对晓寒说：“晓寒，把试卷往这边一下，让我看看啊！”晓寒却总故意假装听不见。

“清杨，我的笔没墨水了，借我一下。”晓寒轻轻地捅了捅他，他不假思索地将手中的笔递给她。

但那个时期的清杨好像并不是很快乐。

他喜欢独处，喜欢一个人低着头穿过热闹的街……

一个有雪的冬日，放学后，有同学仍留恋在操场上，尽情地追逐在雪地上、教室里，只有晓寒和清杨坐在窗前，静静地看着窗外飘荡的雪花。

晓寒说：“清杨，你有心事？”

清杨摇摇头。过了好久，他又说：“晓寒，告诉你一个秘密，你可别告诉别人啊！”

晓寒使劲地点了点头。

外面的雪花越飘越大。操场上的同学也渐渐地少了起来。他说：“晓寒，知道我为什么要到这么远的地方来读书吗？”

晓寒不解地摇摇头。

于是，在那个飘着雪的傍晚，那个叫清杨的男生向晓寒讲了一个从不肯对别人提及的故事。

他说他的家在一个小山村里，他还有个双胞胎弟弟，是母亲把他们兄弟俩拉扯长大的。母亲很疼爱他们，虽然他们家的条件并不是很好，但母亲总是尽量满足他们的愿望。母亲从不提及他们的父亲，他十一岁那年，生了一场病，是妈妈每天背他去医院输液，然后又从医院背他回家。那是夏天啊，他在妈妈的背上，能清晰地感觉到她的温度，汗水打湿了她的头发，粘在脖子上，妈妈的喘息急促而粗重……

但清杨说："晓寒你知道吗，她并不是我的亲生母亲啊！"

他是她从一个偏僻的小诊所抱回来的。

当时晓寒还不是太懂，为何清杨会在那个飘着雪花的傍晚如此平静地向晓寒说出一直深藏于心的秘密。但当晓寒听到这个故事的时候，心生出一种略显忧伤的感动，眼神中流露出一丝不易觉察的同情。清杨说，一直以来他的身世一直是他不愿提起的耻辱，他怕看到别人眼中的惊异或同情，但晓寒，却是一个例外。

但这并不是清杨来小城读书的原因。

然而有一天，一对很有钱的夫妇出现在清杨所在的小镇，满大街地打听多年前他们遗弃的孩子。

清杨说他是在半夜醒来时，无意中听到母亲和舅舅的谈话的，母亲的口气慌张而不知所措。

"我知道你舍不得这孩子，那么多年你拉扯他们长大不容易……谁让他们当初那么狠心丢掉孩子，要不是你把他捡回来，说不定这孩子早就不在人世了……"虽然脸对着墙，清杨能感觉到舅舅用手抚摸了一下他的头，清杨这才明白为何村里人看他们兄弟俩时都用很怪异的目光，而他们也不像别的双胞胎长得一模一样。"要不，把他送回去吧，你一个女人家带两个孩子本来就不容易……"舅舅试探性地说。"不行，绝对不行！他们都是我的孩子，是我带大的，我怎么能把他给别人！"妈妈没有一丝商量的口气。舅舅叹了口气："我知道你的脾气。那好吧，老二就先放在我们家，有我在肯定饿不着他的，你带老大走吧，避一阵子再说吧！"舅舅在狠狠地抽完一盒烟后，对着靠在墙角抽泣的妈妈说。

清杨的妈妈并不知道清杨已经知道了这一切。她带着清杨来到了晓寒所在的这个城市，这里，没有一个熟识的人，也就没有人知道他们曾经的过往。清杨说他看着妈妈尽量让自己显得平静和不经意，他最终没有问任何关于那晚她和舅舅谈话的内容，更没有问当初她是怎么捡到他的，他假装什么也不知道。清杨问晓寒："你知道吗，其实我的心里也好害怕，也好难过，你懂吗？"

晓寒静静地看着清杨。

"清杨，我懂。"晓寒使劲地点了点头。"不过，清杨，你想你的亲生父母吗？"

"不，我恨他们，是他们当初抛弃了我的。我永远也不会原谅他们的！"他年少的脸上是从未有过的冷漠。

清杨又说："晓寒，我的秘密可只告诉了你啊！"

那时候，他们那个年纪的男孩女孩总喜欢成群结队地去玩。自从那个飘雪的傍晚之后，清杨那辆破旧的自行车后面，就只属于晓寒。

但是，有些记忆，注定只能永远地停留在那年少的岁月。两个人的聚散就如两粒尘土，在某个不经意间相遇，一缕风、一滴雨都能让缘分有不同的结局啊。

在命运面前，人除了无奈，还是无奈！

会后，照例是与会人员共进午餐。

晓寒看着邻桌的那个人在杯起杯落之间的沉静洒脱，目光竟渐渐迷茫起来。

"晓寒，和我去给林先生敬杯酒，以后要常和他打交道呢！"管理处窦主任递过来一杯红酒。

晓寒无意识地接过酒杯，跟窦主任来到林清杨的桌子旁。

"这是我们凤凰山景区管理处主任和晓寒，以后有好多事要由她来协调呢。"局长热情地向林清杨介绍道。

林清杨站了起来，端起酒杯，和窦主任轻轻地碰了一下，又把酒杯伸到晓寒的面前。

恬淡的目光，薄薄的嘴唇，额头发际之间隐隐的伤痕……

“你是……清杨？”晓寒恍若有隔世重逢之感。

“你们认识？”窦主任在一旁殷勤地问。

“我们曾有过一面之缘。”清杨淡淡地说。

晓寒看着这张略显英俊的脸，和年少的清杨何其相似，又何其陌生。晓寒终于明白过来，去年冬天的那一次见面，为何就有似曾相识的感觉。

晓寒的唇角不自觉地流露出一丝浅笑，也许从十三岁那年，命运就预示了一种结局。

酒杯轻碰发出清脆的声响，晓寒将酒一饮而尽。

“愿我们合作愉快！”清杨浅浅地抿了一口，客套地说。

晓寒看不懂他的神情。

十七

几场春风吹过，天便慢慢地热了起来。

韩箐填完最后一页表格，办公室里只剩下他一个人。最近轮着晓寒忙了，到她轮休的日子也不见回来。说是单位的事忙得很，领导取消了轮休，大家都在日夜加班完善一些管理制度，为投资考察的前期工作做准备，过一阵子考察团的人就要正式进驻景区进行实地考察论证了。韩箐都怀疑这是不是晓寒因为他太忙而故意冷落他，琅琅也赖在晓寒的爸妈那儿不回来，韩箐突然好怕回到那个冷清的家。他突然有些明白为何在他一个个晚归的夜晓寒会心情不好。韩箐坐在书桌前，思忖良久，打开了电脑。

秋云春梦，睡里销魂，为君惆怅君不闻。

屏幕上，是蓝玲儿给他的留言。韩箐看了看时间，是昨夜凌晨三点钟。韩箐轻轻地摇摇头，一声叹息从心底升起。

那夜，韩箐睡不着便起来上网。有人发来一杯“咖啡”，然后说：“很晚了，注意身体。”在那个略显寂寞的夜，韩箐的心中生出一丝感动来。这个人就是蓝玲儿，然而这个蓝玲儿从不与韩箐聊天，却每天给韩箐留言。有时是一幅图片、一个表情，有时是一句问候，更多的时候是一两句古诗词。韩箐也是个爱好古典文学的人，在网络这个太过嘈杂的世界，突然遇到一个用古典诗词来表意达情的人，韩箐埋藏于心底的喜爱被这个蓝玲儿重新激发出来，渐渐喜欢上了这种方式。况且，在一个个晓寒不在家的夜，白日里的繁华散尽之后，清冷和寂寞总会慢慢占据韩箐的心绪，而在蓝玲儿的诗词中，淡雅的文笔和古诗词特有的婉约，总能引起韩箐莫名的感动。甚至在某个瞬间，凝望着屏幕上闪烁的字，心中竟会生出一种怅然若失的感觉。韩箐觉得她一定是个聪慧而美丽的女人，像精灵一样，总用看似无意的话语触动韩箐的心思。他们虽不曾交谈，但哪怕屏幕上只留下一个符号，也会彼此了解对方所要表达的情思。从最初的欣赏到仰慕，到不知不觉言辞之间所流露出的情感，渐渐地，从蓝玲儿的诗词中韩箐读出一种不安来。

韩箐叹了口气，把电脑关了。还是回家去吧，这些天忙得连衣服都没顾得上洗，趁着今天有时间，还是早点回家吧。韩箐整理了下桌子上的材料，准备回家，手机突然响了，他看了看号码，竟然是田思思的。

“喂，好久没见了，有时间吗？今晚一起吃饭好吧！”手机里传来田思思的声音。韩箐一迟疑，那次和田思思相遇，让他着实有些意外，他没想到当年那个温柔、清纯的田思思竟然充当了第三者，破坏了别人的家庭，然后堂而皇之地成为人家的老婆。说实话，他对这样的事感到耿耿于怀，他不喜欢破坏别人家庭的女人。虽然后来田思思约他一起吃了几次饭，但他都是为了晓寒工作调动的事，有些勉为其难，田思思也许觉察到了，以后也没再约过他。但不久他却想通了，每个人都有追求更好生活的愿望，每个人都有自己的人生际遇，谁也无权评价谁的选择！谁规定没有结婚的女孩子就不能去爱已婚的男人呢？况且感情的事谁能说得清呢？

“怎么，不方便吗……”田思思听出了韩箐的迟疑。

“哦，没……”韩箐想起前一阵子对她的冷漠，有些不好意思，不管怎么说，晓寒的工作调动还指望她帮忙呢。况且回家也是一个人，不如一起去吃饭，也顺便问下晓寒工作调动的事到底行不行。

十五分钟后，田思思开着她的那辆红色本田来到韩箐的办公楼下。

“去哪儿？”田思思问。

“今天你挑吧，我请你。”韩箐说。

“呵呵，真的吗？那我可得好好想想，哪儿有鲍鱼、熊掌……”田思思夸张地冥思苦想。

半个小时后，车子停在了一处并不是很显眼的门楼前，韩箐从车上下来，上上下下打量了一番说：“这就是你说的有熊掌的地方？”

“嘿嘿，你还真想着我会趁机宰你一刀啊？我们又不是外人，找个清静点的地方随便吃点就行了。”

“呵呵，你还是那么善解人意。”韩箐突然有些感动，也许此时的田思思，才是当年那个淳朴善良的田思思。

这个饭店在外面看并不起眼，但进到里面才发现其实很有风格和情调。大厅中间是一棵大树，一张张桌子用花藤隔开，每张桌子上一个简洁的花瓶里都会插着一支玫瑰，只是颜色不同，红的像血，粉的像雾，蓝的高贵，白的典雅，黄的浓烈……音乐轻柔而舒缓。也许吃饭还早，客人并不多，有几对情侣模样的人坐在角落里，韩箐和田思思坐到了窗边。

“呵呵，看服务员对你那么熟悉，你肯定是常客了？”韩箐环顾了一下四周。

“怎么说呢，我很多个下午都是在这里坐到天黑的……”

“很多个下午，你不用每天回家做饭吗？”韩箐感到疑惑。

“以前做，但做了也没人吃，后来就渐渐地不做了……”

“你老公呢，不回来吃饭吗？”韩箐问出这话后就觉得自己有些傻，现在哪个当官的人还会回家吃饭啊？况且田思思有意无意提供的信息，足以说明她的老公也是属于“家里的饭基本不吃”这一类型的，韩箐觉得他的这句话有明知故问之嫌。

谁知田思思竟毫不在意，她笑笑说：“你听说过现在官场的几句顺口溜吗？家里的钱基本不花，家里的饭基本不吃，家里的老婆基本不用……

呵呵，这什么人总结的，真够经典的……”笑着笑着，突然眼圈就红了。

韩箐本来是在心里想着早知现在，何必当初呢，但一看到田思思红红的眼圈，心一下子就柔软起来。他记得，当年她去劝田思思不要放弃学业时，她也是笑着说：“你别劝我了，大家的好意我知道，但学习对我来说已无所谓了，考上了大学又能如何呢……”她笑着笑着，就哭了起来。她说其实她真的想继续读书，她喜欢读唐诗，喜欢读宋词，喜欢一切与文字有关的东西，她说她其实想当一个女作家……但她还是走了，义无反顾。她是第一个在韩箐面前流泪的女孩子，以至在后来的很长时间里，韩箐只要一看到女人流泪，他的心就会轻轻一疼。

“这些年，你过得还好吧？”终于，韩箐直面了困惑他多日的问题。他一直不愿问起这些年她的生活，他觉得一个男人问一个女人“这些年好吗”，这简单的五个字，很容易让人引起误解，似乎隐藏着一个男人对一个女人从来不曾淡漠的记忆。这些年好吗？心疼？怜惜？怀念？总让人觉得暧昧，所以，韩箐不问及她的生活、她的故事。但今天，他却轻轻地问了一声：“这些年你过得好吗？”

其实这个世界上有些事并不能简单地用好与不好来界定，什么是好，什么是不好，每个人心里的标尺不同。对于每天疲于奔命的人来说，能如田思思一样每天坐在饭店看落日散尽，该是一种奢侈的享受了吧，对像晓寒那样的女人，能和老公孩子每天坐在一起吃饭就心满意足了吧，而对于像田思思这样，天生有着一颗不安分的心的女人，什么对她而言才是好呢？田思思说，她的生活无所谓好与不好，本来当初和他好也就看上了他手中的权力与金钱，他能轻而易举地给她找个省心又省力的工作。她在给他当情人之前，换了一个又一个的工作，那些日子，她都是吃了上顿不知道下顿饭在哪里，直到有一天她在酒吧推销酒时遇上了他。在她同意当他的情人后，他把她弄进了他所在社区的文化宣传站，她喜欢那份工作，有好多的书是她当初根本买不起的。他还帮她弟弟娶上媳妇，要知道，早在几年以前，农村娶亲的彩礼就已经让在地里刨食的人望而生畏了。

她本来是不想破坏他的家庭的，但是那个女人——就是他的前妻——一次又一次地找到她，谩骂、撕扯、打闹，甚至带着亲戚冲到她租住的房子砸坏了所有的东西。她坐在水泥地板上，一缕缕头发凌乱地粘在脸上、脖子上，冷眼看着那个女人声嘶力竭地咒骂，心里蓦地就产生了一种念头，她要取代这个自以为是的女人！那年，她不过十九岁，她有青春和美貌，有白皙的皮肤和高耸的胸部，而那个女人快四十岁了吧，她的心在做出决定的那一刻，有一丝残忍的快感油然而生，她竟很喜欢那种感觉。

其实事情真正解决起来，并没有太费周章。那个女人走了，走的时候狠狠地盯着田思思，足足有一分钟，然后说："你也有老的一天！"其实不用等到老的那一天，他因为生活作风问题被领导叫去谈话，升迁的机会也就此错过，一直在局级单位徘徊，去年又被派到比较闲散的旅游局局长这个职位。虽然他嘴上没说，但田思思知道，他的心底对这件事从未释怀。一个男人如果在仕途上不如意，很显然就将生活的重点放到了女人身上，酒吧、KTV、桑拿房有的是比她田思思更年轻、更漂亮的身体。但田思思和他的前妻不同，她对这事看得很开。他本来就不是她一手培育的果实，只是一个偶尔的机会从别人的篮子里捡回来的，既然能被她捡来，那也就可能被别人再捡去。好在这个男人知道他的年龄经不起折腾了，对田思思的不闻不问归结于田思思的大度和隐忍，心里也生出一点歉疚来，所以他无论在外面怎么折腾，回家对田思思却也极好，至少，在物质生活上给了她很充足的保障。而田思思早已不再是当初那个怀揣梦想的人，对工作也失去了热情，她自己开了一家店，雇了人来打理，她只做甩手掌柜，挣的钱除了给娘家寄些，剩下的也够她自己零花了。随他去吧，至少在这座城市，有我田思思的一个家，田思思常这样安慰自己。

暮色渐起，透过茶色的落地玻璃窗，大街上的霓虹灯已亮起来，把行色匆匆的人照得光怪陆离。韩箐不知如何开口，该安慰？该同情？似乎在此刻都不合适，他默默地喝着酒。

田思思笑了："呵呵，不过我从不后悔当初的选择。"田思思端起面前的一杯酒一饮而尽，"不用为了生活四处奔波，是我从小对生活抱的最大的愿望，所以，你也不必对我的生活有任何的褒贬！我更不需要同情！”韩箐也笑了，说：“思思，我们喝酒吧！”

韩箐回到家，连鞋也没有换，就把自己重重地扔到了床上，眼睛盯着天花板，突然又想起什么似的，又翻身起来打开了电脑，意外地没有看到蓝玲儿的留言，韩箐心里竟有些说不出的失落。他又把自己扔到了床上，才突然想起，他竟然忘了问田思思晓寒调动工作的事了。

十八

好不容易手头的工作可以暂时告一段落了，就等着考察团的人来了。领导开恩，说是这几天大家辛苦了，让回家休息两天，然后就得全身心地投入接下来的工作。领导一再强调，这次招商项目市里都十分重视，所以一定得搞好各方面协调和服务保障工作，不得有一点差错，而且说一旦投资项目成立，凤凰山景区的前景不可限量，当然，这对大家的好处是不言而喻的……但同事们对此并不是很热心，像这样大张旗鼓的投资不知道说了多少次了，但哪一次不都是不了了之了？白搭了些时间和精力。晓寒的心情却很复杂，自从她知道那个男人竟然是清杨，而清杨竟然是本市请来投资的大老板，晓寒就觉得这像是某一个故事中的情节。清杨很显然已经记不起她，她该庆幸，还是失落？他究竟是什么心理她也说不清了，她更不知道她该如何面对他。

晓寒在准备下山回家之前给韩箐打个电话，她想让韩箐下了班直接去幼儿园接琅琅回家，今天她回来，就不要让琅琅到爸妈那儿去了。韩箐说："我在外面谈项目呢，今晚可能不能回家了。"临挂电话时又想起来，"亲爱的，我明早就回来了。我不在家，早点睡啊！"

听韩箐说他晚上不能回来，晓寒的心中有些失落，也有些轻松。她对自己的这种想法感到迷惑，从什么时候开始，她是对自己厌烦了呢，还是对韩箐开始厌烦了呢？从去年冬天开始，两人躺在床上，总有种别扭的感觉，韩箐好久都没有主动地向她示爱了，而她自己，只要韩箐不主动，她也懒得动，即使韩箐主动，也不过是草草了事，两人不知道有多久都没有好好地亲热了。问题究竟出在哪里呢？晓寒突然觉得无能为力。

车子进入市区，晓寒看了看表，接琅琅时间还早，她索性直接去了妈那儿。谁知她站在门口敲了好久的门没有人应声，她嘴里一边嘀咕一边给爸爸打了电话："爸，妈呢，家里怎么没有人啊？"

"你不是说今天要自己接琅琅吗，你妈不想做饭了，和我在外面转着呢，一会儿在外面随便吃点。冰箱里有你妈给你打的豆浆，你自己热着喝点吧……什么？进不了门，你的钥匙呢……找不到了？你这么大的人了怎么还是丢三落四的啊？"晓寒一听，忙说："好了好了，我不进去了，你们慢慢转吧，我等一会儿就去接琅琅了……"唉，爸爸一直把她当作长不大的孩子。

晓寒漫无目的地在大街上游荡，竟不知不觉地又来到了公园外面。她一迟疑，走进了公园，在长廊的尽头坐了下来，有淡淡的花香弥漫在她的周围。一个男孩正用手机在给一个女孩在那两棵玉兰树下照相，女孩长发飞扬，男孩忙前忙后地从不同角度拍照，笑意绽放在写满阳光的脸上，洁白的玉兰花在春的枝头尽情吐露着芬芳……却有一丝不易觉察的伤感漫过了晓寒的神情。

晓寒不知道在那儿坐了多久，直到看到一群小学生叽叽喳喳地追逐着出现在公园里，她才猛然记起，该去接琅琅了。

想到琅琅，晓寒的心情一下子明朗了起来。这个古灵精怪的小精灵，是晓寒的快乐之源。只要晓寒去幼儿园接他，老师总是对她说，这个琅琅啊，太调皮，但聪明的孩子都是这样。晓寒的脸上，总是挂着谦和的微笑，让老师多多费心，然后牵着琅琅的手，在他滔滔不绝的问话中走回家去。

晓寒跑到琅琅教室门口时，教室里只有琅琅一个人背着书包趴在窗台上摆弄着一盆花，老师也已收拾着自己的包，不停地在门口张望。看到晓寒，琅琅高兴地冲了出来。

“妈妈你下山了！”

“想妈妈了吗？”晓寒弯下腰，在琅琅的脸上亲了一下。

老师也跟了出来。

“不好意思啊，有点事，耽搁了一下，麻烦你了。”晓寒抱歉地对老师说。

“没什么的，琅琅很可爱。”老师边关门边和晓寒说，“琅琅妈妈，你工作好像很忙，不常见你接送琅琅。”

“我工作在乡下，只有周一周二才能接他，有时周三早上送送他。”

“哦，怪不得琅琅对小朋友说，他希望每天都是星期天的下午……”

晓寒心里一痛。这个小精灵，每次她走时都显得那样漫不经心，原来，在他幼小的心里，也有着一种明知不可能的渴望！

晓寒牵着琅琅的手，弯下腰，轻轻地问：“琅琅，今天想吃什么，妈妈请客。”

“爸爸呢？”

“爸爸今晚不回来，就琅琅和妈妈。”

“嗯，那我想想……”琅琅煞有介事地在那儿想……

晓寒带琅琅吃完饭，天已经暗了下来。

琅琅蹦蹦跳跳地跑在前面，晓寒提着书包跟在后面。又经过那个公园，晓寒的脚步又不由得慢了下来。

“妈妈，玉兰花开大了好多啊！”琅琅趴在铁栅栏上向里张望，“我早上上学时，它们还没有开得这么大呢！”

“琅琅，你每天都看这些花吗？”

“还有爸爸。你不在家，爸爸送我时，我们都要在这儿玩一会儿再去呢。爸爸说，妈妈喜欢看花，看着这些花开，就会很快乐。”

晓寒心里生出一丝感动。“妈妈，你为什么爱看花开呢，真的看到花开了，就能很快乐吗？”

晓寒的神情里，又出现了一丝忧伤。

但随即，晓寒弯下腰，看着琅琅的眼睛，静静地说:“只要用心去看花开的人，就会幸福。琅琅，你知道什么是幸福吗？”

“幸福就是爸爸、妈妈，还有琅琅每天在一起。”琅琅轻快地说。

晓寒轻笑:“是爸爸告诉琅琅的吧？”

“不是，是琅琅自己这样想的。”琅琅一副老气横秋的样子。

晓寒轻轻地叹了一口气：“琅琅，我们回家吧！”

十九

清杨站在酒店房间的窗前，看着滨河路上一长排柳树在暮色里舒展着柔软的身姿，树下偶有散步的人走过。

他点燃一支烟，微微地闭起眼睛，不知道为什么自从他踏进这个地方，就有一种无法说出的感觉。去年的冬天，他在出差的途中，在高速公路上车子突然抛锚，只有请人把车子拖到离高速公路出口最近的地方，他是在百无聊赖地翻动修理厂的广告时才蓦然想起他有一个网友，就生活在这个城市。对于网络，他一直认为那只是一种工具，他一天有太多的事情需要处理，没有工夫在网上消磨时光，他也只是在心情实在郁闷，找不到排遣的方式时，偶尔地聊聊天。他的网友很多，有从没有打过招呼的，也有上过床的，不过都是一夜激情而已，这就是E时代的好处，轻易就可以满足任何需求。其实他当时真的并没有想到她会出现，他只是太无聊，他需要有点事来打发等待的时间。他不是一个喜欢等待的人，没想到却等来了一个本该毫不相干的人。但当他第一眼看到她时，却莫名地有一种似曾相识的感觉，她的恬淡，她的随意，他为什么觉得她那么亲近呢？这种感觉，他在别的女人身上从未有过。他试图接近她，一探这种感觉的来源，在女人面前他一向游刃有余。事实也是如此，刚开始时，她似乎并没有拒绝他，可是她最终还是断然结束了他一厢情愿的游戏。

也是那一次的无意停留，他看到了这个城市尚未完全开发的旅游商机。当他再一次来到这里，开车走在这三月的早春，这个花香开始弥漫的季节总有熟悉的气息迎面扑来。在某个瞬间，他甚至会有似曾相识的感觉，但当他认真地回想时，那种感觉却又瞬间即逝，他无法抓住那一缕感觉，他更无法理解这种感觉究竟来自何处。

清杨随手推开了窗，便有凉风吹了进来，他那双淡然的目光渐渐迷茫起来。

清杨的眼前晃过一个人影。

清杨记得那个早上，当他看到她跑到马路中间，惊惶失措，然后带着歉意像个做错事的孩子一样手足无措地给他道歉时，看着她的眼睛，他突然觉得这种眼神曾经好像出现在一个久远的梦中。

清杨突然想起她和他碰杯时嘴角的那丝不易觉察的浅笑，怎么有涩涩的味道，她一饮而尽看似洒脱的动作，在他眼中怎么会幻化成一种无奈与酸楚？她转身离去时的目光中为何会有隐隐的伤痛？

清杨不知道他怎么会有这样的感觉，他的身边从不缺少女人，他同样也不再为谁刻意停留，他像风，自由的风、不羁的风，风过却也无痕。

清杨头疼欲裂。

第二天，清杨睡醒的时候，这个小城明媚的阳光已洒满窗台，柳树的叶子似乎又绿了一些，在略有凉意的晨光中散发着绿莹莹的光泽。

清杨开着车，漫无目的地行驶在这个小城的马路上。街道两边的梧桐树也渐渐露出了新芽，店铺林立，也许是还早，街道上显得有些冷清。

清杨的目光停留在街道一侧的铁栅栏里，那里，有两株高大的玉兰树正在晨光中泛着幽幽光泽。他停下车，信步走进了公园。硕大的玉兰花在清晨的空气中轻轻舒展，一种清淡的香味便弥漫开来。

公园里有几个晨练的人，放着轻缓的音乐。清杨在长廊里倚着栏杆坐了下来，看着眼前不远处的两树盛开的玉兰，清杨又陷入了那种莫名的感觉里。

突然，清杨看到一个身影出现在铁栅栏之外，隔着栅栏，目光久久地停留在盛开的玉兰树上。

晓寒在铁栅栏外静静地看着这两树占据了她整个青春岁月梦境的玉兰，轻轻地叹了口气，走进了公园。

站在树下，晓寒用手轻摸着粗壮的树干，一种复杂的感觉油然而生："清杨，虽然你的记忆中不再有我，但我依然应该感谢命运，至少让我在多年之后，终于有了你的消息，对吧？"

"有些事，该忘记了，就不要刻意地记取，能忘记，也是一种快乐啊！"

二十

十三岁的晓寒是个漫不经心的女孩。

漫不经心的晓寒却在十三岁时遇上执着认真的清杨。

往事已经很淡很淡，淡得让人觉得也许只是很久远的一个梦。但为何在某个似曾相识的氛围里，晓寒总会有瞬间的失神？

“晓寒，我带你溜旱冰吧！”

“晓寒，我的秘密可只告诉了你啊！”

“晓寒，公园里的那两株玉兰快开花了，我们去玩吧！”

那是一个早春的午后，体育老师让大家自由活动，于是，一帮同学吵吵嚷嚷地翻过学校后面的院墙，去了不远处的那个公园。

公园内新栽的那两株玉兰已经长满了大大的花苞，也许过不了几天就开了。十三四岁的少男少女们，总在刻意地追寻一种成人化的浪漫，那些平日里要好的同学，便三三两两地分散在各个角落。

而晓寒和清杨，也坐在长廊的一端，看着漂浮在水面上的杂草，有一句没一句地说着话。

“清杨，你长大了，想做什么？”

“我要做一个守护大山的警察！” 清杨的目光中流露出一种凝重的

崇敬。

原来，清杨的家在一片苍茫的森林边缘。整个孩童时期，清杨和邻家的小伙伴尽情地疯玩于山中的沟沟岔岔，看映山红开满了房前屋后。

但有一晚，清杨在睡梦中觉得好热好热，恍惚中，他被人抱了起来……

清杨醒来时，他和弟弟睡在一片草地上，妈妈坐在不远处抢地呼天，眼前，是那座被烧得面目全非的老屋和屋子周围被火烤焦的树木，有警察在那儿和乡亲们说着什么。

起火的原因是清杨家的灶头里溅出来的火星，点燃了堆放在灶头前的柴火。幸好离清杨家的不远处，有一个派出所，那里的警察最早发现了火情，在他们和乡亲们的帮助下，才扑灭了大火，没有引起森林火灾，也是他们抱出了熟睡中的清杨和他的弟弟。清杨的妈妈不无后怕地说，要不是这些警察，后果真不敢想啊，不说这一片森林着火的后果，清杨和他弟弟也恐怕……

后来，又是这些警察送来了一些日用品，送到清杨妈妈的手里。她感动得一个劲儿地抹眼泪……

从那时起，清杨就想着长大了也要像他们一样，做一个警察。

“晓寒，你喜欢警察吗？”

“不喜欢，我以后要做个记者！”晓寒骄傲地说。晓寒没有看到有失落从清杨的眼角流过……

“清杨，晓寒，我们来照相了……”有同学在喊他们。然后，他们一帮同学便在那两株玉兰树下笑着挤在了一起。

那天，放学时，清杨递给晓寒一张卡片。

“明天见！”清杨骑上他那辆破旧的自行车，回头笑着扬扬手，汇入了人流。

“既然选择了远方，便只顾风雨兼程！”在卡片的背面，写着这样一句话。

晓寒看着消失在人群之中的清杨，心里生出一丝温暖。

然而，那次挥手，竟成了清杨和晓寒最后无言的告别。

清杨在那天回家的路上，出了意外。

一辆车撞倒了清杨。

清杨一直昏迷不醒。

据说清杨的母亲在花完了想尽了一切办法筹来的钱之后，为了清杨，不得不把清杨送给一对有能力继续为清杨治病的夫妇。说是那一对夫妇年过四十膝下无子。

那一对有钱的夫妇把清杨送进了更大的医院。

这些，都是晓寒断断续续听人们说的。人们在议论着清杨的母亲的无情，无法理解一个母亲在儿子生死未卜的情况下会如此狠心地将儿子送给别人。只有晓寒知道，作为母亲，她的伟大与无奈。

一个十几岁的女孩，纵使她的心中充满了想知道一切细节的渴望，甚至想能去在他的病床前静静地陪他一会儿，但也只能在无人的时候，向那两株盛开的玉兰倾诉她的祈祷。

清杨从此杳无音信。

晓寒仍在自己的生活轨迹中继续着她的生活。只是，有种忧伤的感觉总挥之不去。

晓寒的脸上露出一抹笑意。她从地上轻轻地捡起一枚早落的花瓣，放在掌心，花瓣犹如一只小小的船，晓寒轻轻地吹了一口，小小的船儿便晃晃悠悠地飞离手心……

清杨看着花瓣晃晃悠悠地飘离晓寒的手心，他又看到，在她的神情之中，有丝丝缕缕的凄楚，她的那抹笑意里，也似乎有着挥之不去的忧伤。

清杨走向晓寒。

当清杨出现在晓寒眼前的晨光中时，因为是逆光，晓寒有些看不清，待走近看清时，晓寒的嘴轻轻地张开，却没有说出一句话。

“怎么是你？”晓寒不知所措。

“怎么不能是我？”

清杨轻笑了一下，那笑里有一种戏谑的意味。

晓寒无言。目光却暗淡了下去。

“这么早，还拿着包，要去哪里？”清杨为了打破沉默，随意地问。

“上山，去上班啊。”

“哦，对了，你在凤凰山景区！”清杨的嘴角又露出一丝戏谑。

“我该走了，再见。”晓寒轻轻地弯下腰捡起那枚飘落的花瓣，转身向外走去。

“晓寒。”清杨冲着晓寒的背影突然说道。

晓寒的背影微微一怔，停了下来。

“我送你上山，如何？”

晓寒打开车门，有淡淡的栀子花香在车内的空气中。晓寒一直认为，喜欢花香的男人，要么是天生有着忧郁气质，要么是对生活充满了热情，而眼前的他，该属于哪一种呢？

车上的音乐流动着那首张雨生的经典老歌：

如果大海能够唤回曾经的爱，
就让我用一生来等待，
如果深情往事，你已不再留恋，
就让它随风飘远
……

“最近，我突然喜欢上听这一首歌。当我一个人，开着车漫无目的地游荡于这个地方时，我总爱听这首歌。”一直专注开车的清杨幽幽地说。

“你曾来过这里吗？我说的是去年冬天之前。”晓寒收回看向窗外的目光。

“我不知道。”清杨转过头来看了晓寒一眼。

“你一定会觉得这个回答很无礼吧？”清杨的语气依然很淡然，“其实，自从我来到这儿，也就一直在问自己，我曾来过这儿吗？这里的空气中总有一种熟悉的气息，当我一个人站在酒店的窗前，在风的吹拂下，我恍惚觉得我曾行走在这个小城的每个角落……”

晓寒的心一痛。

“也许，这是你许久之前的一个梦吧！”

“也许吧！”清杨淡然一笑。

二十一

韩箐是在早上上班之前接到父亲打来的电话的："你妈最近胸口一直疼得很，我想趁着这些天地里没有活，带她到市里来检查一下……家里没事，婆婆我送到你姐家去了，门让邻居照看一下就行了，也就几天的工夫，没事的……我们这会儿就在等车，估计最迟中午也就到了。"

挂了电话，韩箐脑子里飞快地运转起来，想医院有没有熟人。可想来想去，都没想出个人来。他突然记起晓寒有个朋友就在市医院，上一次他妈住院还找过人家呢。他连忙把电话给晓寒打过去："晓寒，我妈病了，要到市里来看病。"

"哦！"晓寒刚起床，正在吃早餐，"那就来吧！"

"你不是有个朋友在市医院吗？能不能联系一下给找个好点的大夫？"

"医院门前有公示栏，谁主治什么，是什么级别，一清二楚的，没必要找吧！"晓寒的口气淡淡的。

听到晓寒这种口气，韩箐一下子来了气："晓寒，你至于吗？"说完挂了电话。

晓寒看了看电话，突然有些不忍心。唉，事情过去都很久了，我是不是有些过分啊？一提起韩箐的妈看病，晓寒的心里就不舒服。晓寒坐月子时韩箐妈说家里还喂着两头大肥猪，走不开，晓寒知道他们家的情况，本来也就没指望着她能来。好不容易熬到孩子六个多月时，韩箐的妈突然肚子疼得要死要活的，赶紧送到市医院来，当时晓寒还休假在家，连忙给朋友打电话联系床位和主治大夫。住院后一查说是气栓，不是太严重，但也得做手术。住院期间，正遇上韩箐单位又有项目，整天忙得根本顾不上照顾他妈，晓寒只有把孩子放到娘家，三天两头往医院里跑。

晓寒的朋友是位男士，一次他到凤凰山玩，下山后发现手机不见了，因为当时手机不像现在这样普及，他很着急。当时晓寒刚好值班，她听说了情况后，又叫上单位的几个同事，顺着沿山而上的台阶边找边打他的电话——幸好是冬天，游客少，不然有多少也找不回来的——后来终于在路边的草丛里找到了。过了几天，他突然打电话给晓寒，说是感谢晓寒，想请晓寒吃顿饭，晓寒谢绝了，但两人从此却成了朋友。晓寒因为这次麻烦了人家，所以去看韩箐妈时拿的水果就会给他拿去几个，有时遇上了，就坐在一起说说话。他是个很有趣的男人，说的话常逗得晓寒哈哈大笑。

韩箐妈出院后在晓寒家里又养了一段时间。有一天，晓寒带着保姆抱着孩子回娘家，都下楼了，才发现忘了给孩子拿奶瓶了，她让保姆抱着孩子先走，自己又转身上楼去取奶瓶。走到门口，她刚要叫韩箐开门，就听到韩箐的妈和韩箐说："你可注意点晓寒，我看她和医院的那个男大夫关系可不一般啊，你没见他们在一起说话多亲热。"韩箐说："妈，你别瞎说了，他们只是朋友。"韩箐的妈说："你还不信，你问你爸，看我瞎说没？"只听韩箐的爸说："是啊，我们隔着玻璃窗看到的，他们坐在树下的椅子上有说有笑的。现在的女人啊，心思可多着哩，你可得提防着……"

晓寒简直无法形容当时的感觉，她愤怒地转过身腾腾地走下楼去。也许是韩箐听到了她的脚步声，忙把门拉开，冲楼下喊："晓寒，你怎么还没有走啊？"晓寒没有吭声。那天晚饭，晓寒是在娘家吃的，吃饭时晓寒的沉默引起了爸爸的注意，他问晓寒怎么了，晓寒摇摇头说没事。

晓寒回到家，让保姆哄孩子，自己倒头就睡。也许韩箐的爸妈意识到晓寒听到他们说话了，第二天一清早，他们就提出要回去了，晓寒也没有挽留。这事虽然过去已经两三年了，却在晓寒的心里留下了阴影。她以前一直觉得韩箐的爸妈是朴实的人，家里穷点都没关系，只要心好就行了，没想到他们竟然是这样看她的。虽然晓寒不干涉韩箐寄钱回去，还会在换季的时候给他们买了衣服捎回去，但这只是尽心而已，与情感无关，她从心底渐渐地对韩箐家的事变得不闻不问了。其实这世上很多的事情都与感情没关，只是尽心而已。

韩箐的父母这两年很少来，一来是忙，走不开；二来他们也意识到自己的话伤了晓寒的心，不好意思来。但毕竟他们是韩箐的父母，不能为难韩箐啊，晓寒想了想，拨通了朋友的电话。

晓寒跟朋友说好了之后，给韩箐把电话打了过去，想告诉韩箐她已经说了，等来了直接带着去找他就行了。可谁知韩箐的手机一直是占线。

过了好久才打通，“我给说好了……”晓寒话还没说完，韩箐说：“好了，不用了，我已经找到熟人了，不用麻烦你了。”说完，挂了电话。晓寒愣在了那里，不知所措。

二十二

一下班，韩箐便去车站接爸妈。韩箐爸妈拿着大包小包，韩箐一边怪怨他们拿那么多的东西，一边把东西搬上车。“家里也没有什么，就是一些核桃和花椒，还是去年给你们留的，你们过年没有回来，一直放到现在，趁着这次来就给你们带来了……琅琅呢，又长高了吧……晓寒呢，她上班去了吧！”韩箐的妈絮絮叨叨的。

下午韩箐请了假，带爸妈去医院。

在医院门口，他看到已经等在那里的田思思。

田思思笑着走了过来：“叔叔、阿姨，你们好！”韩箐的爸妈疑惑地看了看韩箐：“这是……”

韩箐笑了起来：“妈，你仔细看看她是谁？”韩箐的妈上上下下地打量田思思，突然，一把拉住田思思的手：“哎呀，是思思啊！你怎么也在这儿啊？我前些日子还见你妈呢，说你好几年也没有回去了……你看这路也不远，咋回去一趟就这么难啊？”

田思思笑着说：“阿姨，还不是因为工作忙嘛，其实我们也都想着能常回去呢。不信你问韩箐，他前几天还说等忙完这一阵子回去看你呢！”

大夫是田思思联系好了的，很容易就挂上了号，其实韩箐妈也没什么大毛病，就是人上了年纪各个器官开始退化，总有些这样那样的小毛病。大夫说保持心情舒畅，少干些重活，应该没有什么大碍的，也不需要住院治疗。韩箐舒了一口气。

回到家里，韩箐妈妈说："不是听你说在找人想把晓寒调到市区吗？能办成吗？你看你一个人在家怪冷清的。"韩箐说："正在托人说着哩。""什么事都是螃蟹的眼睛——活的，你可别舍不得花钱，现在办事都没有干指头蘸盐的，该花还是要花的。晓寒一个女人家，常年在外也不是个事，你们也早该想到这个问题了。明天把琅琅接回来吧，我们也好久没有见他了。"韩箐的爸爸说。

"晓寒是不是还记恨我们啊？"临睡之前，韩箐妈突然问韩箐。

"怎么会呢，晓寒不是那样的人，她不是前几天还给你和爸买了衣服捎回去吗？"

"那她今天怎么没有回来啊？"

"她单位最近忙得很，可能明天就回来了。"

"哦，没有心病就好，其实我也知道她心眼好……哎，思思现在干啥呢？自己还开着车呢，听她妈说她找了个当大领导的，条件很不错的。"

"嗯，就是的，她老公就是市旅游局的局长，晓寒工作调动就得他说了算……我们也是前一阵子才遇上的，今天就是她帮忙联系的大夫。"

听说晓寒工作调动由田思思的老公管，韩箐的爸妈一下子来了精神："那你跟思思说说啊，让她给她老公说说，不就容易了吗？"

"我们也是这样想的，但田思思说最近她老公忙着旅游开发的事，过了这一阵子再说，只好再等等了……好了，爸妈，你们早点睡吧，我明天还要上班呢！"

虽然领导一再强调这几天是特殊时期，无特殊情况不许请假，但晓寒还是请了两天的假，毕竟韩箐的父母来了，不回去一趟说不过去。晓寒回家时特意到超市买了菜，她不在家，韩箐很少做饭的，家里肯定连点像样的菜也没有。晓寒气喘吁吁地把菜提上楼，就听到家里传出一阵阵说笑声，看来今天韩箐回家早，晓寒想着就腾出了一只手掏出钥匙打开了门。客厅的茶几上，放着满满一桌子的菜，看到突然进来的晓寒，韩箐的爸妈一愣，旋即韩箐妈说："哦，晓寒，你回来了啊。"

"哦，爸，妈，听韩箐说你们来了，我就请了两天假。"晓寒一手提着菜靠在门口边换鞋边说，"今天韩箐还出息了，烧了这么多的菜啊？"

正说着，厨房门推开了："红烧肉来了！"田思思笑着端着一盘菜走了出来，看到门口的晓寒，顿时一愣，随即笑着说，"哦，你回来了啊！"

"思思，你把切的生姜放哪儿了？油要着了……"厨房里传来韩箐的喊声和锅里滋滋的声音，一股呛人的气味从开着的门里飘进来。

"哦，你也在啊？"晓寒轻轻地笑了下，"不好意思啊，还让你亲自下厨。"

"呵呵，没事的，我来看看叔叔和阿姨，以前在家时，我常到韩箐家给阿姨帮忙做饭呢……"

"昨天多亏思思帮我联系看病，今天又跑那么远来看我，思思这孩子啊真有心……"

正说着，韩箐端着菜边捂着嘴边咳嗽边说："思思，你干吗呢，也不进来帮帮我，你看我都炒煳了……"一抬头，看到门口站着的晓寒，韩箐道："哦，你什么时候回来的，怎么也不打个电话啊？"说着忙把菜放到桌上，把晓寒提在手里的菜接了过去。

晓寒笑了笑："家里今天可真热闹啊！"

"饭马上就好了，你去洗洗手准备吃饭吧！思思，你帮我再烧个汤吧！"韩箐说着提着菜走进厨房去了。思思看了眼晓寒，也跟了进去。

晓寒坐到沙发上，随意地问："琅琅呢？你们来了，韩箐没接他回来吗？"

"韩箐打电话，你妈说他跟他舅舅去钓鱼了，说是晚上回来。"

"哦。"晓寒不知道再说什么。

看着一桌子的菜，晓寒却觉得自己没了胃口，但她还是坐在桌子边，看韩箐妈和田思思亲热地拉着家常。韩箐妈突然说："思思啊，听韩箐说你老公是晓寒的领导啊？”

“嗯，就是的。”田思思回答得很是干脆。

“那你能不能跟他说说，把我们家晓寒调到市里来啊？你看晓寒一个女人家，常年在外，这家都不像个家了。”

“妈！”晓寒叫了声，其实自从她那晚知道田思思竟然是韩箐当年的邻居加同学，就已经很后悔去找她了。如果让这个女人帮忙，她宁愿一直待在山里。

“阿姨，这事我跟他说过，他说最近晓寒她们景区有个开发商来投资，正是关键时候，等过了这一阵子人员都要重新调整。晓寒在山里已经几年了，这次肯定会考虑的，你就别担心了。”

“哦，那就好，晓寒的事就麻烦你多操心了。”韩箐的妈殷勤地说。

“不用了，我不打算调了。”晓寒说。

“晓寒！”韩箐疑惑地看着她，“你怎么了？”

“没什么啊，我只是突然觉得现在的生活很好，我喜欢！”晓寒笑着说，“以后就不用麻烦思思操心了。”

韩箐的父母不禁面面相觑。田思思却笑了笑说：“没关系的，也没有什么麻烦的。”

晓寒感觉这顿饭吃得好郁闷……

琅琅还在和爷爷奶奶闹，晓寒却就早早地洗了个澡睡下了。可她怎么也睡不着。她听到韩箐哄琅琅上床去睡觉，听到韩箐和他爸妈说话，然后她听到韩箐走了进来，晓寒闭上了眼睛假装睡着了。“晓寒！”韩箐轻轻地叫了声，她没有动。她能感觉到韩箐在脱衣服，然后爬到床上来，她在等韩箐钻进被窝来，半天却不见动静。晓寒疑惑地睁开眼：“你怎么还不睡啊？”

“晓寒！谢谢你今天回来啊，我还以为你不回来呢。”

“哼，你是不是不希望我回来啊？”

“我怎么会不希望你回来呢，你不知道，我有多想你……不信，你摸摸看……”说着韩箐拉着晓寒的手慢慢塞进自己的被窝……

“哧……”晓寒笑了起来，“你就是这样想我的啊？”

韩箐自嘲地笑了笑：“我现在才真切地体会到什么是身不由己了，但我的心里肯定是十分想的……”

“没事，你最近可能是太累了，早点休息吧！”晓寒转过身去。

“晓寒，”韩箐轻轻地拨弄着晓寒的头发，“你真不想调工作了啊？”

“也不是，我只是不喜欢那个田思思，求她帮忙我还不如就这样待在山上呢！”

“呵呵，她没怎么样啊，你不要对她有偏见嘛，有些事她也是情非得已啊！”

“情非得已？勾引人家有夫之妇也是情非得已？”

“你不要说得那么难听，你没见现在的社会这种事正常得很，‘饱暖思淫欲’，人家当官的物质基础丰富了，对精神上就有更高层次的追求了，这是人之常情！有求才有应，‘二奶’‘小三’的产生不过是时代的产物，既然是时代的产物总有其存在的价值与意义吧！”

“价值，意义？那你说说有什么价值和意义？”

“嘿嘿，最大的意义当然是让女人们有危机感，促进女人们对男人越来越好呀！”韩箐笑得有些不怀好意，“不然，在家里吃不饱的话，就会在外面……”

“在外面如何？找情人吗？”晓寒转过身来，“那你的意思是，男人如果让女人吃不饱，女人也可以名正言顺地去找情人了？”

这本来也是一句玩笑话，可韩箐的脸色却瞬间就变得难看起来：“是的，你如果觉得我无法满足你，你可以去找情人！”

“你真是莫名其妙！”晓寒转过身去，不再理会韩箐。

二十三

吃早饭时晓寒对韩箐的爸妈说最近她单位有些忙，想让他们在家多住些日子，帮忙接送几天琅琅，琅琅也嚷着爷爷奶奶不要走。韩箐的爸爸和妈妈商量了一番说那好吧，反正现在也正是没有农活的时候。

把琅琅交代给韩箐的爸妈，晓寒觉得浑身轻松。

好久没见薛妍和蓝澜了，也不知道她们最近怎么样了，晓寒约了她们出来逛街。蓝澜说逛街没心情，要不一起喝酒去吧。晓寒想了想说也行，那就去喝酒。

“你总算是记起我了，我都要伤心死了。”一见面，蓝澜就夸张地扑过来搂住晓寒。

“怎么了啊，你不是忙着准备当新娘吗？约你几次都在忙，是谁没良心啊？”晓寒没好气地推她。

“别啊，借你的肩膀给我靠靠嘛！”蓝澜赖着不松手，“我真的伤心着呢，夏钧又把婚期推迟了……”

“怎么了，为什么啊？”虽然晓寒知道蓝澜的脾气，总爱咋咋呼呼的，但听到这事还是有些紧张。

“他说他们公司又上了一个新项目，要他主持研发，一天忙得连个影子都见不到，根本没有工夫考虑结婚的事，这可怎么办啊？”

“这有什么大不了的啊，推迟就推迟了，反正你们现在也只是酝酿阶段，又不存在已经通知亲戚朋友、请客的问题。”

“你说得倒轻巧……唉，你看，你现在都是四岁孩子的妈了，我还游荡着呢，早知道会这样我也早早结婚了。”蓝澜可怜巴巴地说。

“早结婚有什么好啊，不过是比你们看起来老罢了！”看着蓝澜那死样子，晓寒笑着说，“你就那么急着想结婚啊，至于吗？”

“就是，你们一起吃，一起住，那和结婚有什么两样啊，不就差一个证吗？”薛妍笑起来。

“不是的，我只是最近觉得夏钧好像有点不对劲，他不会是故意拖着不想和我结婚了吧！”

“不会吧，你怎么会有这种想法啊，你们不是都订婚了吗？”

“婚是订了，但我发现只要我一提结婚的事，夏钧就借口忙，从不主动和我商量一些具体的事，我说的事他就模棱两可地敷衍，而且最近一回来倒头就睡，我能明显地感到他对我的冷落。”蓝澜一脸的无奈，“他不会是不想和我结婚了吧？”

“不是一切尽在你的掌握中吗？不是主动权一直在你的手里吗？”薛妍对蓝澜说话从来都毫不留情。

“唉，今非昔比啊！”蓝澜又夸张地一声长叹，“我现在是知道了，这谈恋爱是不能时间太长的。尤其像我们这样，住在一起几年了，除了没有孩子，本来该结婚后干的事都干了，就对婚姻没有憧憬，麻木了。”

“别瞎说了，也许真是夏钧工作太忙了，你们好好谈谈，把你的意思说清楚。要不，你跟他说你们先领证吧，婚礼等他有时间了再办。”

“哼，我才不呢，结婚是何等的大事，怎么能如此草率？我知道了，是我最近太急于结婚，对他太好了，无形中助长了男人的劣根性。哼，我要让他知道，他不想结婚，我更不想结婚呢！”

“你想怎么样？你可别意气用事啊！”

“嘻嘻，我知道，我只是想让他夏钧知道我蓝澜并不是没有男人喜欢，非缠着他不可的！从今天开始，只要他不回来，我就和别的男人约会！呵呵，当然只是吃个饭，喝个茶了……”

晓寒和薛妍对视了一下，笑了起来，薛妍说：“你又要玩你的欲擒故纵了啊？你小心点，别玩得太过火。”

“没事，我有分寸的！”

“唉，这做人怎么就这么难啊？什么事都不能遂人心愿，做人太累了，我下辈子是不打算再做人了……”看来薛妍的心情也不是太好，端起酒杯一饮而尽，“不过晓寒我发现我们三人中你还算好了，没有什么烦心的事。”

“呵呵，可能是因为我对生活的要求低吧！”晓寒轻笑了下，“你没听说过‘幸福，是因为要求不高’吗？”

“我要求也不高啊！我不过也就想着两个人好好过日子，然后有一个孩子，这是最普通的愿望了吧！但这么平常的事，老天怎么也不成全我啊？”薛妍有些喝多了。

“谁让你爸那么有钱啊！我跟你说，要是没钱的人，对这些事倒还不怎么在意的，而有钱的人就不一样了，非得后继有人不可……”蓝澜也不管薛妍爱不爱听，只管自顾自地说，突然，她想起来，“哎，薛妍，你爸不是在找前妻吗，找到了没？”

“有些眉目了吧！”薛妍语气一下子低落下来。

原来，自从薛妍爸爸知道李明的病情后，便开始劝薛妍离婚，但薛妍不同意，还说要住到外面去。想到爸爸这一生操劳，却落得个后继无人，也许人这一世真有因果报应这一说法，看来是他当年太过绝情，老天在惩罚他。人就是这样，忙忙碌碌一辈子，到老了，才有时间想想曾经的过往。想着想着，就觉得愧对前妻，前妻是一个善良的女人，也是个倔强的女人，当初自己义无反顾地离婚后又独自拉扯着孩子，这对一个女人来说是何等的不易啊。这样想着，越加坚定了他要补偿前妻的想法。他说他考虑过了，如果前妻愿意接受，他愿意把他财产的三分之一给前妻。薛妍说，其实她对钱看得并不是很重，但一看到她妈整天唉声叹气的，就觉得是自己对不起妈，害得她辛苦一辈子，到头来还是输给了那个女人。薛妍说不止她妈，她也觉得好不甘心啊。

“命运真是说不清的东西！”晓寒轻轻地一叹。

二十四

天气一天热似一天，韩箐的爸妈放心不下家里，还是回去了，琅琅也住到晓寒娘家去了，家里一下子又显得空落落的。许多个晚上，韩箐只能靠上网来打发时间。韩箐看看时间已经是十二点多了，他站起来准备去洗脸睡觉，突然下腹部一阵阵痛，又重重地跌回到椅子上。

这样的情形已经有好多次了，韩箐一直没当回事，但今晚这次似乎持续的时间更长，疼得也更厉害了些。韩箐想，明天还是抽空去检查一下吧，别真有什么病才好。

翌日，韩箐坐在医院门外的台阶上，手中的检验单已被他揉搓成一团。大夫的话回旋在耳边："你的前列腺有点问题，确切地说是前列腺产生了病变……"

"那会怎样？"韩箐一直觉得自己的身体很好。

"这还要进一步检查，我建议你去大一点的医院全面检查一下。如果真是前列腺产生了病变，就得手术，手术有一定的风险，如果手术出现意外，将会影响到你以后的性生活……"

韩箐顿觉大脑一片空白。他不知道是怎样走出医院的，他坐在医院门前的台阶上。韩箐突然好想晓寒，韩箐拿出手机，却又迟疑起来。该告诉她吗？怎么跟她说呢？捏着手机的手心不禁出了汗。

“晓寒……”韩箐不知如何开口。

“我这会儿有事呢，旅游开发的人前来实地考察，一会儿我给你打过去吧！”

“晓寒……”韩箐听到电话里有人在叫晓寒。晓寒匆匆挂了电话。

也许晓寒真的太忙，一整天，韩箐都没有接到晓寒的电话。黑暗中，韩箐抽了一支又一支的烟。幽黑的夜幕上，挂着几颗星星，使夜更显得寂寥。

“寒星几点烛影深，怎奈相思了无痕！”

韩箐轻击键盘。

“你怎么了？有心事？”是蓝玲儿。

“你在啊！”

“是，我在等你！”韩箐心中一动……

于是，在这样一个夜，韩箐说起了他的生活、他的晓寒、他的担忧、甚至他难以启齿的病情……也许，压抑了太久的灵魂需要一次释放。

“我想见你！”蓝玲儿突然说，“你愿意吗？”

“好！”

也许在今天以前，韩箐是不会和蓝玲儿见面的，但今天，韩箐突然怀疑起曾有的生活，觉得曾有的生活就像是一件厚重的棉衣，让他取得温暖的同时，也束缚了他的自由，而这一切，是否值得？况且，只是去见一个自己仰慕的女人，这应该不算是一种背叛吧！

韩箐如约出现在“梦缘”咖啡屋。

中午时分，店里的客人很少，音乐舒缓地流淌，在依窗的桌前，一个女人睁着大大的眼睛凝望着眼前透明的玻璃杯，神情幽深而复杂。

“是你！”

“是！”

“为什么？”

田思思静静地盯着韩箐的眼睛，一字一句地说：“因为我一直都喜欢你！”

蓝铃儿居然是田思思，这让韩箐感到十分意外。

田思思说：“你放心，我没有别的意思，我更不会破坏你的家庭。只是在这个城市，我觉得越来越孤单，每一个夜都是独自在黑暗中度过，我不再喜欢说话……”田思思说就在她感觉整个人都要麻木了的时候，韩箐意外地出现，竟然让她心里突然对生活有一种渴望和热情。

田思思说：“韩箐，你不是也有寂寞无助的时候吗？你应该能体会这种感觉吧？”

韩箐摇了摇头：“思思，我和你不一样的。”

田思思笑起来：“什么不一样？是因为你认为你的心中是有爱的，你的爱是神圣的，对吧？我只是一个可怜的，自作自受的，被别人看不起的怨妇，对吧？”田思思的眼神里掠过一丝酸楚。韩箐的心一痛，说：“思思，你明知道我没有这个意思的。”田思思说：“那你说说看，是什么意思？”韩箐无言。

“呵呵，我们喝酒吧！”田思思将一杯酒一饮而尽。

二十五

清杨站在山顶上，看绵绵群山如海浪一样起伏着伸向远处，山桃花开遍沟沟岔岔，风一吹，便有缕缕花香隐隐传来，清杨的思绪又如烟雾般迷茫起来。为何，这一切都那么似曾相识？

“喝瓶水吧！”有人打断他的思绪。

清杨转过身，晓寒抱着一堆矿泉水站在身后，递给他一瓶，又向别人走去。

晓寒，这个沉静的女人，为何看到他的时候总是低垂着她的眼帘？自从那天他送她上山之后，再见到她，她对他总是敬而远之。当他们的目光相遇时，她总是慌张地将目光投向别处，她为什么在逃避？还是她的神情本就不对？她总寂静得如这山中的一株草，好像是刻意地让人们忘却她的存在，但为何看似不经意的目光里却有一丝让人难以看清的神情？

这山，这树，这里的空气，还有这个女人，给清杨的感觉为何总如雾一般挥之不去？

晓寒将剩余的矿泉水放到车上，坐上了车。隔着车窗，晓寒看到清杨对着大山，好像陷入了某种沉思之中，风吹鼓了他白色的衬衫……

那天，清杨将她送到山上，临走时，他摇下车窗，看着晓寒说："晓寒，我们之间一定会有故事，你信吗？"

看着清杨的车消失在山路的尽头，晓寒轻叹，我们的故事在十三岁时就已经发生了，可是，清杨，你是我的记忆，而我对你，却什么也不是啊！晓寒已经从你的记忆里消失了！

第二天，窦主任便对晓寒他们说，放下手边的工作，这段时间最要紧的是陪同开发考察团的人进行实地考察，协调好一些事情。晓寒知道，这次投资资金很大，不光是局里，就是市里也是非常重视。于是，晓寒便和同事跟着这些人山前山后地跑。

在一定程度上，晓寒的心一直处于矛盾的状态。从她看到清杨的那一刻起，她的心就不再平静，她渴望看到他，他的眼神、他的孤傲、他深藏于眼眸之后的寂寥……毕竟他曾占据了她整个青春时期的梦啊！她希望清杨能够想起她，想起他曾说过要一起长大，但另一方面，她不得不清醒地意识到，既然故事在那时戛然而止，旧事重提，是否还有意义？

清杨转过身来，走向晓寒。晓寒不由得慌乱起来。

"我们能说会儿话吗？"清杨拉开车门，手扶在车门上方。

晓寒无法拒绝。

"晓寒，你喜欢待在这山里吗？"晓寒和清杨站在一株山桃花下，风一吹，山桃花瓣便纷纷扬扬地飘落下来，又飘向远处。

"无所谓吧，到哪里都不过是为了生活而已。"晓寒的目光看向山的尽头。

"晓寒，告诉我，为什么我觉得你那么亲近呢？"

晓寒无言。

"我知道，你是无法了解这种感觉的……"清杨幽幽地说。

清杨啊，我了解，我能体会，但又能如何，告诉你我曾是你最好的玩伴，告诉你曾挥着手和我说再见……然后呢？晓寒的心隐隐作痛。

晓寒坐车下山时，电话响了一声，是韩箐的信息："晓寒，我出差去了，孩子放到爸妈那儿了，你不用担心。照顾好自己。”晓寒这才想起，韩箐曾打过电话，好像有什么事要说，但那会儿正忙，过后竟然忘了，也没回个电话。想到这儿，晓寒觉得有些歉疚，她这些天总是忙，打个电话也总是匆匆说几句，他们之间的感情也好像淡了不少。韩箐，等忙完这一阵子，我就休假好好陪你和孩子！

二十六

晓寒没想到孙局长会给她打电话。

“李晓寒吗？你明天到我办公室来一下，我有事跟你说。”

“明天？”晓寒一迟疑，“我还在山上呢，明天恐怕不行……”

“没事，我会跟窦主任说的，下午有便车就下来吧……”

晓寒很是意外。除了年前去给他送过礼——况且那天也没有见着，再者就是在五一、十一期间汇报客流量时去一下局里，偶尔遇上孙局长也就是问个好，连多余的话也没说过。今天他怎么会打电话，而且听口气还很客气。单位有什么事他该问窦主任啊，难道是她工作调动的事有希望了？但这事都这么长时间了，田思思不是也说这事等过了这一阵子再考虑吗？还没来得及细想，管理处窦主任笑嘻嘻地走了过来。窦主任以前不住景区，自从这次投资项目启动以来，他就在景区布置了一间办公室，晚上有时也就住在了景区。因为晓寒本来就讨厌他说话拿腔拿调的，一直对他敬而远之，再加上上一次他外甥女的事，晓寒就更不愿意搭理他了。看着窦主任走过来，晓寒顺手拿起一本书埋下头看，假装没看到他过来。

“看书呢，晓寒。”

“嗯。”晓寒头也没有抬。

“什么书啊，这么认真？”窦主任凑到跟前来。晓寒不得不向旁边侧了侧身子，合上书道：“窦主任要是喜欢看，你拿去先看吧。”

“哦，不不，我只是看看是什么书，你知道我又不喜欢看书的。你看，你看。”窦主任直起腰来，却没有离开的意思。

“晓寒，那天你请假了，正好孙局长来，还特意问起你呢。”

“问我？”晓寒看窦主任似笑非笑的表情，突然想，难道孙局长跟窦主任说了我想调动的事了？“哦，他说什么了？”

“我当时就对你的工作能力大加赞赏，说了这些年你在这里的一些工作情况。他只是若有所思地点了点头，也没再说什么……”正说着，窦主任的电话响了，趁着他接电话，晓寒忙走出了办公室。身后传来窦主任热情有余的声音：“孙局长啊？嗯，顺利着呢……”自从凤凰山景区来了个大投资者，这里一下子成了备受市里关注的焦点，就连局长也一日几次地打电话询问具体考察事宜，这个窦主任更是忙得不亦乐乎。当然了，如果投资成功，凤凰山的景区就不可能再是目前半死不活的状态了，虽然等级评定是国家4A级森林公园，但事实上谁都清楚，无论软、硬件基础设施的建设根本达不到标准要求。

晓寒回到宿舍刚坐稳，窦主任便在门外喊：“晓寒，局里说有个文件让你去取。你今天下午干脆就回去吧，明天一早去局里取！”

去局里取文件？局里的文件不是一直都是发到市里的公园管理处吗？晓寒突然明白了，恐怕是孙局长跟窦主任说了让她去办公室找他的事了。也好，那么多的礼送了，也该给个结果吧。韩箐碍于田思思，一直不好开口问，现在突然提起，说不定事情有了转机。况且，自从清杨突然出现，她的心里就没平静过，她很矛盾，她想见他，却又怕见到他深邃的目光，他似乎要看到她的心里去。每到这个时候，她都会心慌地忘了自己该干什么，以至于工作中常常出现问题，那天甚至差一点掉到山谷里去，若不是清杨一把拽住她，她现在可能就躺在医院了，这样下去迟早会出事的。她如果真能调走了，也算是一种逃避吧，很多事情就是这样，既然忘不了，就离开吧！

车窗外，层层叠叠的苍翠，望也望不到边，烟雾若有若无地在苍劲的古松间游动，这条昔日里看惯的公路隐没在一架架茂盛的野刺玫后面。毕竟山上气温低，刺玫花刚刚探出米粒般大小的花苞，也许过不了多久，这条公路就会被笼罩在一片浓郁的花香里。在这条路上，晓寒往复行走了近五年的时间。晓寒记得她第一次走进凤凰山是在深秋时节，那时，眼前面是红黄相间的叶子，摇曳在山间的沟沟岔岔，五角的红枫像火一样燃烧在半山腰，一片绚烂和浓烈。而身后，那座山上的古松及夹杂其间的竹子，依然一片青幽，还有隐隐的山寺檐角的铃声穿越松枝的牵绊飘荡在空气中，显得幽深而寂寥……五年的时光，一切还都是如初，路依然是曲曲折折，寺院的钟声还是沉重而浑厚，有什么不一样了吗？不一样的是她现在已经是一个四岁孩子的母亲，她有一个爱她的丈夫，这对一个女人而言，该是完满的结局了吧！晓寒这样想着，嘴角却露出一抹无奈来。

二十七

第二天一早，晓寒便来到旅游局。虽然她之前很少来这里，对这里并不熟悉，但今天她明显地感觉到与以前的不同。首先就整体环境来说，就有焕然一新的感觉，不用说，这都是因为最近领导频繁地光临这里，这里的环境才会如此干净的。

在大门口，晓寒碰到了旅游局办公室主任何璐。以前晓寒就听同事们说过，这个何璐和孙局长好像有什么说不清的关系，晓寒一向对这种事不太关心，况且和人家也没有什么业务往来。只是有一次晓寒替同事来局里办事，正好她在，一副趾高气扬的样子，本来一个简单的事就是硬拖着不办，害得让晓寒下午又跑了一趟，让晓寒着实郁闷了一阵子。可今天好像太阳从西边出来一样，何璐看到晓寒老远就和晓寒亲热地打招呼：“晓寒，你来了啊，孙局长在办公室开会，说让你来了就过去。”就好像她俩是多年的朋友一样挽住了晓寒的胳膊。晓寒有一种说不出的别扭，假装整理衣服领子，把胳膊抽了出来，和她保持着一定的距离，晓寒不喜欢这种对人太热情的女人。局长办公室在六楼最南端，何璐从见面开始就一个劲地问晓寒最近好吗，生活好吗，工作好吗，老公好吗，儿子好吗……晓寒对这突如其来的热情有些难以承受，又不便拂了人家的好意，只能一个劲地点头附和。

局长办公室的门虚掩着，里面传来孙局长的声音：“你们平时不是很能吗？一个个都感觉自己能给老天爷缝裤子，关键的时候连个裤衩也缝不出来……”

听得出局长在训人，晓寒进退两难。何璐却一抬手推开了门：“孙局长，晓寒来了。”

办公室里的几个人目光齐刷刷地向这边看来，局长听到声音转过来，脸上洋溢着灿烂的笑容，这和往日坐在主席台上不苟言笑的局长迥然不同。“哦，晓寒来了，快进来……你们几个去准备自己手里的工作吧，好好想想，如何抓住这次机遇！”

那几个人起身走了出去。

“孙局长，窦主任让我来取文件……”晓寒说。

“哦，我知道，文件在小何那儿。你先坐，我还有话要跟你说呢……”

何璐已经在找杯子准备给晓寒倒水，孙局长扬了扬手：“小何，你忙你的去吧，我来给晓寒倒水。”晓寒注意到何璐愣了一下，这一愣，晓寒明白了原来同事们说的并不是没来由的。看来，这个何璐和局长之间还真有点暧昧的意思。何璐旋即笑着说：“晓寒，那我先忙去了，文件在我那儿，一会儿你来我办公室取吧。”晓寒忙点头说好。

晓寒还是第一次来局长办公室，工作这么多年，作为旅游局的一个基层景区的职工，最多也就是和管理处的人有联系，局长就相当于高层领导了，晓寒和他从来是没有往来的。要不是为了调动工作，晓寒可能连领导长什么样都不知道，局长当然就更不可能知道还有她这样一个人了。以前晓寒对领导一直是敬而远之的，可现在不同了，自从去年冬天动了调动的念头，和韩箐去过孙局长家后，她就觉得自己做了什么见不得人的事一样，尤其现在见到了局长本人，也就更加忐忑不安了。而且她的不安并不是来自局长是否会考虑她调动的事，而是担心局长会不会因为她有这种想法而批评她。

“晓寒，你的事思思跟我说过了。”孙局长一边给晓寒倒水一边随意地说，“本来我一直也有这个考虑的，虽然我们接触不多，但许多优秀的人才我们还是很关注的。我知道你在凤凰山工作了这么多年，一直兢兢业业的，顾不上家和孩子，也该调整调整的……”

呵呵，看来蓝澜说得对，谁不爱财啊，人家当领导是为了啥啊，这样想着，晓寒的心就平静了下来。不过看来这个思思确实还是帮了忙的，我得记她的好，有时间得让韩箐请她一起吃个饭，晓寒一边想着，一边等着下文。

“听说，你认识林清杨先生？”孙局长话题一转。

晓寒一愣：“我们之前因为一点小事见过面，谈不上认识。”

“哦，这样啊？”孙局长似乎不相信晓寒的话，不过他很宽容地笑了笑，“林先生这次来投资，可不是一件小事情，现在市领导特别重视。我们市这几年旅游开发相对滞后，能不能将我市的旅游产业做大做强就全靠这次投资了。你也知道，之前的几次投资都不了了之，所以市领导现在是三天两头召集我们开会研讨方案，这一次务必要留得住这笔资金……”

“嗯，窦主任已经安排我们全力配合他们进行一些先期的实地考察了。”晓寒说。

“这个我知道……我很看好你的工作能力，我想现在正是关键时刻，我们先全力以赴地把这件事干好……”

晓寒云里雾地听了一大堆话，这会儿总算是明白过来了，领导又给她运用了一次“领导谈话艺术”，拐弯抹角地说了这么多，只为了一个主题做铺垫。不过有这样的铺垫也好，若你天真些，或许还会为领导的慧眼识英雄而沾沾自喜呢，可惜，晓寒已经经历过一次这样富有领导特色的“艺术谈话”了。谁都知道，这么大的投资，连市领导都拿不稳的事，作为一个基层的普通工作人员，多她一个少她一个会影响到什么啊？很明显，这不是在推辞吗？

虽然有些艰难，但晓寒还是笑了笑，她说：“没关系的，孙局长，那就等这段时间过了再说吧！”晓寒觉得谈话也许该就此结束了，几千元的东西换来了几句不咸不淡的话！她准备起身告辞。

谁知孙局长又说："你也别多想，局里决定先把你调整到公园管理处协助窦主任。如果这次投资成功，你们管理处功不可没，到时我做主把你直接调到我们局里来。"

这是晓寒怎么也没有料到的。其实她从一开始也并没有想过要进旅游局，她只是想着能调到管理处，只要在市区，不用来回奔波，有正常的上下班时间，自己可以照顾家就行了。刚才孙局长的一番话本来已经把她刚升腾起的一丝希望浇灭，现在却又一下子出现这样大的转折，感觉就像是趁着你迷糊的时候一脚把你踹入深渊，正当你无望地下沉时，却又被提到了半空，晓寒有些反应不过来了。

孙局长说："明天你直接到管理处，具体事情窦主任跟你说。"原来，事情真正解决起来竟然是如此轻而易举。

看晓寒若有所思，孙局长突然说："我听思思说你老公和她是老乡，应该多走动走动才对啊。有时间你们过来找思思玩吧，就当是一家人好了。"晓寒有些受宠若惊地点头说好。

从孙局长办公室出来，晓寒看到何璐的办公室门半开着，何璐正在向门外张望。看到晓寒，她笑着走了出来一把拉住晓寒："晓寒，进来啊，我正等着你呢！"其实，晓寒对何璐一直没有什么好感，况且晓寒也不习惯和不熟悉的人这样拉拉扯扯，只好硬着头皮随她走进了办公室。虽然她一再说刚在孙局长那儿喝了水，但何璐还是极其热情地给她沏了一杯上好的碧螺春。

"晓寒，听说你认识这次来投资的林清杨？"何璐突然凑近晓寒，神秘兮兮地说，眼睛夸张地盯着晓寒，等待晓寒的回答。

这话怎么这样熟悉？一天被两个人问类似的问题，这些人到底想知道什么？晓寒心里生出反感来："没有啊，人家是大老板，我怎么会认识啊？"晓寒随意地喝了一口水。

"嘻嘻，你就别瞒大姐了……谁不知道那天是林先生送你上班？"

"送我去上班？哦，那天只是顺路而已……"

“顺路？凤凰山那么多人，怎么没见他正好顺路送过别人啊……其实，我早就知道你们认识的……去年冬天，在江南茶楼……”何璐故意停了下，好像给晓寒回忆的时间，看晓寒没有反应，又说，“当时我也在和朋友喝茶，你只是没有注意到我呗……”何璐一副扬扬得意的样子，让晓寒心生错觉，好像自己偷情不慎被她发现了，不然她为何会有这种好像拿了她什么把柄似的表情。

晓寒不想解释，觉得也没有必要再待下去了。她起身告辞：“哦，我还有事，文件呢？”

“哦，文件啊，在这儿呢……”何璐从桌上拿过一份文件，“局里刚发的，成立旅游开发小组办公室，你看，你现在都成领导小组成员了……”

“什么？”晓寒拿过来一看，她的名字赫然印在红头文件上，和管理处窦主任的名字在一块。

从旅游局出来，晓寒的心情很复杂，整个冬天的期望在瞬间成为现实，但晓寒却没有感到任何的喜悦。想起孙局长和何璐的表情，她就觉得这次调整，并不是她的那几千元的东西发挥了作用，也与思思的枕边风无关，更不可能是领导良心发现，真觉得她具备领导口中所谓的工作能力。难道这事真与林清杨有关？但晓寒从未对他说过自己想调动工作的想法啊？哼，自以为是的男人！

二十八

晓寒回家时买了点菜，韩箐最近也忙，又有好久没有在家做饭了。不管怎么说，能调整到管理处去总是值得让人高兴的事，今天就在家里好好做顿饭，以后生活就会慢慢有规律起来的。

晓寒到家门口，刚要掏钥匙开门，门突然打开了，韩箐提着个包正要往外走。“咦，怎么这个点才去上班啊，人家都快下班了？”晓寒顺手把菜递给韩箐。

“单位派我去出差，我回来拿了几样东西。”韩箐把菜提到厨房去。

“出差，你最近怎么这么频繁地出差啊？”晓寒边换鞋边说。

“你不是一天到晚也忙着不回家吗？反正我一个在家也冷冷清清的，还不如出差去呢！”韩箐把包扔到沙发上，好像在和谁生气似的。

晓寒听出了韩箐的口气不对：“怎么了啊，心情不好？还是生病了？”晓寒伸手摸了摸韩箐的额头。

“没有。”韩箐用手挡开了晓寒的手。

“看你的死样子，给你看样东西。”晓寒从包里拿出文件扔给韩箐。

韩箐匆匆扫了一眼：“《关于成立凤凰山旅游开发领导小组的通知》，这有什么好看的……”突然他一顿，“怎么还有你的名字啊？”

“有名字倒在其次，主要的是我终于梦想成真，调到管理处了。怎么样，以后我就不会一走好几天，让你夜夜独守空房了！”

“是吗？”韩箐一听也来了精神，又把文件上上下下看了一遍，“哎，我怎么没有听思思提起过呢？”

“思思，你们经常联系吗？”晓寒随口问道。

“没啊……看，我说心急吃不了热豆腐，人家思思肯定会上心的。你还说人家根本就没想着帮忙，又埋怨我对你调动的事不积极。”

晓寒若有所思：“韩箐，哪天有时间了，我们请思思一起吃顿饭，表达一下谢意吧？”

虽然韩箐认定这次晓寒的调动是因为思思帮了大忙，但对于晓寒提议一起吃饭却认为没有必要，韩箐说，哪天他给她打个电话感谢一下就行了，大张旗鼓地感谢倒显得见外。晓寒说：“那就随你吧，反正她是你的老同学，与我又没关系。”

晓寒工作岗位的调整引起了不小的反响，只有窦主任表现得好像事情在他预料之中一样，为晓寒安排了近期的工作，无非是一切以旅游投资为重，全力配合考察团实地考察。事实上晓寒除了晚上不用在凤凰山景区住宿外，每天还是要往山里跑，跟着考察团前前后后地打理一些事情。孙局长也更频繁地来凤凰山，有时是陪林清杨来，有时是陪市领导来。同事们都说孙局长是想趁着这次机会再搏一次，当年因生活作风问题，让他的仕途止步不前，这些年一直在一些清闲的单位之间徘徊，如果这次招商引资成功，想来孙局长应该还有进一步上升的可能。事关他能否抓住最后的机会一洗前耻，他敢掉以轻心吗？

这天一早，窦主任打电话给晓寒：“今天林先生说想到山上去随便转转，你赶快过来，我们一起去。”

晓寒说：“我今天还要登记一些景区内零星住户的信息，就不去了。你陪他去吧。”

“这怎么行啊，你手上的事我安排其他的人去做。你马上过来，就等你了。”窦主任说完便挂了电话。

晓寒只好匆匆地洗了脸，路上买了两个包子就往单位赶，准备到单位再吃。

远远地，晓寒就看到林清杨的车停在他们单位门口，窦主任正在那儿比画着什么，晓寒连忙把包子装进包里紧跑几步。

“哦，晓寒来了，那我们走吧！”窦主任看见晓寒就停止了他的话题。

晓寒看了眼林清杨，只见他面无表情地对他的司机说：“今天我自己开车，随便转转，你就不用去了。”说罢从司机手里接过车钥匙打开车门坐了进去。

晓寒准备向他们单位的车子走去。

“晓寒，你坐林先生的车吧，我们车上人多。”窦主任突然说，并跑过来殷勤地打开了车门。

晓寒迟疑了一下，只好坐了进去，又是那种淡淡的香味充斥了整个车厢。

出了市区，车子在盘山的公路上蜿蜒行进。林清杨始终盯着前方，一言不发，车内气氛沉闷，晓寒便随手打开了车窗，山里清新的空气扑面而来。

“我工作调整是你跟我们局长说的吧？”晓寒觉得有必要将一些事情说清楚。

“什么？”林清杨依然面无表情。

“你不承认没关系，反正我很感谢你的。不过，我想说……我是一个安于现状的女人，我对现在的生活很满意，不想破坏我手里的幸福，所以，请你谅解。”

“我破坏你的幸福了吗？我又没有说什么啊！”林清杨突然回过头来，唇角上扬，露出一丝不屑来。

“那就好。”晓寒不在意地说，“那就请你以后不要再在我们领导面前提起我。”

“你就这样讨厌我吗，还是你在怕我？”清杨将身子向晓寒这边靠近一下，转过头来盯着晓寒，一字一句地说。晓寒不得不又一次将目光转向窗外，突然大惊失色，“小心！”

幸好林清杨眼疾手快，方向盘向里一打，车子又回到路中间来。可晓寒已吓得脸色苍白，车子差一点就开下了悬崖啊！

林清杨恶狠狠地瞪了一眼晓寒，竟又加大油门。晓寒本来就晕车，再加上山路弯道多，刚才又受了惊吓，车速一快，身子随着车子左右摇摆，只觉得胃里翻江倒海。

“你开慢些好吗？”晓寒不得不请求他。

可林清杨跟没听见一样，不一会儿后面的车子已经看不见踪影了。

“停下，我要下车！”晓寒实在忍受不了了，拍打着车门。

“好。”林清杨一脚踩住刹车。

由于停车过猛，晓寒又毫无准备，晓寒的头重重地撞到前面的玻璃上又反弹回来。晓寒也顾不上疼，一把拉开车门跳下车，蹲在路边狂吐起来。

本来早餐也没吃什么，吐又吐不出什么来，只是胃里难受，一个劲地干呕，只差把心肺都给呕出来。

身后，林清杨递来几张纸巾。晓寒看了他一眼，接了过来。

“喝点水吧，会好受些的。”林清杨递过来一个水杯。

“不用，我喝矿泉水就行，我包里有呢。”晓寒站起来，晃悠着去找她的包。

“你这样再喝冷水会更难受的，喝点热水胃里才会舒服点……”林清杨执着地把已经打开盖子的水杯举在晓寒眼前，不容拒绝。晓寒默默地接过来，喝了几口，胃里才稍微感觉好了一些。

林清杨靠在车上，点燃一支烟，微闭着眼睛，好像又陷入了某种回忆之中。

“这是林区，不能吸烟的！”晓寒提醒道。

林清杨又瞪了一眼晓寒，深深地吸了一口烟，把烟蒂扔到地上，狠狠地踩了几脚，好像要把烟蒂踩到地里去。

“你好些了吗？好些了我们走吧，自以为是的女人！”

二十九

林清杨自从那次上山之后，就很少再去山上了，偶尔去一次也有市领导陪同，看晓寒的目光总是若即若离的，好像她根本不存在。晓寒虽然也在刻意地避免和清杨见面，但每次看着他的车子消失在路的拐角处，她的心里难免有些无法言说的感觉。

这次投资进展还算顺利，前期的考察工作基本完成，就等各方面的认证下来签合约了。天气越来越热，不经意间满山满坡的野刺玫已经全部凋落，到处是深深浅浅的绿，盛夏又一次弥漫在凤凰山的每一处。晓寒的工作也相对清闲了下来，只是韩箐的工作似乎更忙了，频繁地出差、加班，就连周末也难得在家休息。前一阵子是晓寒忙，现在是韩箐忙，晓寒都记不清有多少个夜晚没和韩箐相拥而眠了。

趁着早上凉快，晓寒把琅琅换下的衣服扔进洗衣机，还没洗完，电话响了。不会又是单位有事吧？现在一到周末，晓寒都怕接电话，生怕单位又有什么事，有时候晓寒觉得现在倒不如在山上清静了。晓寒看了看号码，还好，是薛妍的，这些天忙，都没和薛妍她们联系了。

“晓寒，你今天有空吗？”薛妍的声音听起来有些迟疑。

“怎么了？我在家洗衣服呢。”

“我想让你陪我去个地方。”

“去哪儿？有什么事吗？”

“你先出来吧，半小时以后我开车来接你，再跟你细说。”薛妍匆匆挂了电话。

晓寒只好把衣服随便洗涮一下了事。

半个小时后晓寒从家里出来，刚到院门口就看到薛妍的车停在路边的树荫下。

“什么事啊，这么热的天要去哪儿啊？”晓寒钻进车里坐到前排，脸凑到空调前，一股凉风迎面吹来。

“去乡下！”

原来，薛妍爸终于辗转打听到了前妻的下落。但是只知道现在前妻还是住在那个叫夏家沟的小山村里，至于具体的情况并不是很清楚。

薛妍爸当年因家境贫困，家里弟兄三人只有两间破旧的房屋，根本无力娶妻。而薛妍爸的前妻，她的母亲过世得早，所幸当时她的父亲在村里当个村干部，老人家膝下只有一双儿女，儿子年长几岁，已经结婚生子，家境在当时还算好。经好心人撮合，薛妍爸虽没有说是入赘到夏家，但事实上结婚后两人就一直住在那个叫夏家沟的地方。后来镇上有招工的名额，前妻的父亲又利用职务之便提前知道了，就想办法把薛妍爸推荐过去。前妻本以为从此可以过上好日子了，没想到却是将自己的丈夫推到了别人的怀里。薛妍爸也深知自己无脸再见村子里的人，所以这么多年也就再也没有回去过。早几年时还能断断续续地听到一点他们的消息，他们离婚没到一年，老岳父生病死了，也有人说是因为薛妍爸忘恩负义给气病了。前妻的哥哥扬言要打断他的腿，薛妍爸就更不敢去了。渐渐地，就把那个地方给淡忘了。

他深知前妻是个倔强的人，不敢贸然地去找她，所以他让薛妍和李明先去探探情况，最好是先从侧面打听一下她现在的生活状态。当年她怀有身孕，薛妍爸却远走他乡，也不知所生是男是女，不过，薛妍爸期望的是能有一个男孩子。虽然薛妍妈并不赞同，而且多加阻拦，但事已至此也没有更好的办法。薛妍倒也想得通，人的一生得到的多，失去的也多，哪有事事都能如人心意。母亲想保全婚姻，就只能做出让步，所以，当她冷静地考虑过这些事后，她转而开始支持父亲寻找他的前妻。本来是想着利用周末和李明一起去的，但李明今天有事脱不开身，薛妍便想到找晓寒给她做伴。

“要不，把蓝澜也叫上吧，多个人路上也有意思些。”晓寒说。

“算了，她这些天也不知道忙什么呢！我前几天给她打电话，还没说几句就说她和朋友一起呢，以后有时间再联系……我问是和谁一起，她也不说，神秘兮兮的。那个家伙，也不知道在玩什么花样！”

“那就算了吧……具体地方你打听清楚了吧？”

薛妍所说的乡下，是距市区有三个多小时路程的一个小村庄，虽说路况还好，但到镇子上时已是快中午了。一打听，薛妍所说的那个村子离小镇还有近一个小时的路程呢。“还是先找个地方吃点东西吧！”薛妍将车子停靠在路边。

小镇很小，一条街站在街头能看到街尾，也许因为不是逢集的日子，街上很是冷清。临街的几个房檐下摆着几个小吃摊，两人找了个看起来还算比较干净点的小吃摊，因为天气热，再加上薛妍本来就心事重重的样子，根本也没心思吃东西，而晓寒因为晕车也不想吃，勉强吃了几口又都放下了，好在顺便问清楚了那个村子的具体位置。

车子穿过小镇，在一个路人的指引下，她们沿着一条小河边的土路一直走，路人说是这条小河就流经了那个小村庄。

并不宽的河床上长满了茂盛的杂草，一条小河从杂草丛中流过，河的两边是田地，麦子已经泛黄，油菜正在收割，洋芋开着白色、紫色的花……车子一直沿着这样的路行走，然后拐过一个弯，顺着这条小河流来的方向，开始驶向一条山谷。车子一驶进山谷，满眼都是层层叠叠的绿，也许是因为心理作用，晓寒顿时觉得凉快起来，车子在这样的路上颠簸，就像是在绿色的海浪中起伏。

一路上薛妍都很少说话。晓寒能理解她现在的心情，一方面，她是希望能够顺利地找到那个叫秀花的女人以及她的孩子，这样，她和李明的婚姻不会因不孕而受到父亲的责难，也会减轻她对父亲的歉疚感；但另一方面，她瞒着自己的母亲替父亲去寻找前妻，说出去，这是一件多么荒唐可笑的事啊！就算她不计较这些，但若真的找到了，本来她可以继承的全部财产将会被一分为二，由一个素不相识的人轻而易举地拿走二分之一她父母共同打拼而来的财产！她真的不甘心啊！

“薛妍，既来之，则安之吧。其实真能找到了是最好的结局，钱乃身外之物，况且李明那么能干，以后一定也不指望那些钱的。”

“嗯，我知道……不过说实话，我真的有些紧张……也不知道她会是怎么样的一个女人，我们要不要先探探她的口风，看她对这事什么态度？”薛妍回过头来问晓寒。

“我觉得还是先弄清楚情况再说吧，比如她生的是儿子还是女儿，现在在干什么，他们家的生活条件如何……我觉得我们今天来最重要的是确定她住在哪儿，至于具体的一些事，我觉得还是让你父亲亲自来或者找人来商量好一些。你想啊，她知道是你母亲当年害得她和你父亲离婚，她还不对你恨之入骨啊？肯定会把我们轰出来的！”

“嗯，你说的也有道理……你说走这么远的路了怎么看不到村庄啊，不会是走错路了吧？”薛妍有些怀疑。

路是一直沿着水流来的方向往北走的，路越来越窄，薛妍怕再往前走没有宽敞的地方车子掉不了头，只能把车子停在路边。

“不会的，要不把车子放在这儿，我们再往前走走看吧。这个时候的山里，村子都是躲在树后面的，不走近根本看不见的。哎，你看，这路边的柳树，还有杨树好粗壮啊，凭我的感觉前面不远处就会有村庄的……”

两人下了车，走了没几分钟，一抬头，果然前面不远处在茂密的树后隐约可见几座房屋。薛妍很惊奇：“你怎么知道的啊？”

晓寒说：“我是从远处看到在这里树上面有青烟升起，想必肯定是有人家了。”

三十

村子周围有好些高大的杨树和柳树，把村子遮挡得严严实实，难怪远处根本看不到。村头低矮的桃树上挂满毛茸茸的桃子，已经有核桃那么大了，村子里鸡犬之声相闻，空气中弥漫着柴火的味道和淡青色的烟，若是春天桃花开时，还真让人以为来到了桃源仙境呢。

村头的溪水边有几个女人正在洗衣服。她们有的站在水里，有的蹲在石头上，细细的水流声、搓衣服的声音夹杂着她们互相说笑的声音清脆地在溪边荡漾。洗干净的衣服铺在大块的石头上，挑在树杈上，像一片片飘动的云彩点缀在青山绿水间，给这个幽深的小山村平添了几分红尘的气息。

薛妍因为不常走山路，就只走了这几步就累得气喘吁吁，一屁股坐在路边的草地上不想动了。晓寒走惯了山路，倒不觉得怎么累，况且一走进山里，她倒有种亲切的感觉，从这一路山势的走向来看，这里应该和凤凰山同属一个山系，由南到北绵延了数百里。

村头的狗最早嗅到了陌生人的气息，叫了起来。听到狗叫声，洗衣服的那几个女人抬起头来向这边张望。

晓寒拉着薛妍走了过去。

“在洗衣服啊？”晓寒和她们打招呼。

山里人本来就淳朴热情，她们也热情地招呼她俩坐下歇会儿。

溪水清洌，薛妍蹲在水边撩起一捧水往脸上、胳膊上浇，晓寒索性坐在石头上，脱掉鞋子把脚伸到水里去。脚刚碰到水，一股凉气便从脚心传到全身，走热了的脚一下子适应不了这么凉的水，怕凉出什么毛病来，又忙缩了回来。

“我看你们是城里来的，你们俩来这儿干啥啊？”一个胖大婶上上下下地打量着她们。

“找个人……”薛妍说。

“找人？”这几个女人都好奇地停止揉搓手里的衣服，等待着薛妍的下文。

“呵呵，城里太热，我们出来转转，没想到走得远了，正好这里有个远房亲戚，就顺便过来看看她。”晓寒抢着说。

“哦，亲戚？她叫什么啊？”那个胖大婶很热心。

“夏秀花，你们知道她吧。”

“哦，她啊！知道，知道，她家在村子的那头呢……这些年除了娃他舅舅来看她，也没听她说起有什么亲戚啊？娃他舅前几年身体不好，跟着儿子女儿去城里去了，就再没见有什么亲戚来走动啊。”

“唉，真是作孽啊！你说这女人啊，要是眼瞎了嫁错了人，一辈子就完了。”

“她这一辈子啊，都让那个没良心的男人害了……”大家七嘴八舌地议论开来。

晓寒看了眼薛妍，薛妍牵动嘴角，勉强地笑了一下。

听得出，这件事过去了这么多年，但大家对当初薛妍爸背叛前妻的事还是耿耿于怀的。也许，在这些人的心中，始乱终弃是最让人不齿的，这不但是当事人的耻辱，也是全村人的耻辱！

“可怜啊，这些年她一个人拉扯着儿子实在太不容易了，她又是个好强的女人，听说他前夫在城里现在很有钱了，可她从没有想过去找他。”

“好在她儿子现在有出息了，在城里工作，又找了个城里的媳妇，说要接她去城里住。她说去了不习惯，这么多年在山里待惯了，她哪儿都不想去……”

“这世道啊，还是有报应的！别看那个男人现在有钱了，老天是长眼睛的，他当初和外边的女人勾搭上，不要清柳她娘了，你们看着，这种没良心的男人总有一天会遭报应的……”

她们一边使劲地揉搓衣物，一边你一句我一言自顾自地说着，越说越义愤填膺。同样都是女人，也许她们最深恶痛绝的就是丈夫的背叛吧！

“我们走吧。”晓寒穿好鞋子，拉起薛妍。

身后那群女人们还在议论着刚才的话题。

“难怪我爸不来呢，我想他是不敢来吧。这么多年了，这个村里人对他的‘劣迹’还没有淡忘。”薛妍苦涩地笑着说。

“听她们的意思，她当年生的应该是一个儿子……这倒也遂了你爸的心愿了。”

三十一

在此起彼伏的狗叫声中，晓寒和薛妍穿过了村子，果然在村子最后面的山坡上，有一座绿树掩映的院落。院墙是篱笆圈出来的，篱笆上缠绕着颜色深浅不一的牵牛花。靠着篱笆有一个小菜园，青葱的豆角爬满了藤，还是淡紫色的花苞如一个个饱满的小帆船，点缀其间。大丽花浓烈红艳，一排风仙花开得深深浅浅……两间低矮的房屋干净整齐，一扇木门开着，格窗也敞开着。

“有人吗？”晓寒隔着篱笆喊了声。

“谁啊？来了……”一个女人走了出来，应该有五十多岁了，头发有些花白，她疑惑地看着晓寒和薛妍，“你们是？”

“阿姨，我们你儿子的朋友，来山里玩，正好顺便来看看你！”晓寒笑着说。

“哦，是柳儿的朋友啊，快进来，快进来！”她一下子热情起来，拉开了篱笆门，让她们俩进来。

房前屋后树木太多，遮去了大半个院落的阳光，以致屋子里光线稍暗些。刚从阳光下走进来，晓寒过了好一会儿才慢慢地适应了屋子里的光线。墙壁是用报纸糊的，摆着几件简单的家具，最里间是一铺大炕。

“我们这村里有啥好玩的啊，你们走了这么远的路来看我，也没个啥东西给你们吃。”夏秀花从柜子里摸出一把核桃，又找来锤子，“你们就吃几颗核桃吧，这还是去年留下的。”

“不用麻烦了，阿姨，我们坐会儿就好了。”面对着眼前的这个和自己的母亲年龄相当的老妇人，薛妍有些手足无措。当年，就是自己的母亲扼杀了这个女人的幸福，从而改变了她一生的命运，原本，她不该如此苍老的。

“柳儿还好吧……他都有两个月没有回来了……”夏秀花把砸碎的核桃塞进晓寒和薛妍的手里，和她们拉起了家常来。

晓寒再一次仔细地环顾这间屋子，一束阳光从树上筛落下来，穿过格窗，照在那盘土炕上，有浮尘悬浮在那一束光线里。隔着那一束经年的阳光，晓寒想，当年，就在这张土炕上，薛妍爸和这个女人一定有过欢愉吧，那把油漆斑驳的小矮凳，也应该是薛妍爸当年亲手制作的吧！唉，如果当年薛妍爸没有因招工而离开这个地方，他们就不会成为陌路，生活也就不会走入今天这种境地吧！这人生的境遇究竟是怎么一回事啊？一次偶然的机遇，改变了这个女人的一生啊！而感情，是一件多么经不起推敲的东西啊！

薛妍也在仔细地环顾着屋子里的一切。这里，就是父亲当年生活过的地方吗？眼前的这个女人，就是和父亲同床共枕过，又给父亲生了一个儿子的夏秀花吗？这么多年父亲都不曾在她们面前提及这个女人，这次却为了找到儿子旧事重提，那么，在父亲的心里，他不能没有可以继承香火的儿子，却可以轻易地将和自己同床共枕过的女人遗忘，这对一个女人而言，是一件多么可悲的事情啊！她在眼前的这个屋子里，想找出他父亲曾经生活过的影子，可一无所获，就连这个女人，似乎也早就忘记了她生命中出现过的那个男人，因为在她的口中，能听到的，也只是关于她儿子“柳儿”的一切，而关于其他人只字不提，就像她的一生都只为“柳儿”存在。看来，时间真是个了不起的东西啊，一切的恩怨都在生活的琐碎里消失得不动声色。只是不知道，在内心深处，她是否真的已经无动于衷。

阳光西移，院后杨树的影子拉得越来越长，已经快够得着院子边上的豆角架了。这个女人平和地给晓寒和薛妍说起“柳儿”小时候的种种趣事，可以看得出，他是她的心血与骄傲。

“唉，只是儿大不由娘啊，我天天盼着他能早点结婚，趁我还有把力气，好帮他们带孩子，可这孩子不知道怎么回事，对象都谈了七八年了，就是不跟人家姑娘结婚。人家姑娘都跟他住一起了，你老这样不是害了人家姑娘嘛……你们是他的朋友，抽空也劝劝他啊！”

虽然晓寒和薛妍知道现在不结婚只同居的事再正常不过了，但无法给一个乡下妇女解释得清这并不是谁害谁的问题，而是应该叫作两情相悦，或者通俗一些叫“一个愿打一个愿挨”，其间的好与不好只有当事人才能说得清了。她们只能点头说好，回头一定好好劝劝他。

“你们认识柳儿的对象吗？”说起未来儿媳，老妇人来了兴致，“前一阵子柳儿接我去城里住了几天，见到了。她人长得很标致的，心眼也好，就是太贪玩了，不知道过日子……也许等结婚了，我想可能会好一点的……”她自顾自地说着，又爬上炕去从枕头下摸出一本书来，翻开来取出一张照片，递给了薛妍：“这是上次我去城里商量他们婚事时照的，你看，多漂亮的一个姑娘……”看得出，她对未来的儿媳还是很满意的。

晓寒凑近一看，像被电击了一样傻在了那里，反应不过来了。她不相信地揉了揉眼睛，天啊，竟然是她……晓寒回头看薛妍，薛妍眼睛直勾勾地盯着照片，一副目瞪口呆的样子。

照片上，在这个女人身边，站着的赫然是夏钧和蓝澜。蓝澜笑得情意绵绵。

晓寒和薛妍不禁面面相觑。

村口的几个女人不是说她的儿子叫柳儿吗？她自己也不是柳儿、柳儿地叫吗？怎么会是夏钧呢？

“你是叫夏秀花吗？”薛妍突然突兀地问。

那老妇人一愣。在农村里，女人只要一结婚，就没有自己的名字了，没孩子时人家称她为谁谁的媳妇儿，等有了孩子又称之为谁谁他娘，很少有人直呼其名的。尤其是像她这把年纪的女人，这么多年没人叫过她的名字了，她自己都几乎忘了，她还有个叫秀花这样好听的名字。

“他叫柳儿？”晓寒不相信似的喃喃着。

夏秀花并没有意识到薛妍和晓寒神情有什么不对，她说她生儿子时，正是杨柳成荫的时节，村子里到处飘着如雪的杨柳花……儿子跟她姓，叫夏清柳。

“那他怎么又叫夏钧啊？”薛妍似乎不能接受这样的事实。

“呵呵，柳儿长大了，读书时嫌自己的名字不好听，什么花啊柳啊一听就觉得太女人气，自作主张地就改了。可我还是喜欢叫他柳儿，村子里人也是这样叫的，他是柳絮飘飞的时候生的啊……”老妇人似乎陷入了某种回忆里。

晓寒坐在那里，有些措手不及的感觉。夏钧，蓝澜的未婚夫，竟然就是薛妍同父异母的哥哥，这世上怎么会有这样凑巧的事情？这样算来薛妍还得叫蓝澜嫂子呢！晓寒胡思乱想着。

回来的路上，晓寒和薛妍都沉默着。薛妍将车窗全部打开，晓寒坐在后排，扑面而来的热风将晓寒的头发吹得凌乱，就如同她此时的心。而在薛妍的心里，同样地如同翻江倒海一般，父亲前妻的儿子竟然是夏钧，她好朋友蓝澜的男朋友，这是一件多么令人难以相信的事啊！蓝澜如果知道了，会是怎么样的反应？夏钧呢，他会接受这样的事实吗？

回到城里时已经快八点了，滨河广场的啤酒摊上已经有人在乘凉了。因为是夏季，天色看起来尚早，西边天空一朵朵瓦片似的云被落日染成了红色，预示着明天又将是一个艳阳天，晓寒疲倦地闭上了眼睛。

“晓寒，谢谢你今天陪我，一整天都没好好吃饭了，找个地方吃点东西吧！”

“算了，我不想吃，你知道我一坐车就不想吃东西，送我回家吧！”

“晓寒……”薛妍欲言又止。

“怎么？”

“你先别告诉蓝澜这件事，等我跟我爸说了，商量好下一步的打算后再说吧。”薛妍看起来也很疲倦。

“嗯，我知道的。”

三十二

暮色越来越浓，晓寒从进门就倒在沙发上，看着天色一点一点地暗下去，似乎陷入了一种无意识的状态。对面的高楼上有灯开始亮起来，她突然想起，都这会儿了，韩箐怎么还没有回来，昨天打电话不是说今天回来吗，人不回来，电话也不打一个。晓寒从包里翻出手机来，一看才发现不知道什么时候手机竟然没电自动关机了，难怪今天一天没接到一个电话呢。

晓寒忙用座机给爸妈家里打了个电话，琅琅抢过电话喋喋不休地向她汇报今天都干了哪些好玩的事。然后她又拨通了韩箐的手机。

“你在哪儿呢？”隔着话筒，晓寒感到韩箐似乎沉默了一下。“在和朋友一起吃饭。”韩箐口气很淡。

“你什么时候回来啊，回来时给我随便买点吃的，我还没有吃晚饭呢！”“嗯，好吧！”韩箐挂了电话。

“是晓寒吧？”田思思不动声色地问。

“是的。”韩箐将面前的酒端起一饮而尽。

“呵呵，怎么了，你们没事吧，我看你今天神情不对啊。”

“是吗，哪儿不对了？”韩箐装作很感兴趣地问。

“嗯，具体也说不上，就觉得你今天有点心不在焉……你有心事？”

韩箐一笑：“没有啊，你感觉出错了。”

“你不承认就算了吧，”思思身子向前倾了下，盯着韩箐，“你们现在还好吧？”

“当然好啊，怎么了？”

思思轻轻地笑了下：“好就好呗！”

韩箐不再言语。

其实韩箐今天确实心情不好。昨天跟晓寒说了今天要回来的，可一回家，家里又是冷冷清清的，不见晓寒的人，不知道去了哪儿，电话也关机，一整天都没联系上。后来一个人去了趟医院，复查了一下身体，大夫依然语气凝重得似乎他得了什么不治之症，告诉他病情并没有多大好转。他感觉从去年冬天开始，他和晓寒的生活不知道哪儿出现了问题，表面看似风平浪静的，但却好像潜伏着一种看不见的危机。这种感觉让他的心里莫名地烦躁。一个人待在家里，正在他想该如何排遣心里涌出的这些乱七八糟的念头时，正好田思思打来电话约他一起吃个饭。依然是这家酒楼，依旧是临窗的桌子，今天，那个简洁的细长玻璃杯里插着一枝蓝色妖姬……韩箐想不起有多久没有和晓寒在这种氛围中吃过饭了。

“我们走吧！”韩箐想到晓寒说她还没有吃晚饭。

思思想送韩箐，韩箐拍了拍思思的车说算了，他自己打车也很方便的。思思也没有勉强，从车窗里递给韩箐一个大盒子。

“这是什么？”

“花粉。”

“花粉？美容的吗？我替晓寒谢谢你了。”

“不是给她的，是给你的。”

“我？我一个大男人要花粉干什么啊？”韩箐很是不解。

“这是槐花的花粉，我专门托人从乡下买来的，我听人说坚持服用槐花花粉，对治疗前列腺很有效的……”

看着田思思车子的尾灯消失在来往的车流里，韩箐伫立许久。

韩箐回来时晓寒已经调整好了心态，她不能让有关清杨身世的事在她的心里纠缠。其实，这一切终究与她毫不相干。

晓寒接过韩箐给她买的砂锅面条，看到韩箐另一只手里提着的盒子："你还买了什么啊？"

"花粉。"

"你买花粉干什么啊？"

"朋友送的。"

"什么朋友还给你送花粉啊，听说花粉美容不错的，今天晒得很了，今晚正好用点试试。你读读说明，看看该怎么用。"晓寒端着砂锅面条到阳台上去吃了。夏夜天空里的星星凌乱得像散落于红尘的故事，没有人看得清宿命，有风透过白色的窗纱吹进来，吹散砂锅上缭绕的热气……

韩箐默默地看着盒子里一大瓶浅黄色的小颗粒。

"怎么用啊？内服？还是外用？"阳台上传来晓寒的问话。

"都行！"韩箐说。

三十三

对于夏钧和薛妍是同父异母的事情，薛妍一直保持着沉默，晓寒也不便再过问此事，也就权当什么事也不曾发生。

蓝澜偶尔打个电话来聊天，有时还特意说起薛妍的事。有一次晓寒试探了下蓝澜的想法，假装无意说：“蓝澜，那你说，如果换作是你，现在有个有钱的父亲来找你，你愿意接受吗？”蓝澜说：“我？当然愿意了，只要给我钱，嘿嘿……”“可他当初抛弃了你母亲和你啊？”晓寒没想到蓝澜会是这反应。蓝澜笑了笑说：“你想啊，反正接不接受，都改变不了事实的存在，倒不如拿了他们的钱，好让那女人也尝下夺人之妻的报应啊！”晓寒想想也是，她几次都想着要把这件事先跟蓝澜说了，好让她给夏钧露个口风，让他思想上有个准备。但她猜测不到说出真相之后，会是怎么样的一种局面，虽然蓝澜对这事看得开，但当事人是夏钧啊！

晓寒问蓝澜最近和夏钧怎么样了，蓝澜说还是老样子呗，不过，听口气，蓝澜的话语里没有当初的无奈和落寞，倒有一种无所谓的感觉。这种感觉让晓寒担心，蓝澜不会真的不在意她和夏钧之间的感情了吧？对晓寒的担心蓝澜呵呵笑了两声，说：“改天约你喝茶，带你见个朋友。”

“朋友？”晓寒很是意外，况且在这种时候说起另外的朋友，晓寒觉得哪儿有点不对劲的感觉："是什么朋友？"

"你见了就知道了！"蓝澜故作神秘地挂了电话。

就在晓寒都要忘了这件事时，蓝澜突然约她见面，说在江南茶楼等她。晓寒以最快的速度完成手头的工作，跟同事打了个招呼先走了。

最近凤凰山的投资合约已经签了，而且市里还搞了一个很盛大的仪式，那天下着细雨，凤凰山笼罩在如烟似雾的雨里，如同仙境一般。

晓寒是前一天到山上的，她要和同事们提前准备仪式上的一些事情。山上一下雨，气温就会骤降，昨天是个大晴天，所以她来时只穿了一件单薄的短袖和一条长裙，早上起来忙着收拾会场，倒没觉得有多冷，等一切准备就绪，站在大门口迎接领导到来时，一阵阵冷风吹来，她不禁连打几个喷嚏。人群中间的清杨一身正装，显得更加挺拔，自始至终都不曾把目光刻意地在晓寒的身上停留。晓寒的主要任务是接待、登记来宾，因为市里的重视，前来的领导、企业家一拨接一拨的，晓寒想去找件同事的衣服也抽不出空来。雨虽不大，坐在临时支起的太阳伞下，晓寒还是感觉身上像浇着凉水一样冷。

晓寒正在登记着来宾的名字，何璐拿了件衣服走了过来，一脸的笑："快穿上吧，你看你脸都冻白了。"

晓寒忙接过来把衣服穿上："谢谢你啊，何主任。"

"不是跟你说叫我何姐嘛，还这样客气？今天来的人太多，我也忙去了。哦，是林老板让我给你找件衣服的，呵呵……"何璐的笑有些暧昧。

晓寒愣在了那里，是他？晓寒不由自主地将目光穿过人群，主席台上的位子基本上已经坐满了，林清杨就坐在中间，正在和市里一个领导说着什么。

仪式隆重而热烈，五彩的气球和旗帜将苍翠的凤凰山点缀得就像春天一样万紫千红。会上，市领导们分别对这次的投资项目给予了充分的肯定和美好的设想，相信不久的将来，凤凰山景区生态旅游这一品牌将会走向全省乃至全国……林清杨的讲话很简短，他说林氏集团会尽力将凤凰山的旅游产业做大做强，无论是生态效益还是经济效益，将实现双赢……那天的氛围是从没有过的热烈，山上的同事们也因此而兴奋不已。也许是因为有市里的大力支持，有几个林区建设的项目手续已经批下来了，有几个因牵扯林业用地的问题，还在办理之中，想来应该没有什么大的问题。这些具体的建设基本都是林氏集团在运作，管理外的工作无非是协调一些景区内居民搬迁的事，而这些事，都交代给凤凰山景区的人了。因为景区正在建设，没有营业，他们不用每天售票，有的是时间，让他们去和那些难缠的农户交涉去吧，这是窦主任私下跟晓寒说的。管理处的人只是在来了领导时，跟在领导后面这里指指，那里点点，给领导描绘不久哪里会耸立起一座有着欧式风格的宾馆，哪里是五星级的厕所……

走进江南茶楼，晓寒去年冬天来过之后就没有再来过了。音乐轻缓地流淌，服务生依然是藏蓝色的服装，看到她进来，热情地打招呼："您好，请问有预订吗？"

晓寒一边答应，一边用目光搜寻蓝澜说的位置。"这儿！"晓寒顺着声音看过去，临窗的那一排绿藤隔开的桌前，一个人影在向她挥手。蓝澜知道她眼睛近视，所以每次约着见面，总会先给她个声音过来，免得她到处瞎找。晓寒笑着走了过去。

蓝澜站了起来："你速度还挺快，在城里上班就是和乡下时不一样，以前非得提前几天预约才行的。"晓寒随手把包扔到沙发上，笑着说："什么啊，以前哪一次不是你一叫我就到啊，倒不知道是谁，最近忙得连人影也找不到。哎，蓝澜，你朋友还没来啊，我怎么感觉你今天好像哪儿有点不对劲……"

"不对劲，哪儿不对劲了？"蓝澜上上下下把自己打量了一番，"我穿的衣服不合适吗？"

"你就少装糊涂了，你今天让我见什么朋友啊？"

"嘻嘻，他马上就来，你别急嘛。不过说好了，你可不许生气啊！"蓝澜好像有些不好意思。

"生气，我为什么要生气啊？"晓寒一头雾水，她想就是你和夏钧真分手了，重新找个朋友，我只能劝劝你，也不至于要生气嘛，又不干我的事。不过晓寒知道蓝澜若想卖关子，她是问不出来什么的，所以索性不问了，自顾自端起茶来喝，蓝澜也沉默了下来。

突然，蓝澜突兀地站了起来，吓了晓寒一跳：“你怎么了啊？”“他来了。”顺着蓝澜的目光看过去，门口确实出现了一个高高大大的人影来。“你至于这样激动吗？哦，我知道了，你以前可从来没有站着‘迎接’过我啊……怪不得一开始我就觉得哪儿不对劲呢！”晓寒突然若有所思地说。蓝澜并没有听晓寒的嘀咕，冲着那个人影挥了下手。那个人影便向这边走来。出于礼貌，晓寒也还是站了起来，毕竟是蓝澜的朋友，况且是初次见面嘛。

待到真切地看到那个人时，晓寒脸上的笑容便僵在了那里。

蓝澜亲昵地拉过晓寒：“林清杨，这是晓寒！晓寒，这是林清杨！”

“你这个朋友和我应该是老相识了！”林清杨瞥了眼晓寒。

“什么？你们认识？”蓝澜疑惑地转过头来看晓寒。晓寒一脸的尴尬，她不知道该如何向蓝澜解释。

“去年冬天好像也是在这儿……”林清杨一副努力回想的样子。

“哦！”蓝澜一下子明白过来了，她冲晓寒做了个鬼脸，“我都忘了……来，晓寒，坐吧！”

晓寒机械地坐在蓝澜的旁边，林清杨好像根本不认识晓寒似的只顾和蓝澜说话，看着蓝澜笑靥如花，晓寒只能是一杯接一杯地喝着水。突然，蓝澜的一绺头发滑落到脸颊，蓝澜刚想举手往上弄，突然坐在对面的清杨伸出手来，将那一绺头发拂到蓝澜的耳后，动作轻盈而柔情。蓝澜也没料到会这样，竟傻傻地呆在了那里。从蓝澜的眼神里，晓寒察觉到了这绝对是个危险的游戏。

蓝澜也似乎意识到了这样好像有什么不妥，忙用手将头发往上弄了弄，掩饰地冲晓寒笑了笑：“我去趟卫生间，你们先聊。”

“请你不要纠缠蓝澜！”看着蓝澜走远，晓寒突然说。

“我纠缠她了吗？”清杨一脸无辜。

“当然！她有未婚夫，而且他们很相爱，你不要再去打扰她，破坏她的幸福。”

“呵呵。”清杨笑了起来，“你以为谁都会像你一样自以为是地认为自己的生活很幸福吗？况且，我和谁在一起好像与你没有什么关系吧！”

“是的，是没关系，可你如果伤害到蓝澜，那就和我有关系了。林清杨，蓝澜是个性格单纯的人，如果你不是真心的，你就别招惹她！”晓寒不得不态度强硬起来，否则让他占了上风就更被动了。

“你怎么知道我不是真心的呢？”清杨紧紧地盯着晓寒的眼睛，反问道，“我可是先认识她的哦，当初我也是为了见她才来这里的，所以，我们现在这样，没什么错吧！”

“可她都要结婚了。”晓寒觉得她有些力不从心了。

“她结婚就结婚啊，我又没有不许她结婚。”清杨慢条斯理地喝了一口茶。

晓寒觉得她要崩溃了，如此不可理喻的男人！她真想拿起面前的茶水浇到这个自以为是的男人的头上，让他清醒清醒！

好在，蓝澜来了。“蓝澜，我还有事，先走了。”晓寒觉得她实在待不下去了，也没有必要再待下去了。

“怎么了啊，我们聊得不是很愉快吗？”林清杨笑意盈盈的。

“就是，快吃饭了，一会儿一起吃饭嘛！”蓝澜觉得晓寒这个时候离开也太不近人情了。

“蓝澜，不好意思，我刚想起还有事呢，以后有时间再约吧……”晓寒匆匆地离开。

“她今天是怎么了啊？以前可不是这样的……”蓝澜在轻声嘀咕着。

看着晓寒远去的背影，清杨的唇角扬起一丝不易察觉的笑。

投资的合约签订下来后，他终于松了口气。这些年父亲的公司越办越大，父亲一直希望他能在事业上有所建树，可他不想一直就这样依赖着父亲，虽然父亲就他这么一个儿子，所有的家业肯定都是他的，但他还是想凭着自己的能力开创一番属于自己的事业。对此，他父母也很支持，只是在听说他打算到这个地方投资后，母亲却死活不同意了，后来看他态度坚决，再加上父亲说，他都这么大的人了，有些事应该自己做决定了，母亲才勉强同意。他知道是母亲不放心他到这么远的地方来投资。合约签订下来后，他特意亲自回去告诉了父母这一消息。他们听了都很高兴，说等工程建设得差不多了就来看一看。看到父母亲高兴，总公司在父亲的打理下也井井有条的，他也就没有后顾之忧了，索性把精力全部放在这里的投资上。

这次投资项目进展顺利，也在他的意料之中，只是，在闲下来时，他总会想起一些莫名其妙的画面。他小时候头部受过伤，有一个时期，他怎么也想不起以前的事了，对于自己的童年，几乎是一片空白。每当别人说自己小时候如何时，他就一脸的茫然。问过母亲才知道，原来是在他十几岁时不小心从楼梯上摔了下去，头部被撞，然后就想不起以前的事了，到现在他额头还隐约可见当初的那道伤痕呢。既然想不起来，他也就不再想了，但现在，他头脑中怎么会突然出现一些莫名其妙的画面呢？这个晓寒，又是个什么样的女人，怎么会有似曾相识的感觉？她为什么对他若即若离？不过，她却好像并不这样认为，她拒绝他，拒绝得如此果断。哼，不就是女人嘛，我林清杨身边什么时候缺过女人，只一个电话，一个眼神，这个叫蓝澜的女人不就出现了吗？

三十四

蓝澜竟然和林清杨在一起，这太出乎晓寒的意料了。今天所看到的一切令晓寒十分不安，虽然晓寒知道蓝澜不是个随便的人，但清杨这样的男人太危险了，一不小心就会身陷其中，这样下去，蓝澜会受到伤害的！晓寒决定要和蓝澜好好谈谈。

蓝澜穿一件小背心和牛仔短裤，露出纤细的腿和一截细腰来，她大大咧咧地往那儿一坐，把脚翘在对面的沙发上，脚指甲竟然染的是墨绿色。蓝澜如此青春朝气地出现在晓寒的面前，晓寒突然不知道该如何开口了。

“蓝澜，你什么时候又和那个人联系上了啊？”晓寒装作不在意地问。

“嘿嘿，也没有多长时间。”蓝澜没个正经地笑了笑。

“蓝澜，你不会喜欢上了他吧？”

“喜欢上他，怎么可能呢！”蓝澜低头搅动着杯里的咖啡。

“蓝澜，听我的，别和他来往了，他不适合你。”

“你怎么知道？”蓝澜抬起头来。

“我？猜的啊！像他那种男人都是多情的，多情的男人多是薄情的啊！”晓寒忙掩饰地说，“再说，万一夏钧知道了……”

“你别管了，我自己有分寸的。”蓝澜不耐烦地打断了晓寒的话。

事已至此，晓寒不知道能说什么了。本来劝人就不是她的强项，她知道蓝澜的脾气，她不想说的事是问不出个所以然来的。

两人沉默着。

突然蓝澜说："晓寒，对不起，我今天心情不好。夏钧股票被套了，他去年冬天说把攒的钱付了首付了，其实是骗我的，他都投资股票了，十多万元差不多血本无归了。"

"你当时不是说让他少投点钱的嘛，怎么一下子就投了这么多啊？"晓寒心里一惊，十几万，说没就没了啊，股市果真是深不可测啊。去年的股市像注射了激素一样地猛涨，虽说"股市有风险，入市要慎重"的大字在LED的显示屏上连续滚动，但听说就连买茶叶蛋的老太太都大赚了一笔，谁能不心动呢？当时就连晓寒也蠢蠢欲动，但韩箐不同意，她也只好算了。当时蓝澜就说夏钧准备炒股，她和薛妍还劝过让他们少投点。

"我还以为他也就是小打小闹……可他说投入得多，赚得快，刚开始是赚了一些，好的时候一天可以赚好几千呢。他本想着要给我一个惊喜，可谁想年一过股市形势大变，满眼都是一片绿，现在夏钧一天就坐在电脑前看得眼睛都绿了，越看心越凉啊……这十几万元就这样没了……"

晓寒只能劝蓝澜别着急，也许过些日子，股市回温，钱慢慢又会回来的。

"但愿吧！"蓝澜没精打采地嘀咕。

和蓝澜分手后，晓寒心事重重。回到家，韩箐在看电视，晓寒也懒得搭理他，换了鞋子径直去了洗手间。

"晓寒，我爸打电话说我妈最近老毛病又犯了。"

"怎么又病了啊？"晓寒边洗脸边随口说。

"你问我，我怎么知道啊，又不是谁想要生病。"韩箐好像和谁生气似的。

晓寒没有听到韩箐的语气有些冲，她说："那怎么办啊？"

"他们明天要来……"

"来就来呗，反正有人给你帮忙联系医生，随时可以来。"

“你什么意思啊？”韩箐的声音提高了。

晓寒疑惑地从洗手间探出头来，看到了韩箐责难的脸色，才明白过来她说的话惹韩箐不高兴了，可她一看韩箐的样子，一下子也生气了：“我说的不是事实吗？”

“你的意思是与你无关了？”韩箐强忍着说了一句。

晓寒的心在瞬间一痛，她以为她做的虽然不是最好，但至少仁至义尽了，原来，他从来不曾这样看。“都有人这样关心了，还用得着我来关心吗？”晓寒不知道她今晚为何这样易怒，为了一点小事，两人最终不欢而散，韩箐一摔门走了。

韩箐一走，晓寒才意识到确实是自己今晚的语气不对，她想给韩箐打电话，思量了下，又算了。哼，什么毛病啊，有本事你别回来！

第二天一早，韩箐的父母就来了，韩箐直接从车站接上就送到医院去了，安排住院之后，才打电话跟晓寒说他中午不回去了，要在医院陪父母。不管怎么样，吵架归吵架，不闻不问总是不该的，晓寒连忙做了饭送了过去。她没有给韩箐打电话，自己问到病房号就径直过去了。

在病房外，晓寒就听到一阵嘈杂的说话声，她随手推开门，里面的说话声戛然而止。“哦，晓寒来了。”坐在病床边的田思思站了起来，“呵呵，你也在啊……”晓寒客气地朝田思思点了点头，“妈，你好些了吧，检查结果出来了没？”

“还好，没什么大碍。刚才大夫才来说呢，多休息就没事了。”韩箐接过晓寒手里的保温桶。

“阿姨，您安心地养病吧，我还有事先走了，以后有时间了再来看你。”田思思起身告辞。

“谢谢你啊，思思，每次都麻烦你。哦，还有晓寒工作的事，也多亏了你啊！”韩箐的妈絮叨着，“晓寒，你和韩箐可得好好感谢人家思思啊……”韩箐也随声附和。晓寒听得很心烦，她假装没有听到似的只顾从保温桶里盛鸡汤，没有出声。

思思笑了笑说没关系的，不过一点小事而已。

对于田思思在这个时候出现在病房里的事，晓寒没有问，韩箐也没有解释。每天中午晓寒都做好饭送到医院去，再也没有遇到过田思思。倒是韩箐的妈无意地常常提起思思来，称赞一番。

这天，晓寒刚从医院出来，接到一个陌生的电话："你是晓寒吧？"

"是啊，你是？"晓寒一时听不出对方的声音。

"我是夏钧！"

"哦，"晓寒很奇怪，虽然和夏钧也见过面的，但却也从未私下联系过，"有什么事吗？"

"我知道给你打电话有点唐突，但我想现在也只有你能帮我劝劝蓝澜了……"

原来，蓝澜告诉夏钧，她准备搬出去了。电话里，听得出夏钧的声音很疲惫："你们是好朋友，你劝劝她吧。我其实也很想和她结婚的，可现在，你也知道，我买的股票跌了，马上结婚肯定是有困难的，但只要她愿意，我们可以先登记。"

"那你自己怎么不跟她说啊？"晓寒问。

"她现在根本不听我的解释啊，拜托你了……"

"我尽力吧！"晓寒没法拒绝，她打电话约蓝澜。

蓝澜一听晓寒的意思便说："是夏钧给你打电话了吧？"晓寒笑："呵呵，蓝澜你真聪明！夏钧让我别告诉你，但我觉得他是真心对你才这样做的，你可别怪他啊……"

蓝澜一笑，说："无所谓，反正都要分手了。"

"你不会是真的吧？"晓寒这才意识到问题的严重性，"不是只想让夏钧紧张一下吗？他说只要你愿意，他马上就可以和你结婚的……"

"呵呵，他现在拿什么和我结婚啊？"听得出蓝澜也很委屈，"你知道吗，他被套的不光是准备结婚的那十几万元，还有公款呢！"

"什么？"这倒是晓寒不知道的，"不过蓝澜……""好了好了，我的事我自己会处理的，以后有时间再聊吧……”蓝澜挂了电话。

晓寒听着电话里传来的嘟嘟声发呆，夏钧怎么能用公款炒股呢！现在可怎么办！蓝澜也并不是贪财之人，不会仅仅因为钱的事才要和夏钧分手的吧？况且这炒股的事，谁说得准呢，说不定明天直线上升，钱不就回来了吗？事情怎么就到了这种地步呢？一定是林清杨在捣乱！

三十五

中午的江南茶楼，《乱红》的笛音舒缓而悠长。依旧是临窗的桌前，不同的是桌上放的是红酒。

林清杨姗姗来迟，一丝谑笑挂在唇角。

“你想怎么样？”晓寒被他的笑弄得很被动。

“我没怎么样啊？”清杨装着不解地反问。

“你知道蓝澜要结婚了，还招惹她，你知不知道蓝澜现在要和男朋友分手了？”

“她分手关我什么事啊？”

“要不是你，她能提出分手吗？”晓寒被清杨的态度激怒了，不由得提高了声音，惹得周围的人纷纷侧目向这边看。

“嘘……”清杨夸张地冲晓寒做了个噤声的动作，“你不要这样激动，我说的是真的啊！她分不分手与我有什么相关？你也不想想，若她真的爱他，我再怎么样她也不可能接受啊，比如……你！”

“你不要拿我来说事！”在清杨面前晓寒总是显得力不从心。

“呵呵，你别不承认，你没听说过人家都说女人忠贞是因为受的诱惑不够，男人忠贞是因为背叛的筹码太低嘛，说到底，感情都是假的……”

“你别再纠缠她了，我相信他们之间的感情，如果不是你，她不会轻易说分手的。”晓寒声音低了下来，毕竟现在是有求于人啊！

“呵呵，你也太高估我了……我也只是和她一起喝个茶，吃个饭，打发一下无聊的时间，她分手肯定不会是为了我的。”清杨摇摇手里的玻璃杯，直直地看着晓寒，“晓寒，只有你是个傻瓜！”

晓寒无言，把头转向别处。目光所至之处，竟是一个再熟悉不过的身影。在吧台结账，一个女人从后面出来，手随意地挽在了那个男人胳膊上。晓寒清晰地感到有一种东西在体内破碎，思维麻木在疼痛里，她慌乱的双手拿起桌上的酒杯，一饮而尽。

“你怎么了？”清杨不解地看着晓寒不可思议的举动。

晓寒好像没听到，又把杯子放回桌上去，可眼睛却紧紧地盯着吧台前的背影，“啪”一声，杯子被放在桌子边缘，掉到了地上。

空荡荡的茶楼里，玻璃杯破碎的声音格外地清晰。身着藏蓝色衣服的服务员已向这边走来，站在吧台前的男人也无意地回头张望，随即，笑容便僵在脸上，慌忙拿掉挽在胳膊上的那只手。

“晓寒……”韩箐手足无措，眼睛里闪过慌张。

晓寒却出人意料地平静下来：“呵呵，这么巧，你们也来喝茶？不是上班时间吗？”竟然有笑意在唇角泛了开来。

“是啊，可真巧，没想到嫂子也在和朋友喝茶。哦，还是红酒，很有情调嘛！”田思思笑着说。

晓寒轻笑了下：“韩箐，这是清杨。我们还要坐一会儿，你们先走吧！”清杨朝韩箐礼貌地点了点头。

韩箐迟疑了一下，想要说什么，却最终什么也没说，和田思思一前一后地走了出去。

“服务员，拿个杯子来！”晓寒突然喊。

看着晓寒大口大口地喝酒，清杨突然感到心里一疼，手按在晓寒要再次举杯的手上：“我跟你说过感情是最靠不住的东西，你还不信。”

晓寒抽出手来，挤出一丝笑来：“只不过是一起喝茶而已，能说明什么呢？我们不是也一样喝酒吗？”

“哈哈，说得对，很对……只是，别拿别人的错误惩罚自己！”晓寒突然就失去了伪装下去的坚强，眼泪顺着脸颊恣意流淌。清杨轻轻地叹了口气，坐到晓寒的同侧，递上一张又一张的纸巾。

街道两旁的梧桐树上，洒满清冷的月色，紫薇花一团团，一簇簇，橘黄的路灯下，吸引着夏夜里的飞蛾，盘旋、飞舞，凌乱而缤纷。街道上行人渐少，有车开过，灯光扯出一条长长的线来，随即又消逝得不留痕迹……晓寒蹲在街道旁的树下干呕，可什么也吐不出来。

“我送你回家吧！”清杨轻轻地拍晓寒的背。

晓寒摇头，从今天见到韩箐起，晓寒就再也不愿回到那个家去了。她不知道该如何面对韩箐，这期间韩箐打了几次电话，晓寒看了看号码就关掉了手机。

“要不，你先跟我去宾馆吧！”清杨迟疑地说。

“宾馆？”晓寒抬头看看清杨，借着一晃而过的车灯，清杨的目光里全是怜惜。晓寒笑，她知道自己没醉，她的头脑太清醒，但此刻，她真希望自己醉得一塌糊涂，不省人事，闭上满是倦意的眼，不在乎身边的男人是谁。然而，她却是如此清醒，她突然觉得很悲哀。

晓寒拒绝清杨送她回去。看着她摇摇晃晃地走在夜里，清杨莫名地心疼。他，清杨，自从七年之前，婚礼在即，他的新娘小柔却不顾他的苦苦挽留，毅然决然地追随初恋男友而去，他的心就如冰封一般。他痛恨天下的女人，所有的女人在他眼里都是薄情寡义的，虽然他不拒绝女人摇曳在他的生命里，但他的心却对女人波澜不惊。但今夜，看着晓寒在街头跌跌撞撞，他的心紧紧地揪着，默默地跟在晓寒的身后，昏黄的路灯把他的影子变短，拉长，又变短……

三十六

晓寒无力地倚在门上，滑倒下去。

门突然开了，晓寒向后一倒，韩箐一愣，忙一把抱住她："你怎么坐在这儿啊，我正要找你去呢……"晓寒挣扎着站起来，迷迷糊糊地倒在沙发上，眼睛便不想再睁开。

"晓寒，你怎么把电话关了啊，这么晚了，我给爸妈和蓝澜、薛妍都打过电话，他们都说你没去找他们，我都要急死了……晓寒，你怎么喝了这么多的酒……你一直和那个清杨在一起吗……晓寒，你累了啊，我抱你去床上吧？"韩箐蹲下来帮晓寒脱鞋。

"别碰我。"晓寒漠然地说，"韩箐，从今天起，我和谁在一起，喝多少酒，都与你没关系了。"

"晓寒，你听我解释啊！事情不是你想的那样……"

"你不用跟我解释什么……"晓寒摇晃着站起来，走进卧室，啪地关上门，从里面反锁。她的泪又一次不争气地涌了出来。晓寒把头捂在被子里，唇角已咬出了血丝，她不允许自己哭出声来。

韩箐试图向晓寒解释，但晓寒总是漠然地转身离去。韩箐也不再说什么了。虽然韩箐尽量地待在家里，并且把琅琅也从晓寒父母那儿接了回来，希望以此缓和家里紧张、压抑的气氛，但晓寒依然沉默不语，只是会有莫名的笑牵动她紧闭的唇角，笑容苦涩得一如她的心。她怎么也没料到，背叛这个词会出现在她的生命中，她无法释然。有时，一个人静静地坐着，看着墙上那面钟表不紧不慢地移动，就会有泪冰冷地跌落，悲凉便会瞬间弥漫眼眸。

终于，晓寒说："韩箐，我们离婚吧！"

韩箐的手抖了下，刀子一斜，便切到了手上，顿时，血涌了出来，染红了菜板上的土豆丝，触目惊心。晓寒心一疼，却站着没有动，一脸的漠然。韩箐将手指伸在水龙头下冲洗，冰凉的水夹杂着鲜红的血，似乎永远也淌不完……然后，韩箐又将土豆丝放进菜盆里，用水一遍又一遍地冲洗，血水渐渐淡下去……韩箐最拿手的菜就是酸辣土豆丝，晓寒最爱吃的是酸辣土豆丝。

夜晚，琅琅沉沉睡去。客厅里，韩箐一支接一支地抽烟。"晓寒，你真的想和我离婚吗？"韩箐说得很艰难。

"是。"晓寒说得很决绝。

"为什么？就为了我和思思一起喝茶了吗？"

"你们就只是喝茶吗？"晓寒把头扭向一边，那一幕，她永远不想再提及。

"哈哈，好，晓寒，你找个很好的借口……你早就看不起我了，你和那个叫清杨的经常打电话、发信息，你以为我不知道吗？你和他一起喝酒，那么晚了还不回来，谁知道你们去了哪儿了？晓寒，离婚的话你终于说出来了，好，离就离吧，我成全你们……"

晓寒心如刀割，她没想到韩箐不但不承认是他背叛了她，还把责任推到她身上："你，无耻……"晓寒的心好冷。

自从那晚之后，晓寒和韩箐正式分居了。韩箐睡他们原来的卧室，晓寒和琅琅同睡。每晚能和妈妈黏在一起，琅琅很是高兴。只是晓寒在夜里，总会凝望窗外灰沉沉的天，心生悲凉，看着不谙世事的琅琅，潸然泪下。韩箐依然很忙，但只要在家，都会做好饭，三个人坐在一起，琅琅的眼睛盯在电视上，谁也不开口。

晓寒突然觉得一生好长，长到什么都来得及改变！如果人的生命犹如落叶，虽然只有短短的一季，从黄到落，就已足够将动人的身姿留给漫长的岁月，一瞬间，却成就了永恒……

三十七

“晓寒，你怎么了，病了吗？”薛妍一见晓寒，便嚷开了。

“没有啊，我很好啊！”晓寒笑了笑，掩饰了眼底的落寞。

“真的，你最近怎么了，看你的精神很差。”

“可能是最近的睡眠不好吧！”晓寒说着扯开话题，“今天怎么有兴致约我啊？”

“唉，烦得很。好久没见面了，就想和你们说说话。”薛妍没精打采地说。

“还是烦那事啊？”

“是啊，不然还能有什么事让我这样烦啊？”薛妍端起桌上的酒喝了一口，很是无奈。

薛妍那次回去后告诉了她爸原来夏钧就是他前妻的儿子，她爸爸暗自欢喜。他想，凭他的这些家产，要让夏钧认他这个爹应该是很容易的，等夏钧认了他，他就将财产分成三份。一份给薛妍，薛妍天生性格温顺，既然她和李明那么相爱，以后抱养一个孩子也未尝不可；一份留给他们老两口，其实他和薛妍妈现在也花不了多少钱，以后还不是都留给儿子啊；还有一份现在就名正言顺地给儿子。他把他的意思跟薛妍妈说了，起初，薛妍妈不同意，但又有什么办法呢，也许这是老天对她的惩罚吧！

然而，事情却并未像他们想象得那么简单。

当他找人去把他的意思转告他前妻时，他前妻却断然拒绝，最后还说，那个孩子根本就不是薛妍爸的，是她抱养来的。薛妍爸知道前妻脾气倔强，虽然她一口咬定儿子与他没有任何关系，但薛妍爸根本不相信前妻的话。他说他准备自己去找夏钧说，毕竟夏钧是成年人了，他有权知道自己的身世并做出决定。

“那夏钧怎么说？”晓寒问。

“我爸还没有去说呢，他想着让我去先探探口风。毕竟当年是他对不起他们母子，这些年又没有尽到一个父亲的责任，万一夏钧一时接受不了，说出什么不好听的话，他会觉得很难看的。况且我去说，即使不成，他再去也显示出他的诚意来。”

“嗯，这样也好。”晓寒点点头，不得不佩服薛妍爸的老谋深算。

“我本来想把这事先跟蓝澜说下，让她跟夏钧说。不过我听说蓝澜最近和夏钧好像有矛盾，他们俩是怎么回事，你知道吗？”

“具体我也不知道……”晓寒摇摇头。

“要不，你陪我去找夏钧说？”

“我？你们有啥事怎么老是找我啊？”晓寒觉得很累。

“哎呀，你就陪我去吧，你知道我其实心里也没一点底。我们对夏钧也没有深入地了解过，不知道他的脾气如何。况且，我妈可是他妈的仇人啊，万一……”薛妍央求道。

“好吧，一会儿蓝澜来了先看看她的态度吧。”晓寒只能答应下来。

蓝澜今天一身短裙，好多天没见，她的精神状态看起来也不是很好。

蓝澜对薛妍说她爸找前妻及儿子的事早就听得不耐烦了，薛妍还没开口，她就说：“打住，别跟我说这些烦心事，我也烦着呢。”薛妍尴尬地一笑。三人沉默着。

“你妈的态度怎么样？”为了打破沉默，晓寒不得不找点话题。

“我妈以前天天以泪洗面，逼着我和李明离婚，说不能眼睁睁地看着她辛苦挣来的钱白白地给毫不相干的人。现在事已至此，她也没办法，其实我知道她心里不甘……有时想想，要不为了给我妈争口气，和李明离婚算了，若以后真能生个孩子，爸也不必大费周章地找他们母子，妈也不必再忍气吞声了，可真的不忍心啊！”薛妍一脸疲惫。

“别瞎说了，事情到了这个份上，人都已经找到了，事实已经改变不了了。”

“不过以我的看法，即使你们找到那个儿子，人家也不一定愿意认。都说离婚会对孩子产生一生的影响，会让孩子变得自私、狭隘、报复心理强。你想啊，他怎么可能一下子就接受得了当年被抛弃的事实呢？”蓝澜依然快人快语。

“离婚？孩子？心理？”晓寒怔怔地听着蓝澜说的话。

“哎，晓寒，你倒给个主意，我们三个人，就数你想问题最周全了。”蓝澜突然说。

“我？”晓寒艰难地笑了下，“这得看感情了。”

“感情？亏你还相信感情！感情是物质生活的寄生虫，物质生活丰富，感情就会繁茂；看似生机勃勃，但物质基础如果坍塌，感情也就只能自生自灭了。薛妍，你可得考虑清楚，如果真找到那个儿子，人家母子登堂入室，你可能就得和李明搬出来了，以李明家的条件，如果你们搬出来住，你可得做好‘槽里没食猪咬猪’的准备啊！”

“你看你说得难听的，有那么严重吗？”薛妍被蓝澜最后的比喻逗笑了，“你看人家晓寒和韩箐，没有父母的帮助，不是也过得很好吗？他们可一直是我们的楷模啊，晓寒，你说是不是？”

晓寒艰难地笑了下：“薛妍，蓝澜说的话也有道理，毕竟感情的事谁都说不准的。也许对女人而言，在一定程度上更该自私一点，多替自己想想，这样才不至于以后受伤啊。”晓寒早已学会不再回头看走过的路，所有的过往，都变成不愿开启的心结，留在了岁月的深处。开心就笑，痛苦却不哭，因为她越来越多地感觉到，现实社会支撑人的内心的不再是别人的安慰，而是时间加上自己的坚强。

“哎，晓寒，我可觉得你今天的神情不对啊？你可是心里只有老公、儿子，很少想自己的人，今天怎么会有这样的感慨呢？”蓝澜说，“老实交代，谁让你突然对感情怀疑起来了？”

“什么啊，你就别自作聪明了，我能有什么事啊。”晓寒笑起来，“倒是你，和夏钧到底怎么样了啊？”

“分手了。”

“什么？”晓寒和薛妍大惊失色。

“这有什么好奇怪的，结婚的人都离婚了，况且我们呢？”蓝澜拿着个镜子左照右照，不在乎地说。

“为什么，就是因为他现在没钱了吗？”蓝澜如此之快地做出决定，这让晓寒觉得她也太轻率了，也太不负责任了。

“晓寒，这不是钱的问题，你也知道，我认识他的时候他不是也没有钱嘛。我们在一起五六年了吧，除了一纸婚约，该干的什么都干了，你说，夫妻之间时间长了，都有个‘七年之痒’，很多人熬不过去离婚了，况且我们还不知道要拖到什么时候才能结婚呢！”

“如果他现在有钱了，立即和你结婚呢？”晓寒不想让蓝澜轻易地放弃夏钧，虽然她和夏钧不是很熟，但从以前蓝澜的叙述中能听得出来，他是一个很有责任心的男人。

“都跟你说了，不是钱的问题！”蓝澜有些不耐烦了。

薛妍看了一眼晓寒，摇了摇头，晓寒明白，是让她先别提夏钧的事。这个蓝澜，越来越让人看不懂了。

三十八

薛妍让晓寒陪她去找夏钧，还没去呢，夏钧倒自己先来找晓寒了。

他一见面就说：“不好意思啊，又麻烦你来了。”晓寒说：“没关系的，我们也应该算是朋友，不要这样客气嘛。”原来，自从蓝澜提出要分手后，夏钧考虑到确实是他做得不好，才让蓝澜这样的，所以他的心思就全部放在蓝澜的身上了，毕竟他们在一起好几年了，感情不是一日两日了，不是说分手就能分手的。可他最近发现蓝澜的脾气越来越大，有时候他问一下她去干什么了，她就大发脾气，让他少管，蓝澜现在也搬出去住。

夏钧说：“晓寒，你和她是好朋友，她最近怎么了？是不是最近认识了什么新朋友了？”

“这个……我也不知道啊。不过你应该相信蓝澜，她不是随便的人，她就是有点小任性，你不应该乱怀疑的。”

“我知道，可她现在对我冷若冰霜的，我和她商量结婚的事，她说与她无关，我该怎么办啊？我已经找朋友借钱了，不管怎么样，我都想着尽快和她结婚。你能帮我再劝劝她吗？”

看着一个男人这样痛苦，晓寒也不能无动于衷，只好说：“那我试试吧，不过蓝澜的脾气你也应该清楚，我尽力而为吧。”

“夏钧……”

“怎么了？”

“没什么。”晓寒本想着也顺便跟夏钧说说他身世的事，又一想，这些事还是由当事人说好一些，话到嘴边又咽了回去。

晓寒不知道，为什么每个人都要活得这么累。

好在，工作很清闲，每天到单位也无非是上会儿网，和同事闲聊一会儿。这天，又有几个市里的领导陪林清杨去看凤凰山工程的进展，窦主任让晓寒也去。晓寒也是好久没有去山上了，还有点想那些山上的同事了，就换了件衣服买了些水果跟去了。晓寒照例被安排到林清杨的车上，一路上，两人沉默不语。晓寒看着车窗外连绵起伏的群山，突然就想，若不是自己想要逃离这里，不去找孙局长调动工作，那韩箐和田思思也就不可能相遇，也许就不会有这些事发生了。唉，人生难料啊！晓寒的心情一下子低落下来。

“你还好吧？”清杨转过头来。

“嗯，还好，今天车开得慢，没有晕车。谢谢。”晓寒回答。晓寒知道清杨想问什么，但关于那天的事，她不想再提起了。清杨想说什么，张了张嘴，最终也没有说。

从山上回来后，照例是一起吃饭。

晓寒一向不喜欢参加这样的饭局，但现在晓寒却怕回到家里去。她真不知道这样的状况得持续多久，难道是她错怪韩箐了吗？是她把事情想得太复杂了吗？晓寒知道，她太习惯两个人在一起时的快乐了，现在这样冷漠，她觉得太难受了。晓寒不由得多喝了几杯，她想，其实喝醉也好，回家倒头就睡，所有的事情都不会再想了。她一抬头，和清杨的目光相遇，看来还是这个男人说得对，感情是最靠不住的东西。清杨看着晓寒嘴角的那一丝笑，突然就觉得心疼。他低头跟旁边的人说了句什么，只见那个人连忙点头，然后站起来说：“今天大家辛苦了一天了，就早点结束，早点休息吧！”

从酒店出来，又是华灯初上。夏夜的风夹杂着白日里的暑气迎面扑来。晓寒正要招手叫车，林清杨从车里探出头来：“我送你吧！”晓寒没有拒绝，坐进了车里。风从车顶的天窗吹进来，凌乱了晓寒的长发，也凌乱了晓寒的心。突然，她看到前面的那个公园：“我们去那儿坐坐吧！”

公园里的那两棵玉兰树繁茂的叶子被街边的霓虹照得光怪陆离，晓寒轻轻叹了一口气，坐在了长廊边。荷花开了满池，而这些荷花，终究会在某一日凋谢成一塘的枯枝败叶啊！

“清杨，你说感情有永远吗？”

“晓寒，别这样。现在的社会就是这样的，开放、包容，正如你所说，我们不也是在一起吗？可这能说明什么呢？所以，你老在心里纠结这些事情，只不过是把简单的问题复杂化了。”看晓寒一脸的落寞，清杨实在不忍心，看得出，她把一切都想得很美好，以为爱了，便是一生的承诺，不容许自己对爱情有丝毫的杂念，更不会接受别人来玷污爱情。可现实的社会里，谁还会恪守最初的约定呢？但他只能这样安慰她。

“你也觉得是我把问题想得太复杂了？”晓寒抬起头来，疑惑地问。

“是的，眼见也不一定为实。”清杨肯定地说。

“清杨，你不知道我最近心里有多难受，相亲相爱的一家人突然变得冷冰冰的，那种感觉太揪心了。这些天我也在想，我们身边的男人，哪一个出来不是花天酒地的，韩箐应该算不错的男人了。也许我不能对生活太苛刻了，我还是试着和他和解吧，你说呢？”

清杨看着晓寒期待的眼神，点了点头，有时候我们必须对生活妥协。但他的心里，却生出莫名的伤感，晓寒，这样的女人，最终也得向生活低头啊！

“谢谢你，清杨，跟你一说，我的心里一下子轻松了不少。”

“晓寒，不要谢我，只要你能快乐就好！”清杨伸出手去想替晓寒拂去额头上的那缕发丝，却又停在半空中，“我说过，我觉得你很亲近，所以，你也应该对我有这种感觉吧？”

晓寒微微一怔，旋即一笑：“说不定我们上辈子就认识。”

晓寒一路上想好了，与其这样彼此都累，倒不如和好算了，也免得时间长了对琅琅有什么影响，毕竟，也没有到那么严重的地步。呵呵，这就是已婚女人的悲哀吧，稍有一点风吹草动就弄得神经过敏、心力交瘁的，三十岁的已婚女人，是根本经不起任何折腾的。

屋子里静悄悄的，桌上留着一张纸条："我出差了。"

夏钧又打电话给晓寒，问她跟蓝澜说了没。本来晓寒自己的事都理不个头绪来，弄得灰头土脸的，哪有心情再管别人的事，差不多都要忘了。晓寒只有说："还没有呢，我最近有些忙，等明天吧！"夏钧说："给你打电话意思是算了吧，不用再劝她了，我想好了，既然她不顾这么多年的感情，我也没有必要再挽留了。早知现在，何必当初呢？是我这几年忽略了她内心真实的感受，我还一直以为她对结不结婚真的无所谓呢……"听得出夏钧的声音很疲惫。事已至此，晓寒只有劝夏钧："先别急着做决定，你们彼此都冷静些日子再说吧！"

三十九

薛妍让晓寒陪她去找夏钧是个周日的下午。天气有些阴沉，似乎在酝酿着一场暴雨。夏钧穿着一件浅蓝色的T恤，面色也是忧郁的。蓝澜最终不顾夏钧的苦苦挽留，决绝地从家里搬了出去。这段时间里，人人都是焦头烂额的。晓寒心里常想，人若是没有感情该多好？

“你说什么？”夏钧终于听明白了薛妍想要说的话，“你说我妈是你爸的前妻？”

是的，薛妍肯定地点了点头。

“这怎么可能？”夏钧显然一下子不能接受这样的事实。

小时候，他和哥哥就问过母亲关于他父亲的事，可母亲说他们兄弟俩是她在路边捡来的。他们才不相信呢，不然，母亲怎么会如此疼爱他们哥俩呢？有点好吃的总是让他们先吃。那时候生活困难，母亲常常替人家纳鞋垫挣钱，每天他们睡觉时，母亲还在灯下做活，等他们一觉睡醒，母亲还在那里做活。那时候，他们哥俩就暗下决心，以后一定要好好读书，让母亲不再受苦。可后来，不知道为什么，母亲把他寄放到舅舅家，自己带着哥哥去了城里读书了，再后来，母亲一个人独自回来了，他问哥哥去了哪儿，母亲对此只字不提，再问，母亲便会流泪。他怕看到母亲的眼泪，便不再问了。后来慢慢地长大了，也从村子里人口里听得一些闲言碎语，说是他哥哥确实是母亲从路边捡来的，不过后来人家的亲生父母找来了，便又送还给人家了。至于他，他也知道当初是父亲另有新欢，不要母亲和他了。虽然他心里恨当初抛弃母亲的父亲，可渐渐地，也就淡忘了，没有父亲，他照样长大。可谁知，现在却又冒出个父亲来，他和母亲曾经受过的苦，一下子又清晰地出现在眼前，这让他一下子怎么能接受得了？

酝酿了一个下午的雨，终于倾泻下来，街道上一下子慌乱起来。人们纷纷躲进街道两旁的屋檐下，焦灼地等待大雨过去，车子在雨中疾驰而过，溅起一道道白色的水花。夏钧夺门而出，冲进了雨幕里，薛妍和晓寒面面相觑。

“让他冷静些再说吧！”晓寒看着雨滴在玻璃窗上汇聚、滑落，再汇聚、再滑落……

从别人的过往里，晓寒看到一段破碎的婚姻里暗藏着的折磨和痛苦。她不允许琅琅在以后经历这样痛苦的抉择。

晓寒回家时，韩箐正在阳台上晾晒着衣服，听到晓寒回来，也没有回头。晓寒靠在墙上，看着韩箐把衣服一件件地翻过来，然后搭到衣服架上，再挂到阳台上的铁丝上，衣服有他自己的，有琅琅的，也有晓寒的……晓寒走了过去，从背后轻轻地抱住韩箐：“我们和好吧！”晓寒的脸紧紧地贴在韩箐的背上，闭上了眼睛。这些天晓寒实在累了，她觉得她没有精力再这样消耗下去了。她以前累了的时候总喜欢这样从背后静静地抱着韩箐，一直以来韩箐都是晓寒的依靠。

韩箐轻轻一怔，衣服掉到了地上。他转过身来，一把紧紧地搂住晓寒：“晓寒……”

无须语言，所有经历的心酸与饱受的折磨都消融在这一个拥抱里。风从阳台吹进来，吹动那一帘粉色的轻纱……晓寒闭上眼睛，告诉自己，生活还会一如从前……

夏钧去找母亲了，他必须要听母亲亲口说出他的父亲是谁。

看着儿子推开半掩的门走了进来，夏秀花就已经知道儿子这次回来的目的。她坐在土炕上，有风在木格窗外低吟，看儿子如困兽一般地在狭小的空间内不停地打转。“他不是你父亲！”夏秀花平静说。夏钧不信，就如他刚听到薛妍说他是她父亲的儿子时一样不相信。不过他理解母亲，母亲一个人含辛茹苦地将他拉扯大，当然不想和任何人再牵扯不清，但是，他可以不去认这个父亲，但他得知道真相。然而，夏秀花却表现出从未有过的冷漠与固执，自始至终都不承认他是她前夫薛风的儿子。

夏钧很无奈，他不能责怪母亲，他能理解母亲当年所受的耻辱与辛酸。临走时，他说：“妈，还忘了告诉你，我和蓝澜分手了。不过，妈，我很快会给你找个更好的儿媳妇。”

“什么？”夏秀花大吃一惊，差点晕倒，“为什么？”

“我也不知道，可能因为我现在没有钱了吧。妈，我去年瞒着你和她炒股，结果被套了，现在钱所剩无几，近期不可能和她结婚的，她不想再耽误下去了……”

“你不能害了人家姑娘啊！”在夏秀花看来，夏钧和蓝澜俨然早已是夫妻了啊！

“妈，不是我害她，是她自己不愿意再等下去了。妈，没事的，凭你儿子的本事，很快就会给你重新找个儿媳妇回来。”夏钧没想到这事会给母亲这样大的打击，早知道这样就不告诉她了。

“钱，又是钱，哎，都怪我啊，没能给你攒下几个钱……”夏秀花喃喃地说。

听到母亲这样说，夏钧心如刀割：“妈，这不关你的事，你把我养这么大都已经很不容易了。等我过了这段困难时期，我就接你去城里和我一起住……我什么也不问了，我就只有你一个妈……”

夏秀花看着儿子憔悴的脸，忽然说：“要不，你认了你爸吧？”

夏钧一怔：“妈？”

夏秀花不能眼睁睁地看着儿子因为钱的事和媳妇分手。是的，她没有钱，但薛风有钱。他不是主动找来要认夏钧这个儿子，还说只要认了他，他家产的三分之一将是夏钧的吗？现在既然夏钧如此需要钱，那就认了他吧！毕竟，他欠他们母子的！

当这一事实如此真切地摆在夏钧的面前时，夏钧还是有种措手不及的感觉，一切太突然了。虽然这件事困扰了他多年，他是如此迫切地想知道真相，一旦知道了，他却茫然了，他不知道该如何面对。他说："妈，我好好想想再说吧。"

平心而论，夏钧对"父亲"这个概念早已经淡漠了，即使在他们母子最艰难的日子里，他都没有想过父亲，何况现在凭他的能力完全可以给母亲一个很好的晚年，现在突然间又冒出来个父亲来，而且这个父亲当年还抛弃了他们母子。被时光无情摧残的母亲，如此苍老衰弱，虽然年龄不是太大，却已经有风烛残年的感觉，夏钧心里突然就生出一股恨意来，都是因为那个没良心的男人和他的那个女人，害了母亲受了那么多的苦。他要为母亲讨回个公道来。

四十

几天后，夏钧出现在薛风的面前。

看着眼前从一出世就未曾谋面的儿子，薛风百感交集，老泪纵横。然而，夏钧却是一脸的漠然。

“你就是我父亲？”

薛风连连点头，用手拭去眼角泛起的老泪。

夏钧上上下下打量着这宽敞的屋子，目光掠过每个人的脸：“那我可以搬回来住吗？”

薛风一愣，随即点头：“只要你愿意，当然可以。”

薛妍妈却忍不住了，站起来：“这不行！”

夏钧说：“那好吧，我走了。我们就像以前一样毫无瓜葛，你们以后不要再来打扰我和我母亲的生活。”

薛风如此大费周章地寻找儿子，好不容易找到了，而且儿子也愿意认他这个不称职的爹，他怎么能轻易地就此让他走掉呢。薛风说：“钧儿，这个家我说了算，你要住进来，随时可以。”

“薛风，你别忘了，这个家里也有我的一份。你找到他也就罢了，你还让他住进来，那你先把我们母女赶出去好了……”薛妍妈不能接受丈夫前妻的儿子住进来，更不能接受薛风此时的态度。

“妈……”薛妍拉了拉母亲。

夏钧笑了笑：“看来你们还没有做好接受我的准备，那我先走了，等你们商量好了，再说吧。”然后转身离去。

那个夜晚，对于薛妍一家来说，比当初知道李明不能生育时还要纠结。薛妍妈一边痛诉当年创业时的种种艰难，一边哭诉自己命苦。薛风长吁短叹，听得烦了，便扔下一句话：夏钧是他儿子，住到他家里名正言顺，如果谁不想在这个家里了，随时可以走。薛妍妈由哭诉变成大骂，薛妍和李明一劝，她又把气撒到李明身上，说这都是李明害的，一个大男人，看起来人高马大的，连个孩子也没本事生，不然怎么会去找这个野种。薛妍看着李明隐忍的脸色，拉过李明回房间去了，随她妈怎么闹去。

终于闹得累了，声息也渐渐地小了下来。薛风走了过去，扶她起来坐到沙发上，倒了一杯水递过去：“我知道这样对你不公平，但你想，当初本来是我们对不起他们母子俩，这些年来他们也没找过我们，现在是我们去找人家的，他提出这要求也并不过分啊，你就容忍些吧。我们都老了，这些家产迟早也是孩子们的，我总不能让辛辛苦苦挣来的家业最后都落入外姓旁人吧？你放心，该给薛妍的我不会少一分！”

薛妍妈只能妥协，虽然不得已，但她也权衡了其中的利弊。她清楚她早已不再是一流泪就会让男人心碎的年龄，她的哭闹只会引来薛风对她的厌倦。她老了，她经不起折腾了，男人都是无情无义的，夏秀花当年为了争一口气而离开后，当时也没见得薛风有多内疚，老了老了，却又怀念起以前了，觉得对不起人家了。想到这儿，薛妍妈突然觉得她其实连夏秀花都不如，至少夏秀花当年还年轻，还有足够的时间来等待薛风在某一天想起她和他们的儿子。若她一气之下走了，即使薛风某一天会后悔，恐怕她也没时间等了；况且薛风对这个儿子心有歉疚，肯定是会有所补偿的，而现在最好的补偿就是钱，若她一怒之下离开了这个家，正好遂了人家的心愿。只要她还在这个家，钱就还攥在她的手里，他夏钧想得逞也就不会那么容易。

夏钧在一个鸣蝉喧闹的日子住进了那一幢漂亮的别墅。

四十一

“最近好吧？”电话里的田思思充满了关切。

“嗯，还好……就那样吧！”韩箐将一把五颜六色的药粒扔进嘴里，喝了一口水咽了下去。

“怎么样，今天有空吗？带你去个地方。”

“好吧……去哪儿？”

“你不是一直想去我店里看看吗？今天我正好要过去对账，就带你去看看吧。”

韩箐知道田思思自己开着一家店，平时都是雇人来打理，她只需隔几天去对对账。据思思自己说收益颇好，但却从未告诉过韩箐她开的究竟是什么店。

车子穿过几条街后，在一家店面前停下来。韩箐疑惑地看着招牌上“妖魅之舞”几个大字，问：“卖什么的啊？”“进去看看不就知道了，一定让你大开眼界。”田思思故作神秘地说。

推开暗色的玻璃门，韩箐就呆在了那里，眼前一个硕大的生命之根在屋子中间的一个玻璃台面上，在灯光的照映下，散发着暗红色的光泽。若不是太大了，简直就和真的一样。

“嘻……吓着了吗？”看到韩箐惊愕的表情，思思抿着嘴笑了起来。

店员是个姑娘，看到老板娘带了朋友来，过来打招呼。

“你先随便看看，我对下账目。”思思把韩箐扔到一边忙去了。

思思开的店原来是性用品店，各色性用品和保健品真可谓琳琅满目，还到处摆放着塑胶仿真品，让韩箐看得面红耳赤。

“怎么样，有需要的吗，送你一个？”

韩箐连连摆手。

“哈哈，”田思思被韩箐窘迫的神情惹笑了，“土老帽！”就连那个店员也在那边抿着嘴偷偷地笑。

韩箐不得不感叹自己孤陋寡闻，虽然之前他也知道有性用品商店，但他却从未想到品种会这样多，样子更是千奇百怪。而现在这些私密的东西竟毫无遮拦地被摆上了柜台，被人们恣意地拿在手里捏弄、把玩，讨论质感如何，快感又会如何……这究竟是生活质量的提高，还是为了追求快乐而抛却羞耻之心呢？

韩箐和思思坐在店里的小茶几前，一边喝茶一边聊天，他已经有些适应这种氛围了。不过韩箐还是很疑惑，他指了指那个女店员，她也就是二十来岁的样子吧，低声问田思思：“来了顾客，她一个女孩子家应付得了吗？”

思思笑而不答，一招手：“萌萌，这位先生想挑选一件，你帮他推荐一下吧。”

这个叫萌萌的姑娘微笑着走了过来：“先生，请问是您需要男用的还是女用的？”

韩箐不知所措，不知该如何回答。思思说，这位先生想自己用。

萌萌甜甜地笑了一下：“先生您稍等，我给你拿几款，你看，这些造型逼真，最重要的是高仿人体机能……”看着一个小姑娘拿着这些逼真的东西在那儿比画、讲解，韩箐只觉得大汗淋漓，张了张嘴却不知道该说什么。田思思在旁边暗自偷笑，说：“好了，萌萌，你忙去吧……”

萌萌忍住笑，到一边收拾东西去了。

韩箐叹了口气，到底是自己老了。

“韩箐，拿个试一下吧，晓寒会喜欢的……你身体的状况现在不能太勉为其难，不然对你的康复有影响。你别把这事看得多么不干净，这只是一种双方都能得到享受的愉悦，因为爱，才会相互取悦，对吧？”

韩箐迟疑了一下，接过思思递过来的一个精致的盒子，那上面用粉色的纸包着，系着一条紫色的丝带。

说实话，自从那次韩箐被查出来患有前列腺疾病后，他怕晓寒担心，一直没有说。事实上他一直有力不从心的感觉，断断续续地吃了那么多药，症状却没有明显的好转，大夫建议他做进一步的检查，他前些天去出差时顺便在省城检查了下，结果不容乐观，说不定还要做手术。最重要的那个戴着金丝边眼镜的大夫一再告诫他最好禁欲，说可别图了一时之欢害得下半辈子失去了男人的雄风。男人担心自己的性能力就像女人担心年龄一样生怕被人看穿，但在思思面前，韩箐却可以如此坦然，告诉她心里的苦闷。

本来韩箐想反正他和晓寒现在分着居，熬过一阵子也不是太难，等他身体彻底好了，再对晓寒解释，免得晚上睡在一起又不能做什么，弄得两个人都难受。可等他出差回来，晓寒却主动示好，他能拒绝吗？虽说他当时口里答应离婚并分居，但韩箐从心底能感觉到其实彼此的心从未远离，但他需要一个分居的理由，所以当晓寒提出离婚时，他就将错就错了。因为他知道晓寒对待婚姻不会如此轻率，她只是在等他承认错误。每次看着晓寒不解的目光，韩箐只能逃避，明显地，晓寒也感觉到了韩箐的躲避，她感觉总是她一个人在自说自话，他们的和好，只是她一厢情愿。夫妻之间若没了往日的热情，都不知道每天还能说些什么，两人虽然都在努力，却明显很刻意，一种貌合神离的感觉再次让两人日渐沉默。

也许，思思说得有道理，因为爱，才相互取悦。既然如此，我用这种方式取悦她，晓寒应该不会生气吧？一整天韩箐都在围绕着这个东西做着思想斗争。

还没到下班时间，韩箐便找了个借口溜了，他要早早地回家，做一顿晓寒爱吃的饭，两人好久都没有在一起吃饭了。饭做到一半时，晓寒却打来电话：“我在妈妈这里，不回来吃饭了，你自己吃吧。”

韩箐顿时失去了做饭的兴致，不过，他很快地压制了内心的失望，以最快的速度随便弄了点吃的，又将床单被套统统扔进洗衣机，并换上了一套晓寒喜欢的浅紫色睡衣。关于浪漫、温存，韩箐并不是一无所知，只是因为身体的状况而失去了那些兴致。

四十二

晓寒从妈妈家出来已是十点多了，不知道什么时候开始，夜风中竟开始有了凉意。夏天要过去了吗？晓寒步履沉重。父亲前些天一直拉肚子，吃了好多药不但没有好转，还开始便血，可一直都没引起他们的注意。今天她正在上班，接到了妈妈的电话，电话里，妈妈泣不成声："晓寒，你爸得了肝病，大夫说……""说什么？"听到妈妈异常的声音，晓寒的心提到了嗓子眼。

"大夫说看得晚了……"

"晚了？"是什么意思？难道……

晓寒突然间就有一种天要塌了的感觉，她不知道是怎么跑到医院的。

"怎么会这样呢？爸爸一辈子不抽烟、不喝酒，脾气又好，怎么会得这种病呢？"晓寒怎么也不相信。

同样不相信这个事实的还有晓寒的母亲和哥哥。整个夏天，父亲常常坐在女贞树下下象棋，谁也没意识到，有一种病毒在他体内隐藏了二十多年，现在不愿意就此沉默了，它们在不动声色地蚕食他的肝脏！

大夫告诉晓寒和哥哥，病人的肝硬化是由丙肝病毒引起的。他问过病人，在二十多年前曾有过输血史，想来应该是那次输血时传染了丙肝病毒，这种病毒可以在人体内潜伏几十年，一旦发作，恐怕……

“那到底能不能治好啊？”哥哥在一边焦灼地问。

“我们现在只能先进行保肝治疗，一时半会儿应该没什么关系，但病毒在体内复制的速度非常快，最好启用抗病毒治疗，只是……”大夫看了看晓寒的哥哥一眼，“这需要一大笔钱。”

“只要能治就好。”晓寒明显地感到哥哥舒了一口气。

晓寒的妈妈在听到大夫说看得晚了时已经崩溃了，猛然间就苍老了许多，听到大夫说还是有希望治愈的，也松了一口气，但随即陷入了担忧，这样一大笔钱，从哪来呢？

哥哥安慰妈妈和晓寒：“你们别担心，也先别告诉爸爸。你们放心，我是儿子，一切有我做主，钱的事你们也不用担心。”

晓寒的哥哥自小就很懂事，也很疼晓寒，但那个时候女孩的心思总是敏感而脆弱，晓寒总觉得自己生活在哥哥的光环之下，这也是小时候晓寒不快乐的原因。但随着年龄的增长，晓寒才逐渐地意识到小时候的想法是多么愚蠢而可笑。最重要的是他对父母都极好，哥哥也常对晓寒说要对韩箐的父母好一些，大人们都不容易。在这点上，晓寒作为女儿也常自叹不如，她常常说，难怪人们重男轻女，其实儿子就是比女儿有担当。

现在看到哥哥的态度，晓寒的心也稍微轻松了些。

晓寒抬头看了看夜色，几颗星星寂寥地挂在天上，暗淡萧索。今年是父亲的本命年，六十一甲子，若在以前，这也算是高寿了。可现在，父亲年初刚刚办理退休手续，才想着要好好享受天伦，却……晓寒甚至想在父亲六十岁生日的那天，全家人聚餐归来，借着微微的醉意，写下她对父亲最诚挚的敬意。故事从多年前一个瘦削、单薄的年轻男人说起，讲他是如何走过人生的六十个年头，她要写尽父亲人生旅途中的感动、低迷、辉煌、失意……早春的二月，父亲带着晓寒和邻居的孩子们在郊外放风筝，放风筝是父亲的拿手好戏，那只蝴蝶的风筝飞得很高很稳，就像当年父亲陪晓寒和哥哥放风筝一样，晓寒拿着DV不停地拍着父亲和孩子们的追逐、欢呼，早春的风轻盈得如同他们的心……晓寒从没有觉察父亲的苍老与病态。其实，晓寒也注意到不知从什么时候开始，父亲的同龄人开始接二连三地去世，不过晓寒只有在走过那一排排放置着的花圈时才会偶尔想到，父辈们在渐渐地老去是个不争的事实！今天，当父亲的病如此残酷地出现在生活中时，晓寒才明白会风云突变的不光是情感，还有很多的东西，比如生老病死。晓寒突然觉得人生真是没有意思，如果人没有情感该是一件多好的事，那么就不会有伤心、难过，任谁来谁去、谁生谁死都会无动于衷。

“怎么才回来啊？”韩箐接过晓寒的包，随手挂在旁边的衣架上。

晓寒懒得回答，她换了鞋子，把自己扔进沙发里，疲倦地闭上眼睛，半天才说：“韩箐，我爸病了！”虽然晓寒和哥哥一再地宽慰母亲，这病其实不算什么大病，现在的医学是如何发达，但他们心里都清楚，这种病毒，在体内不是一朝一夕，想要彻底消灭，肯定也不是一朝一夕的事情，在这漫长的求医路上，随时出现的并发症有可能会危及生命……晓寒心乱如麻。

“是吗，他怎么了？”韩箐也觉得很意外，在印象中，岳父的身体状态还是很好的。

“肝硬化……”晓寒双手捂起脸来，有泪从眼角流出。白天，她为了宽慰妈妈，不得不强打精神，强作笑颜，但事实上，她的内心也是悲痛万分、惶恐不安。

“肝硬化，什么？他不喝酒，不抽烟的，生活饮食习惯又好，怎么会得肝硬化呢？”看到晓寒的神情，韩箐也意识到问题的严重性。

“是肝炎引起的……”

“肝炎？那可是会传染的啊……琅琅天天和他们一起住，你也天天往那边跑，会不会被传染啊？”听说是肝病，韩箐精神一下子紧张起来，“不行，我这会儿就去把琅琅回来，明天我们一起去做个全面检查！”

晓寒本来指望着韩箐能说几句话安慰她一下，没想到韩箐只想着会不会被传染，而他的这种紧张神情，更加说明了这病不是轻易就能治得好的，晓寒的心情一下子更烦躁了。其实这也是她担忧的，好在大夫说丙肝只有血液和性两种传播途径，所以不必担心。晓寒和哥哥商量过了，为了慎重起见，明天全家还是都全面检查一下，但这话在这个时候从韩箐嘴里说出来，晓寒听着特别刺耳，心里越加堵得慌，想要倾诉的欲望瞬间就变得冰凉。“我累了，先睡去了。”晓寒站了起来，走进卧室，随手啪地关上了门。

韩箐坐在那里，良久，从柜子里摸出那个粉色的盒子，看了看，又扔了进去。

过了两天，韩箐的母亲从乡下赶来了。说这些天正好是农闲，家里也没什么事，过来帮忙照看几天琅琅。晓寒知道是韩箐打电话叫来的，虽然她在网上找了很多资料证明丙肝只是通过性与血液传播，正常的生活不会被传染的，但韩箐却总不放心。说以前不知道也就算了，现在知道了，还是小心点为好，晓寒想来了也好，爸爸现在病了，妈妈也精神状态不好，对琅琅也顾不过来，既然韩箐的母亲来了，就让她带上一段时间琅琅也好，也省得她操心。虽然晓寒嘴上还是不饶人，说：“韩箐你什么意思啊？以前让你妈来看琅琅就说家里走不开，是不是你认为我妈就是你们家的免费保姆啊，不让劳累你妈，现在怎么就有空了？”韩箐说：“现在不是情况特殊嘛。”

什么情况特殊？不就是怕我爸的病传染吗，不过晓寒没说，有些事说透了，也就没意思了。对婆婆的到来，晓寒还是表示很欢迎的。

琅琅自小和奶奶就不是太亲近，刚开始几天爸妈早上走时琅琅老大不高兴的，一个劲地嚷要到奶奶家去。韩箐的母亲听了，说：“我不是你奶奶吗，你还要到哪儿去啊？”不过没几天，到底是小孩子可塑性强，琅琅就盼望着爸妈早点走了。

晓寒叮嘱琅琅一定要听奶奶的话，要听一会儿英语儿歌，还要画一会儿画，尤其是电视最多只许看半个小时，多一分钟都不行……因为晓寒眼睛近视，深受近视带来的困扰，她最怕琅琅的那双大眼睛因为看电视而糟蹋了。韩箐说：“好了好了，我妈在你还有什么不放心的。你以前把琅琅放到你妈家好几天都不管，怎么那么放心？我妈好歹也是琅琅的亲奶奶啊！”

晓寒便不再说什么了，不知道从什么时候开始，只要韩箐语气一显出不耐烦，晓寒就不想说话了。

四十三

夏钧住进薛风家的那幢别墅没几天，就说离他上班的地方太远了，每天上下班不方便，想买辆车，几天后，一辆红色的本田车就成了夏钧的代步工具。当然，这在薛家又引起了一场风波。这一切，夏钧的母亲并不知情，夏钧开着他那辆新车回来看她时也并没有提及，只是说他会尽快地接母亲去城里。夏秀花听了，她笑了，很欣慰，却又摇头说："人老了，什么地方也不想去了，就想守着这热炕头，平平静静地过。"夏秀花又说，"你看那些水沟边的野花野草，注定只能生长在僻静的地方，换个地方就会不适应的，你有这心就好了。"她现在唯一的盼头就是儿子能赶快找个合适的对象结婚，等结了婚，有了孩子，若放心得下，就送回来她给带……母亲的宽容更加激发了夏钧的恨意，如此善良的女人，为什么要被抛弃，凭什么他们现在可以坐享天伦，享受荣华富贵，而自己的母亲却要贫贱、孤单一生呢？

夏钧没再说什么，但并不代表他能听得进去母亲说的话，他自有他的打算。

周末，薛家一家人正在吃晚饭，夏钧回来了，他也不和别人打招呼，直奔楼上自己的房间而去。

"钧儿，快来一起吃饭啊！"薛风招呼已经走到楼梯口的夏钧。"不吃！”夏钧头也没回地扔过来两个字，薛风有些尴尬。

“哼，德行。”薛妍妈不屑地撇了撇嘴。

“妈……”薛妍低低地叫了声，并给薛风夹了一筷子菜，“爸，你吃吧，哥可能在外面吃过了。”

“看到了吧，儿子又怎么样，到头来还不是女儿亲。唉，好心当了驴肝肺，别人的就是别人的，再养也养不成自家的……”薛妍妈故意夸张地叹了口气。

听到此言，本来已上楼的夏钧站住了，他一沉吟，又走了下来，坐到了桌前。

“爸，还需要点钱。”

薛风一愣，不是上周才给你了吗？

“上次给的我还公司的借款了，这些天股市行情很好，我要趁此机会把以前的损失捞回来。”

薛风想了一下，问：“要多少？”

“二十万吧，少了也没意思。”夏钧拿起筷子将一块肉扔进嘴里，毫不在意地说。

“什么？”薛妍妈一下子叫了起来，薛妍也张大了嘴。

“爸，股市低迷了近一年了，现在是最低的时候了，专家预测绝对不会再跌了，正是买进的好时机。如果多买些，过不了多久不但能把我以前的损失补回来，而且还会赚一大笔呢……爸，反正你的钱迟早也是我的，不如现在就给我让我投资股市，也比你放在银行有价值吧……”夏钧并不理会薛妍母亲已被气得抓狂，仍旧不紧不慢地边吃边说。

“夏钧，股市风险太大，你已经跌在里面了，趁现在出来还来得及，你趁早收手吧。你也看到了，中国的股市老百姓玩不起的！”李明也劝夏钧。

“是啊，你以前买股票就把十几万扔到里面了，害得蓝澜都和你分手了，怎么还去买股票啊？”薛妍也劝。

“你少给我提蓝澜……”一说到蓝澜，夏钧一下子烦躁起来，“你们就别假惺惺地一唱一和的了，你们不就是怕我爸给我钱吗？你们也不想想，当初要不是我妈忍辱负重地成全了你们，你们还不知道在哪里呢！我妈和我这么多年所受的苦，你们谁受过？这些苦难道不是你们造成的吗？我现在拿回点属于我的钱，你们还要推三阻四，要是这样，你为什么要认我？”

“你别老拿你妈说事，当初是她自愿离婚的，又没人强迫她。”薛妍的母亲据理力争。

“自愿？要不是你们勾搭在一起，我妈能自愿离婚吗？”

“好了，都别吵了！”薛风一声断喝。也许夏钧的话触动了薛风，他扬了扬手，“你既然是我的儿子，我的钱也就是你的钱，我给你！”

“谢谢爸！”夏钧得意地吹着口哨上楼去了。

“薛风，这事我和你没完！”薛妍妈气急败坏地扔下筷子转身走了。薛风一声长叹。

薛妍妈虽然做了最坏的打算，也没料到夏钧会三番五次明目张胆地伸手要钱。在她看来，夏钧可以用厚颜无耻来形容了，而薛风却一味地纵容着他，看着自己半辈子积攒的心血就这样给了这个浑蛋，薛妍妈真不甘心。薛妍知道母亲的心思，也替母亲抱不平，但又能如何，谁让自己不争气，才惹来今天这么多的麻烦事。看着本来平静的家被搅得不得安宁，薛妍虽然气愤却也无能为力，而李明，更加郁闷。说到底，事情都是因他而起，薛妍妈更是将问题归结到他的身上，言辞之间不是冷嘲就是热讽。渐渐地，李明都怕待在家里，他开始借故在外面流连，这样又引起薛妍的不满，两人渐生口角，半夜经常听到两人的争吵声不绝于耳。

对于李明的转变，薛风的理解却不同。他常一个人思忖，都说招女婿，要把戏，看来这老先人说的话还是很有道理的，这才几年，狐狸的尾巴就露出来了。他李明当初看上的无非也就是他们家的家业，现在看到我找回儿子，继承财产无望了，就原形毕露了。唉，幸好自己有个儿子，不然家业若落在这个姓李的手里，真是不甘心啊。这样想着，就对夏钧更加放任，每次夏钧开口要钱，他总是尽量满足。

四十四

好久没有联系，这天，薛妍约晓寒见面，两人的面容都是疲惫不堪。

“你爸好些了吧？”薛妍关切地问，“看你最近消瘦了不少。”

“嗯，还好，病情控制得还好。”晓寒抬头看看外面，才意识到大街上两排梧桐树叶子都开始泛黄了，这些天一直在医院、家里、单位之间来回奔波，她都没有注意到夏天已然过去了。“你呢，听说夏钧住到你们家了？”

“唉，别提了，他一住进我们家啊，我们家就开始鸡犬不宁了。”薛妍很气愤，也很无奈，“早知道这样，当初就不应该支持我爸去找他。”

“别说傻话了，都到这地步了，说出来还伤感情。印象中夏钧不是这样的人啊？”

“我以前也感觉他应该是个积极、阳光的人，可谁想到他竟然这样。我理解他这些年受的苦，但事情已经这样了，他不能得理不饶人啊。”

“可能是蓝澜和他分手打击了他吧！”晓寒猜测。

“嗯，我想也是。不过像他现在这样子，我是蓝澜我也和他分手了，你知道吗，他炒股不但把自己的钱赔到里面，还把公司的钱都赔进去了，这次要不是我爸给他钱让他把公司的账补平，一旦让老板发现，他不但要被炒了鱿鱼，说不定还会坐牢呢……我看啊，蓝澜还是有先见之明的，他那个样子，迟早会出事的……蓝澜最近在干什么，你们联系了没？”

“没有……”晓寒淡然地说。其实晓寒知道蓝澜近来和清杨走得很近，即使她对清杨的事并不关注，但总有好事的同事在她跟前有意无意地说起清杨和谁谁在一起。对此，她早就习惯将自己置身于事外，父亲的病已经弄得她焦头烂额，她既要在医院里照顾父亲，回到家还要强打精神安慰濒临崩溃的母亲，根本无暇他顾。况且，既然蓝澜和夏钧彻底分手了，那她就有重新选择的权利，作为朋友，晓寒也是希望蓝澜找个好归宿的。

两个人似乎都没有想要说话的欲望，就这样静静地坐着，晓寒觉得她好久都没有这样清静地坐会儿了。然而，即使人坐在这里，心却并不能清静，父亲的病情总是如影随形，无时不影响着晓寒的心情。父亲的病情虽然暂时是控制住了，但病毒还在体内夜以继日地复制着，大夫建议启动抗病毒治疗方案，每周注射干扰素。干扰素有国产的和进口的，国产的价格便宜，却不一定有疗效，进口的价格贵，但疗效显著。晓寒和哥哥一致要求用进口的，一周一针，要坚持一年的时间，再加上期间定期不定期的检查、化验，算下来不是一笔小数目啊。

茶水续添了一杯又一杯，茶香早就淡得毫无味道了。晓寒想，这也许就像生活吧，无论最初是如何浓烈，最终的走向都是如白开水般的平淡。

“走吧，薛妍，陪我去转转，我想给韩箐的妈买件衣服，你给我参谋一下。这些天忙着早出晚归，多亏她这次来照看琅琅，替我解决了后顾之忧啊，我现在是体会到上有老、下有小是什么滋味了……”晓寒拉起坐在那儿不想动的薛妍，“走吧，就当是散心好了，坐在这儿越坐心越烦。”

晓寒在门口，听到屋里传出琅琅和奶奶大笑的声音，随即又传出“灰太狼”的招牌声音“我还会再回来的。”晓寒才明白过来，难怪琅琅现在每天都盼着她走呢，她走了他就可以自由地看电视了。

“琅琅，都这会儿了，怎么还在看电视啊？”

琅琅看到妈妈严厉的脸色，只是一个劲地看奶奶，婆婆放下手里正在纳着的鞋垫忙打圆场：“他也就是刚刚才看了会儿，孩子嘛，你不让看电视在家能干什么啊？”

“妈，你可以带他出去在楼下玩会儿啊。正因为是小孩子，眼睛还在发育，很容易近视的！你不知道现在孩子一旦近视有多麻烦。”

“我们家韩箐小时候天天晚上趴在炕上就着煤油灯看书写字，也没见把眼睛看近视了。你们城里人就是娇气，看电视能把眼睛看近视了？”婆婆脸一沉，站起来就回了房间。琅琅一看情形不对，也赶紧关掉电视溜到房间去了。

韩箐回来之后，晓寒对韩箐说：“我们没在家时，琅琅一天就光看电视了，这样下去，琅琅眼睛就糟蹋了。你跟你妈说说，让她多陪琅琅玩，其他的事不用她做，只要把琅琅照看好就行了。”谁知韩箐却说：“晓寒，你别小题大做，不就是多看会儿电视嘛，至于那么如临大敌吗？我妈跟我说了，今天你嫌她让琅琅看了电视了。那你说，一天这么长的时间，你让他们祖孙俩待在家干什么？”

“给琅琅讲故事啊，陪着搭积木啊、下棋啊，能干的事情多着呢。”

韩箐搂了搂晓寒，说：“你就对我妈宽容些吧！你也知道琅琅非要闹着看电视，她也没办法啊，你别再给她脸色看。”

“我给她脸色看了吗？我就说让她以后多陪琅琅玩，别劳心费神地纳那些没用的鞋垫，有时间多陪孩子玩会儿，这就是给脸色看了吗？琅琅在我家时，我也是这样跟我爸妈交代的啊！”

“好了，好了，不说了。也就是几天时间，琅琅也就开学了，一上学在家时间少了就好了。偶尔看一下子也没那么严重，最近大家都忙，你就别再添乱了。”韩箐不想再讨论这个话题。

晓寒不懂，就说句话这么简单的事，韩箐怎么就不能好好地和他母亲说一说呢？这其中的利害，应该是明摆着的嘛。晓寒再次觉得无语了。

四十五

住宅小区内的紫薇花开始凋零了，每天清晨，树下都会落下一层淡紫色的花瓣。不知道从什么时候起，晓寒的心脆弱起来，看到一片叶子随风飘落，心也会随之黯然。

在晓寒的盼望中，琅琅终于开学了，在开学的体检中，查出他的眼睛出现了弱视。当老师打电话通知家长时，晓寒的心一沉，最担心的事还是发生了。看着琅琅那双漂亮的大眼睛，晓寒的心莫名地难受。而韩箐再一次地表现出无所谓来："你不是也近视吗？我怎么没看出有什么不方便？"

明摆着，韩箐宁愿牺牲琅琅的视力也不愿意责怪他的母亲，晓寒也不想再说什么了，反正事实已经这样了，再说什么也晚了。好在父亲病情稳定，不用再住院，他每天在家养病，只需定时去打针，况且父亲精神状态好，也不用晓寒的妈怎么操心，晓寒便又把琅琅放到妈妈家了，让妈妈每天带琅琅去医院矫正视力。倒是韩箐的妈自知琅琅的眼睛弱视与她的纵容有关，自责了一番就准备要回去了。

婆婆自己一检讨，晓寒倒不好再说什么了。临走，晓寒塞给韩箐的母亲一些钱，说："又要换季了，也没时间给你们买衣服，你们就自己买吧。”韩箐的母亲一再推辞，韩箐说：“妈，给你你就拿着吧！”她这才收下。

韩箐的母亲一走，韩箐过来抱住晓寒：“谢谢你！”

“谢我什么？”晓寒不解地问。

“你没有怪我妈啊，还给我妈钱啊？”

晓寒一笑，说：“我怪她能有什么用，琅琅的眼睛会好吗？再说，我给她钱也不是一次两次了，你怎么今天才想起我的好了？”

韩箐不说话，只是一个劲地往晓寒脖子里吹气，弄得晓寒痒痒的，晓寒也不躲开。她都记不清有多久韩箐没有这样的动作了，她还以为她已经不再需要温存了，原来，她的内心一直有着这种渴望。那种熟悉的感觉唤醒了晓寒的身体，她不由得闭上眼睛，等待着韩箐进一步的动作，良久，韩箐却松开了手，说：“我去换洗我妈的床单！”

晓寒的心里一阵空落。

晓寒靠在洗手间的门上，迟疑了一下，说：“韩箐，我想和你说件事……”

“什么？”韩箐将母亲床上的被单扯下来扔到洗衣机里。

“我爸看病，我觉得我们也应该出些钱……”

“你前些天不是给了两万元吗？”

“我的意思是我想承担一半的费用……”

“什么？”韩箐停下手里的活，“你想承担一半的费用，为什么？是你们家里人的意思吗？”

“不是，是我的意思。同样是子女，我也应该尽一份心的，这样我心里也好受些了。”晓寒的父亲一直对晓寒疼爱有加，现在他病了，晓寒除了觉得精心地照顾之外，出钱给父亲看病才是最重要的。

“我不同意”。韩箐回答得很干脆，他认为晓寒是意气用事。“晓寒，女儿就是女儿，你别把你自己太当一回事。你别忘了，当初你们家的地被征，补贴款怎么不说儿子女儿都一样呢？”

晓寒知道韩箐还在对三年之前的事耿耿于怀。那年城市建设扩建道路，晓寒家郊区的一块地正好在规划范围之内，这一块地还是当年土地承包到户时划分的，虽说那个年代晓寒尚在襁褓，但也有晓寒的一份。在土地被炒得热火朝天的时代，虽是一个三线城市，也是寸土如金啊，那一块地被征，补偿了一笔钱。晓寒的父母理所当然地把钱全部给了晓寒的哥哥，当时晓寒劝爸妈把这钱自己留下来，以备不时之需，但晓寒的妈妈说："养儿为防老，我有儿子，这事不用你操心。"说这话时韩箐就在边上。后来晓寒的哥哥用这些钱又在别处买了一套房子出租给别人。晓寒觉得这事没有什么问题，但韩箐对这事很有看法，他觉得这钱应该也有晓寒一份的。

"韩箐，一码事归一码事。现在是我爸病了，我做女儿的出一份力有什么错吗？"

"是没错，可晓寒，当初你不要属于你的那份钱我没有权力干涉，现在，你是要拿我们俩的钱出来，我不同意！"

这本来也是晓寒的一个初步的想法，想和韩箐商量一下，听听他的意见，没想到韩箐态度这样强硬，晓寒一下子就生气了："好，很好，韩箐，那你现在就仔细算算账，这家里哪些是你的，哪些是我的！"

晓寒没有想到，有一天她竟然会和韩箐为了钱的事争吵起来，她这么多年的隐忍不就是为了一个和气吗？晓寒一气之下从柜子里找出几张存折，甩到韩箐的面前，这是他们这些年全部的积蓄，说："要分今天就分个清楚！"

韩箐坐在那儿没有动。

晓寒随手打开一个存折，突然大吃一惊，钱呢？她连忙打开另外一个，也只剩下不多的钱在上面，她疑惑地盯着韩箐："钱呢？"

"我妹妹家要盖房子，钱不够，我借给她了。"

"什么时候的事，你怎么没告诉我？"晓寒简直要懵了。

"那次我妈来看病时，跟我提起，说我妹妹家的房子盖到一半正好赶上材料价格上涨，准备的钱一时不够用了，让我先借点。我想我们暂时又不用，就先借给她了。"

看着韩箐说得轻描淡写，晓寒的心里一疼，有缓不过神的感觉。良久，晓寒幽幽地说："韩箐，既然这样，你把属于我的一半给我要回来，我们互不干涉，好吗？以后随便你把钱给谁，我也不过问。"

"晓寒，你别这样，我也不是有意不跟你说的。这本来是前半年的事，当时你在山上，我又没想到现在需要用钱，况且，我总觉得既然你哥当初拿了全部的补贴款，现在他就有义务出全部的钱啊！"

"你住嘴，韩箐，我们家的事不用你操心。"晓寒觉得很悲哀，她可以不在乎钱，但她不能不在乎韩箐的这种态度。父母帮他们带了四年琅琅，没功劳也有苦劳，而这一切在韩箐眼里好像就是应该的，既然是应该的，那出钱给爸看病又有什么不可以呢？

"韩箐，你太没良心了！"

晓寒除了气愤，无能为力。

梧桐叶在一场又一场的秋雨里泛黄，零落。突然有一天，父亲指着那些枯萎的树叶，说："晓寒，你看，那些已经开始干枯的树叶，就像我已经硬化了的肝吧，一旦枯萎了，就再也不可能变回原来的绿了。"晓寒的心情便更加低落，她发现自己竟无法给父亲任何的安慰与开导，只能陪着父亲一起沉默。

其实，什么事情不是这样的呢，所有的东西，一旦出现衰败的迹象，就再也无法回到原来的样子了。感情也一样，只是有些人面对褪色的感情勇于了断，而有些人却只能纠结不清，挣扎在爱与不爱的边缘，就像她和韩箐，两人再度陷入貌合神离的境地。或许，爱本身就是一种束缚，多年的恩爱，让彼此都觉得累了，谁也不想再放下姿态，投入精力去讨好对方，任由曾有的爱与感动在彼此的淡漠里消逝，不动声色地等最后的结局。值得庆幸的是，晓寒父亲的病情一步步地好转起来，或许，事情并不像开始想象的那样糟。这多少让晓寒感到欣慰。

四十六

凤凰山上的建设如火如荼地进行，要赶在冬季大幅降温之前结束第一期工程。晓寒偶尔去一次山上，面对苍茫的群山总是思绪万千，不到一年的时间，有些事情已经面目全非。清杨悄无声息地出现在身后，说："伯父最近还好吧！"

晓寒回头："你怎么知道我爸有病？"

清杨轻笑："只要我想知道就会知道！"

"谢谢，现在好多了。不过还在治疗期，还有一个漫长的过程。"晓寒叹了口气。

"不用担心，现在医疗设施这样先进，相信伯父很快会好起来的。"清杨安慰道，"晓寒，如果有需要我帮忙的，尽管跟我说……我说的是钱的方面……"

"谢谢，不需要，我们还能应付。"

"晓寒，不要拒人于千里之外，至少我们还是朋友，对吧？"

"我知道，但我真的不需要，等需要了再告诉你。"

"我也知道，你就是需要也不会跟我说的……"清杨一脸落寞。

"你和蓝澜还好吧？"晓寒迟疑了一下，最终还是忍不住问道。

“你希望我们好吗？”清杨那种似笑非笑的表情让晓寒无所适从。

“是的，蓝澜是我的好朋友，我真心希望她能过得好。不过，清杨，蓝澜现在需要的是婚姻，并不是逢场作戏，如果你真心喜欢她，就好好地对她吧！”

“呵呵，谢谢你的提醒，自以为是的女人！”清杨一顿，“下山一起吃个饭吧，你知道，我在这里除了投资上要交往的人，也没有什么朋友，真的很想和你说说话。”

晓寒略一沉吟，点了点头，说：“好吧。”

俗话说早上立了秋，晚上凉飕飕，正午时太阳还很热，到了傍晚时，风已经有些凉意了。

晓寒喜欢临窗的桌，她喜欢看大街上来来往往的人流，也许她是在揣测那些或匆忙，或悠闲的脚步走向何种际遇。

“和我在一起，你总是心不在焉。”清杨看着目光散漫的晓寒。

“呵呵，”晓寒转过头来，抱歉地一笑，“不好意思啊！”

“唉，我习惯了！”清杨装出一副很受伤的样子，“谁让我喜欢和你在一起呢？”

“清杨！”晓寒不允许清杨说这样的话。

“呵呵，我知道，开个玩笑不行吗？你又老又丑的，我也不至于这样没眼光吧！”

“是啊，我也这样觉得。”晓寒对清杨的打击丝毫不生气，很无所谓地自顾自夹着菜。

“你真的这样想吗？”清杨露出一种很奇怪的表情。

“是啊！”

“我完了，如果一个女人根本不在意她在一个男人心里的形象，那说明这个女人心里根本没有这个男人。”清杨夸张地表现出失落了。

“好好吃饭！”晓寒敲了敲碟子，瞪了眼清杨，“再说这些乱七八糟的事我走了。”

“好了，好了，不说了……”清杨埋头吃饭，“不过，晓寒，说真的，我真的对你感觉不同，好像早就认识一样……”晓寒怔怔地听着，清杨自嘲地一笑，说：“算了，不说了，不然你又不高兴了，反正你是不会理解这种感觉的……”

晓寒的心里一动，却又装作随意地问：“清杨，你记得起你小时候的事吗？”

“小时候？”清杨皱了皱眉头，“我十三岁那年出了点意外，之后就不记得以前的事了。”

“哦，什么意外？”晓寒的心怦怦直跳。

“我妈说我从楼梯上摔了下去，头被撞了，你看，到现在都有道疤痕呢。”清杨指了指额头，一道伤痕隐约可见。

“哦，这样啊。”晓寒若有所思，“那你父母没跟你说起你小时候的事吗？”

“小时候能有什么事啊？无非是上幼儿园、上小学、调皮捣蛋、捉弄同学、让父母头疼……不过我妈说我小时候很乖的。我的童年基本上没有可圈可点之处，所以就不值一提，忽略不计了。”

“其实，有些事不记得也是好事。”晓寒幽幽地说。

“你说什么？”

“呵，没什么……”晓寒掩饰地一笑，“快吃吧！”

“哦，等第一期工程结束，他们要来参加仪式。”

“谁？”

“我父母啊！看，我没说错吧，跟我在一起你思想怎么老是不集中啊？我真不懂，我怎么就遇上你这样一个没心没肺的人啊！”

晓寒回应他一个傻笑。

四十七

晓寒打开门，就闻到满屋弥漫的香烟味道。

韩箐站窗前看着外面，没有动。

晓寒照例没有理会他，洗了洗准备睡了，他们俩现在越来越没有话说。因为喝了点酒，晓寒头一挨到枕头就睡着了。第二天早上一睁眼外面竟然在下着大雨，她觉得实在口渴难耐，爬起来找水喝，一推开卧室门，客厅里烟雾弥漫，韩箐还是站在窗前。

“你怎么回事啊，一大早就在家里吸烟。”晓寒用手扇了扇眼前浓烈的烟味。早在结婚时晓寒就让韩箐戒烟，当时韩箐信誓旦旦地说，他以他们的爱为名义，一定戒掉。他确实戒掉了一阵子，然而，不久之后晓寒就又闻到他身上淡淡的烟草味道，当时晓寒着实伤心了一阵子，觉得这简直是对他们爱情的亵渎，甚至一个多星期不理会韩箐任何形式的道歉。唉，随着结婚的时间越来越长，晓寒对吸烟的这事也越来越想得开，也许是没办法吧，只能听之任之。韩箐由最初的不在家里抽，到躲到阳台上抽，然后就是明目张胆地当着晓寒的面抽，晓寒还得时不时地替他涮洗烟灰缸。

这么多年的婚姻生活让晓寒有了自知之明，她改变不了一个男人，那只能是她学着接受，学会习惯。晓寒倒了一杯水一口气灌下去，正准备接第二杯时，韩箐开口了。

“晓寒，我们离婚吧……”

“什么？”晓寒刚起来，意识还不完全清醒，一时没反应过来，“你说什么？”

“晓寒，我对不起你，”韩箐的目光一直看着窗外的云彩，“我有了别的女人！”

晓寒只觉得天旋地转，只得一只手扶在饮水机上。

“那天我们一起吃饭，晚上在酒店喝了点酒，然后，我们就……”

“然后怎样？然后你们就上床了吗？”晓寒的话语很轻很轻，轻得让人心痛。

“晓寒，我知道对不起你，我不奢望你能原谅我。我也不配和你再在一起，我们离婚吧！”

晓寒的唇已咬出了血痕。

“那个女人是谁？田思思！对吧！”

“晓寒，我走了，记得好好爱惜自己！”韩箐轻轻地关上门。门外，传来犹豫的叹息声。

晓寒从窗户看到楼下，韩箐坐进一辆白色的车后，消失在大门之外的雨幕里。她心如刀割，重重地倒在沙发上，眼泪泛滥成河。也不知过了多久，窗外的雨声已经停了，电话铃声唤醒了晓寒。

“妈妈，今天星期六啊，你们怎么不来接我啊？”

听到琅琅的声音，晓寒的眼泪又不争气地流了下来。她强忍着不哭出声来：“琅琅，妈妈有事，这两天你就在奶奶家吧，等忙完了妈妈就来接你回家。”

“那爸爸呢？他的电话怎么打不通？”

“他……也有事。琅琅，听爷爷奶奶的话啊！”

晓寒突然好恨，好恨，所有的一切，都被韩箐这么轻易地毁掉了。

“我会让你后悔的！”晓寒的嘴角露出一丝残忍的苦笑。

晓寒出现在清杨的房间，在清杨的意料之外。

“陪我喝酒，好吗？”晓寒的脸上，一如往日的平静，但仍无法掩饰眼中的暗淡。

晓寒将酒杯举到眼前晃动，透过玻璃杯，酒如血一样殷红，晓寒一饮而尽。“清杨，你告诉我，什么才算是爱？什么才算是永远？”晓寒幽幽地说。

清杨看着眼前的晓寒，在褪去往日的坚韧后，她是如此脆弱和无助。她本该是个快乐的女人啊！

“晓寒，虽然我不知道发生了什么事，但我说过，无论过往如何，我爱你！”清杨轻轻地将晓寒拥在怀中。

晓寒真的太累了，她感到心力交瘁，在微微的醉意下，她无法拒绝这种来自心灵深处的安慰和呼唤。晓寒轻轻地闭上了眼睛，却不由得从心底发出一声叹息。

清杨的唇滑过晓寒的额头，落在晓寒的眼睛上，一种咸咸的苦涩……

清杨叹了口气，迟疑了一下，松开了手。

“对不起，清杨，给我时间，让我想想……”

清杨送晓寒出来，被风一吹，晓寒觉得有些清醒了，她用力地摇了摇头，强迫自己不去想有些事。“清杨，不好意思啊，打扰你了。”她挤出一丝笑来，却比哭还难看。清杨看着晓寒苦涩的笑，心里一声轻叹，伸出一只胳膊轻轻地将晓寒揽入怀中：“傻瓜，记着对自己好些，不要拿别人的错误惩罚自己。你记着，我的肩膀随时可以让你依靠……”

一个人影从旁走过，却又折了回来，疑惑地喊了声：“清杨？”

晓寒忙推开清杨。

“晓寒，是你？”蓝澜大吃一惊，比刚才看到清杨搂着一个女人细语时更吃惊百倍千倍。

蓝澜不敢相信地看着眼前的一切。晓寒慌张地抹去脸上一塌糊涂的眼泪：“蓝澜，你听我说……”

“我不要听……怪不得你劝我离他远点，他不适合我。呵呵，很好，他很适合你……李晓寒，我今天终于知道你是什么样的人了，知道我们是什么样的好姐妹了……”蓝澜因愤怒而目光凌厉，那陌生的目光竟让晓寒更加无措。

“蓝澜，不是这样的，你听我说！”晓寒一把拉住蓝澜，急切地说。

“你别假惺惺的了！”蓝澜一用力，推开了晓寒 。

晓寒没有注意，后退两步，脚一踩空，从身后的台阶上摔了下去。清杨眼疾手快，冲过去一把抱住了她。幸好也只有三级台阶，晓寒才没有摔到头，但晓寒的脚还是崴了，疼得坐到了地上。

蓝澜也没有料到会这样，惊慌失措地跑过来扶住寒晓：“晓寒，你没事吧？”

“你想干什么？”清杨一把推开了蓝澜的手。

蓝澜一愣，站了起来，说：“好，很好，李晓寒，你可真有本事啊，算我瞎了眼……”

晓寒怔怔地坐在地上，清杨说：“我送你去医院检查一下吧，看看有没有伤着骨头。”晓寒却一脸漠然：“你走吧，别管我。”

“你受伤了，我怎么能不管你呢？”清杨一脸的焦灼。

“你走开，以后不要再出现在我的身边……只要你出现，我就倒霉……先是丈夫背叛了我，现在蓝澜也不原谅我了……你走开啊……”晓寒用力地推清杨，忍着痛摇晃着站起来，一只鞋子提在手上，在夜风中晃荡着……

清杨呆立在那儿。

四十八

“韩箐，你何苦这样呢？”田思思环顾了下简陋的房子，“你真打算搬出来啊？”

“嗯，思思，你不会懂的，作为一个男人，我不能在晓寒面前失去做男人的尊严。”

“有这么严重吗？我觉得可能是你把问题想得太严重了，晓寒应该是能体谅的，毕竟你们这么多年的夫妻了。”

“晓寒即使能接受，我自己也无法面对她啊，我不想老是生活在对她的歉疚里。”

“可你怎么对你父母交代啊？他们年纪大了，经不起折腾的。”

“这我想过了，我不打算告诉他们，反正离这么远，不说他们也不会知道。倒是对不起你，让你背黑锅了……”

“没事，我想以晓寒的脾气也不会到处乱说的，只是她现在肯定恨死我了。”

“谢谢你，思思。”韩箐递过来一杯水。

“别光嘴上说谢，你也实际表现表现啊？”

“呵呵，好，那请你吃大餐如何？”

“不好，我要减肥了，你陪我去唱歌吧？就当给我的精神补偿。”

“唱歌啊？”韩箐一迟疑。

“怎么了，你不会这么快就过河拆桥吧？”

“呵呵，好吧。”

秋雨一场接一场，滨河路边的柳树被风一吹，叶子飘落满地，一弯弯，如不展的蛾眉。晓寒感觉自己的心就像那些在风中飘零的叶子，没有一丝鲜活，没有着落，最初的撕心裂肺过去之后，她终于平静了下来。她不得不面对现实，她不能在父亲生病的时候告诉他她要离婚了，她更无法跟琅琅说你的父亲不要我们了，他有了另一个女人。不是早就说过谁离开谁都会过得很好吗？地球依然在转动，太阳依然每天从东方升起，然而，晓寒知道，当初两个人的戏言犹如一道魔咒，当那个田思思出现在她的生活中时，属于她的幸福就越走越远了。想到这些，泪水便又一次不争气地从眼角滑落。

突然，电话响了。晓寒漠然地拿出手机，却是再熟悉不过的号码，她只顾着心疼，连电话号码都忘了删去。

“晓寒……”

晓寒挂了电话，爱走了，不复重来，还有什么好说的。

中午，琅琅在幼儿园不回来，晓寒便在妈妈家吃饭。

“晓寒，你最近怎么回事，老是精神恍惚的。”

“没有啊，我觉得很好啊。”晓寒装着很随意地说，往口里猛吃了几口白米饭。

“看你，慢慢吃，怎么老像长不大啊。”晓寒妈妈夹起一块鸡肉放到晓寒碗里，“你也吃点肉，这还是前几天韩箐来时买的，说让你也要注意营养！”

“他来过？”晓寒很意外。

“你不知道吗？对了，你那天正好去山上了，他说最近他很忙，不能常来看你爸，还说琅琅在我们家给我们添麻烦了。这个孩子，是越来越懂事了……”

“爸，妈，你们慢慢吃吧，我饱了，想睡会儿。”

“那你睡去吧，一会儿上班时我叫你。”

躺在床上，晓寒并不能睡着，她只是怕再继续这个话题，她在父母面前会忍不住流出泪来。泪流得太多了，终究会有流干的一天的，晓寒这样安慰自己。

晓寒怕回家去，但到了晚上，虽然再不情愿，她还是得带上琅琅回去，她不能让爸妈看出丝毫的端倪来。琅琅似乎有用不完的精力，一会儿跑前，一会儿又磨蹭着蹲在地上就着路灯看还没回家的蚂蚁，一会儿又叽叽喳喳地说起幼儿园的事。偶尔提起爸爸，晓寒就说出差去了，他也就不再问了，一天光顾着玩，如果有一天他知道他的爸爸不再和妈妈、和他一起生活了，他还会如此快乐吗？

“妈妈，我们老师今天问我，琅琅，你妈妈是不是不到山上去了，我说是啊。”

“哦，你们老师是怎么知道的啊？”晓寒不得不敷衍着这个小人儿。

“老师说，以前都是你爸接你的，现在是你妈天天接你了，说明你妈不去山上了呗……妈，你说我们老师聪明不聪明？”

“嗯，聪明。”晓寒笑了，眼里又出现一层雾气。晓寒在心里暗暗骂自己，真没出息，不是决定要比以前过得更好吗？

“爸爸！”突然琅琅挣脱晓寒的手兴奋地叫了起来。

暮色里，韩箐站在人行道边，正在向琅琅招手。

琅琅跑了过去，韩箐一下子把他抱起来，用胡子在琅琅嫩白的脸上蹭来蹭去的，惹得琅琅咯咯地直笑，连声说：“痒死了，痒死了……”

晓寒有恍若隔世的感觉。

“看，爸爸给你买什么了？”韩箐把琅琅放下来，变戏法似的举起一个袋子来，递给琅琅，“自己打开看吧！”

“哇，遥控汽车啊，比昊昊哥哥的都大啊……”琅琅别提有多兴奋了，蹲在地上拆包装。

晓寒漠然地抬头看着几只飞蛾在路灯下盘旋，没有一丝表情。

“晓寒……”韩箐欲言又止。

“你是想着办手续吗？你定日子，我随时有空。”晓寒很无所谓地说，也许有些事在突然之间就想通了。

“不是的……”韩箐连忙辩解，“我是想着先回来住几天……”

“回来？”

原来，前段日子，韩箐妈的老毛病又犯了，想着和前几次症状相同，来检查又没什么大毛病，可能过一阵子就好了，也就没有告诉韩箐。没想到昨天突然晕倒了，去县医院检查说心脏上有问题，要及时住院治疗，这才慌忙告诉韩箐。

“那与我何干？”晓寒冷冷地问。

“晓寒，我知道我对不起你，可你也知道，我妈现在得的是心脏病，不能生气，她来如果知道我们离婚，非气得晕过去不可……”

“你没有告诉你爸妈吗？”

“你不是也没有告诉你爸妈吗？”

两人都沉默了下来。

琅琅已经安好电池，把车放在人行道上，指挥着车向家的方向开去，说：“爸爸妈妈，你们快些啊……等我长大了买个真正的车把你们拉上……”

“晓寒，我知道你恨我，但看在孩子的份上……”韩箐低声请求。

有人说，爱的反面不是恨，而是淡漠。韩箐，你既然如此，根本就不配我来恨你，你的背叛对我来说其实很无所谓。晓寒在心里冷冷一笑，回答道：“随你吧！”

当晚，韩箐就着琅琅缠着他不放，住了下来。晓寒一夜辗转反侧，快到天亮时才沉沉睡去。起床后，桌上已摆放着韩箐做好的早餐，韩箐正蹲在阳台上收拾琅琅的玩具。

晓寒一言不发地洗脸刷牙，然后自己倒了一杯牛奶坐到沙发上喝。

“妈妈，你在生爸爸的气！”琅琅突然很认真地说。

晓寒没有理他，琅琅觉得很无趣。突然他又想起什么似的说：“妈妈，你不会和爸爸离婚吧？”

晓寒一时语塞。

韩箐说：“琅琅，你知道什么是离婚吗？”

“离婚就是爸爸妈妈不在一起住了呗，我们班王小美的爸妈就离婚了，这学期她都不叫王小美了，改成赵小美了……妈妈，如果你和爸爸离了婚，我是不是就可以和你一个姓了？那就太好了，以后我姓李了，就可以和昊昊哥哥一样天天在奶奶家了！”

韩箐的嘴角挤出一丝难看的笑容：“别瞎说了，快去吃饭！”

四十九

从车站接了韩箐的爹妈出来，晓寒说：“我还有事就不去医院了。”韩箐的妈说：“晓寒你忙你的去吧，让韩箐跟思思联系就行了，我上次看病就是思思联系的大夫，还说以后有啥事就找她呢！”

“妈！”韩箐打断了他妈的唠叨，真是哪壶不开提哪壶！

“是啊，有思思在，她会很好地照顾您的，您就放心吧！我走了。”晓寒笑着扬了扬手，转身，笑容便僵硬在脸上，原来，伪装笑容也是如此累人。

韩箐愣在原地，今天早上他想让晓寒陪他来车站接爸妈时，他原本想着晓寒会拒绝的，没想到晓寒竟爽快地答应了，现在又是这种表情……难道，她真想得开，不恨他？或者，其实她对他已经厌倦了，早想着要结束婚姻？

晚上韩箐和他爸回来住，他妈住在医院。韩箐的爸坐了一早上的车，又在医院跑上跑下地累了一天，早早地睡去了。本来那张床韩箐睡，可现在他爸一来，韩箐只能睡客厅的沙发了。睡到半夜，他爸起来上厕所经过客厅，看到韩箐睡在沙发上，很疑惑；第二天吃早饭时又看到晓寒和韩箐不说话，到医院后赶紧告诉了老伴。韩箐的妈一想：“老头子，是不是晓寒嫌我又来看病了，跟我们韩箐找不痛快呢？”

“我想也是！”韩箐的爸平时就是个不操心的人，这次倒还关注起儿子儿媳的生活来了。

“箐啊，晓寒是不是嫌我又来看病了？”韩箐刚一进病房，韩箐妈就按捺不住地问。

“你说的什么话啊？晓寒她是那种人吗？”

“那你昨晚咋就睡沙发上呢？”韩箐的妈一副大嗓门。

韩箐回头看看病房里其他的人，无论病人还是家属都在听着，即使在医院这种地方，他们也需要点新鲜的话题来点缀乏味的生活，尤其像这种涉及隐私的事就更感兴趣了。他们在等待着韩箐的回答，看到韩箐四处张望，又都假装在干自己的事，可耳朵还是竖得老长，以便窥得一点半点的蛛丝马迹。

“妈，昨晚是我在沙发上看电视，看着看着就睡着了。其实睡哪儿不是一样啊，沙发上比床上舒服。”

“屁话，沙发上腿都伸不开，能比床上舒服？这个晓寒也是，你睡着了她也不知道叫醒你啊？光图她自个儿舒服。”

“晓寒不是怕叫醒我挪个地方我又睡不着嘛！好了，好了，妈，你就安心养病，不要操闲心了。”

“我这是操闲心吗？你不知道我一听你爸说你睡在沙发上，就以为你们吵架了，我的心啊就像揪着，我和你爸老了，经不起折腾了，只盼着你们好就行了。我这几次来也看出来了，晓寒这孩子其实不坏，对我们也很尽心了，你可得好好待她。”

“嗯，我知道，妈。”

晓寒坐在办公室，眼睛直直地盯着电脑，脑子里却一团糟，她在想要不要去医院看看韩箐他妈。虽然韩箐没有说，但她知道韩箐的意思，无非是要她配合演好这一出恩爱如初的戏，好让他父母放心。呵呵，演戏，谁不会啊？你韩箐倒真以为我离开你就不能活了，我倒要看看，谁会后悔。

该吃晚饭时，韩箐正在和爸妈商量去买点什么吃的好，晓寒笑意盈盈地推门进来，手里提着一只保温桶。韩箐连忙接过来，看着韩箐感激的目光，晓寒的心里泛起一丝冷笑，表面却不动声色：“妈，你尝尝我炖的鸡汤合不合口味，明天想吃什么，跟我说我好提前准备。”

韩箐妈抹了抹眼角：“晓寒，你看我这个病身子，给你帮不上一点忙，倒时常来打扰你们，你不嫌弃，还对我这么好。唉，我这是几辈子修来的福气啊！”

“妈，看您说的，父母有病，做儿女的哪有坐视不管的道理，谁能保证自己家里人一辈子就没个头疼脑热，用得着人的地方呢……你说是吧，韩箐？”

韩箐尴尬地点了点头，他知道这话是晓寒说给他听的。

晚上，晓寒哄琅琅睡着后自己也去睡了，韩箐的老爸照例回家来睡，可今天他不累，坐在客厅里看电视，直陪得韩箐打哈欠了，他都没有要去睡的意思。看着韩箐一连打了几个哈欠，他爸说：“你先睡去吧，我还要再看会儿呢，你不用陪我。”韩箐爸的眼睛死死地盯着屏幕，一眨不眨的。

韩箐只好找点事干：拖地！除了卧室，包括阳台，里里外外拖了三遍了，老爸的眼睛还是瞪得老圆，丝毫没有睡意的样子，还冲他扬扬手：“去睡吧，快去睡吧……”韩箐只好硬着头皮敲卧室的门，晓寒迟疑了一下开了门，韩箐一闪身挤了进来，又随手把门关上。

晓寒从柜子里拉出一张凉席和一床被子扔到地上，对韩箐说：“你睡地上吧！”

韩箐把凉席铺在地上，把被子半截铺，半截盖。

“晓寒，你不恨我吗？”黑暗里，韩箐的目光盯着天花板。

“呵呵，韩箐，一直以来我都只是尽心而已，无所谓爱也就无所谓恨。”晓寒说得很平静。

“你难道从来没爱过我吗？”韩箐突然有一丝失落。

“呵呵，我们都要离婚了，现在讨论这个话题也太没意思了吧？睡吧，我累了……”一米八的大床上，晓寒转过身去开始酝酿睡意，任由心里翻江倒海，但尽量将呼吸调整得匀称而平稳。

听到晓寒很容易就能进入梦乡，韩箐的心里生出一种苦涩来。他起初还怕晓寒不能接受这样的事情，担心晓寒会因为他们爱情的逝去而伤心欲绝。看来，他的担心完全是多余的，在这么短的时间内，她已经完全接受了离婚这个事实，而且还是如此无所谓。看来，他的猜测也不是完全没有可能的，一直以来，她根本没有真正地爱过他，不然，对他的背叛，怎么会如此风轻云淡？现在是轮到韩箐辗转反侧了。

五十

天气越来越凉，满山的叶子开始变黄。夏钧火红的车子穿过村子口的那一片树林，有几条狗追在车后面狂吠，夏秀花不时地从车窗伸出头去扬扬手，赶那些狗回去，狗在追了一段路后，终于气喘吁吁地停在路边伸舌头，对这个红色的家伙望尘莫及。夏秀花不停地向后张望，穿过这片树林，拐过一个弯，生活了五十多个年头的村庄就被扔在了后面，夏钧来接她去享清福，去过城里人的生活。

夏钧要把母亲接到城里，让她住进薛家别墅的想法不是一天两天了，他每次看到薛家那帮子人坐在楼顶的凉台上悠闲地喝茶聊天时，他就想起远在大山深处的母亲是如何孤苦无依。尤其是薛妍母女二人，从来不把他放在眼里，看着她们颐指气使，夏钧就在心里暗暗发誓，一定要得到那些曾经失去的！

夏钧明确提出这个问题时，落日的余光将薛家的别墅涂成了金色，宛若一座金碧辉煌的宫殿。薛妍和李明没有在家，薛风和薛妍妈坐在门厅里商量着等这一季紫薇花开后要修剪下树型了，夏钧走了过去，直截了当地说出了心中的想法。

“什么？”薛妍妈一声尖叫。空落落的院落里顿时充斥着一种紧张的气氛。

薛风虽然不满地瞪了她一眼，但他的震惊程度同样不亚于薛妍妈，夏钧这孩子提出的这个事也太荒唐了。同时，通过这瞪着的一眼里，却也给薛妍妈传递着一种信息，这事他自有主张，不至于糊涂到如此地步的。

夏钧却不理会薛妍妈，更不理会薛风的为难之色，自顾自地对薛风说："爸，我妈年纪越来越大了，一个人住在山里实在不方便，万一有个头痛脑热的，我又不在身边，连个照看的人都没有。以前，我就想接妈来城里和我住，但我妈怕拖累我，一直不肯来，生病了也不告诉我，现在我过上了舒适的生活，我怎么忍心一个人在这里享受锦衣玉食，而让我妈孤守山中的茅屋呢？爸，我知道当初你和妈离婚了，就再没有来往，让她搬来和我住确实是强人所难，但请你看她给你生了儿子的份上……您想啊，爸，父母生儿女所为何事，无非是希望老有所依，您千方百计地找我，也无非是想着能老有所依。爸，只要有一个住的地方，我会赚钱养活我妈的，等你老了，我也会像孝敬我妈一样孝敬您的……"夏钧说得情真意切，这倒在薛风和薛妍妈的意料之外，他之前哪一次提出条件时低姿态过？

薛风叹了一口气道："钧儿，你说的也是实情，但你也是成年人了，你应该知道我现在把你母亲接到我们家是一件多么荒唐可笑的事，再说了，即使我们同意了，你想你妈会同意吗？"

夏钧胸有成竹地说："爸，你说的也对。要不这样吧，你不是在向阳小区那儿有一套房子嘛，反正现在也闲着，干脆让我妈住那儿去吧，我照顾她也方便些。"

"不行！"薛妍妈实在沉不住气了，这套房子是给薛妍的，虽然薛妍和李明一直住在家里，但当初就定好了的，这套房子迟早归他们小两口。"我早就知道你不怀好意，看吧，又盯上我们薛妍的房子了！夏钧，你自己也不掂量一下自己的分量，你凭什么说要房子就要房子啊，这家里有你的什么？你能在我们家有吃有喝就烧高香了，还不知足，你真是个白眼狼！"薛妍妈要被气死了，以前要钱也就算了，现在竟然明目张胆地打薛妍的主意了。

夏钧也不和她搭话，只是盯着薛风，等薛风表态。他的这种态度更加激怒了薛妍妈，也恶狠狠地盯着薛风。

薛风左右为难。看着薛风不表态，夏钧说："好吧，爸，既然你不答应，那就算了。我还想着我妈受了这么多年的罪，到老了终于能够安享晚年，看来，是我太自不量力了。我以为我夏钧的父亲既然能这样千方百计地找我，就一定能接受我妈的，我都跟我妈说了，你是如何对我好，而且准备接她来城里了。爸，我不怪你，只是你知道我妈脾气倔强，一辈子再艰难也不开口求人，现在老了老了却让前夫忽悠了，只怕她心眼小，认为被羞辱了，万一想不开，可别怪我没提醒过你……"

"那是你的事，我们可从来没有答应过！"薛妍妈气冲冲地说。

"是的，话是我说的，但我说的不是事实吗，你们没有千方百计地找我吗？你们敢说没有觉得亏欠我们母子吗？我只不过是替你们弥补罪过啊！"

"你简直是个无赖！"薛妍妈气得浑身发抖，"也不知道夏秀花怎么教育你的？"

"那有什么办法，俗话说，上梁不正下梁歪，谁让我摊上个忘恩负义、始乱终弃的爹呢！子不教，父之过。我自小没有父亲教我，就只能这样了……不过，我警告你，不许说我母亲一个字，你不配！"

看着夏钧似乎要将谁吃掉的表情，薛妍妈却也毫不示弱："哼，我不配？她不过就生了你这么一个贪得无厌的儿子，还有什么能耐？"

"你敢说我妈？"夏钧像一头发怒的狮子，眼睛猩红，双拳紧握，骨节攥得嘎嘎直响。看得出，夏钧在努力地克制着自己。

"你想怎么样，你还想打我不成。"薛妍妈一看这架势虽然心虚，却依然硬着头皮撑着。

"够了，你们吵什么，非得把这个家吵散架了才满意吗？这事我考虑考虑再说！"薛风一转身拂袖而去。

几天后，夏钧如愿拿到那套房子的钥匙。夏钧是薛风的软肋，夏钧拿捏得很准。

结果，夏秀花却说什么也不去城里，尤其还是去住进薛家的房子。

“妈，你为啥总是那么固执呢？既然我爸他觉得对不起你，做点补偿也是应该的，况且他们家那么多的房子，你不去住，迟早都还是落在了那娘儿俩的手里，你又何苦守在这里呢，让我也不放心。”

“过去的事就不要再说了，柳儿，只要你过得好就行了。”夏秀花对过去的事不想再提。

“妈，你不去，我能过好吗？妈，你也知道，蓝澜和我分手就是因为我一直在城里买不起一套房子，我能理解她，现在有几个女的不这样想呢？现在我虽然住在薛家，但总有寄人篱下的感觉，我不能以后让我的媳妇也和我一样寄人篱下吧？你想啊，你到城里，以后我结婚就和你住在一起，也好照顾你啊！妈，你就当是为了我吧！”

一路上夏秀花都在沉默，她神情有些恍惚。三十年前，她的前夫沿着这条路走向了别的女人，就不再回来，十几年前，她又沿着这条路把儿子送给了别人，当她一个人回来时，她就发誓再也不走出这个地方，外面的世界对她而言是一种诅咒。可现在，为了夏钧，他唯一的儿子，她别无选择。

“妈，你还好吧，没有晕车吧？”夏钧不敢开得太快，尽量把车开得平稳些，怕山路太过颠簸让母亲晕车。

“嗯，还好。柳儿，你爸对你好吧？”

“嗯，很好。”

“那就好，柳儿，你可也要好好待他啊！”

“妈，他对我好是因为他欠我们的，他对我们越好，他内心的罪恶感才会少一点……”

夏秀花心里一沉：“柳儿，他不欠我们的，你给我记住了！以后再不许说这样的话！”

五十一

“蓝澜！”蓝澜回过头一看，是夏钧。她站定：“你有什么事吗？”分手时夏钧虽然苦苦挽留，但真的分手后，夏钧却是再也没有纠缠过蓝澜。蓝澜偶尔也会觉得心里有点不安，但不安归不安，蓝澜可不是个拖泥带水的人。

“蓝澜，我们重新开始，好吗？”夏钧一脸的诚恳。

“重新开始？”蓝澜张大了嘴巴，为何分手都几个月了，夏钧却又跑来跟她说这些，“夏钧，你觉得我们还有可能吗？”

“有，因为我心里从没有放弃过你，那个时候你提出分手，我一无所有，我知道我没有理由让你留下来，但现在不同了！”

“哦？”蓝澜听得有些迷糊，“现在有什么不同？”

“现在我有了自己房子了，在向阳小区。蓝澜，答应我，我们可以马上就结婚！”夏钧急切地说。

蓝澜听得云里雾里的：“夏钧，你买彩票中奖了？”

“当年抛弃我妈的那个人来找我了，让我继承香火。蓝澜，他家的财产迟早是我的……”

“什么？是你！薛妍同父异母的人竟然是你！”蓝澜简直不相信能有

这样巧合的事。

夏钧点点头："蓝澜，回到我身边来，我现在有能力给你幸福！"

蓝澜沉默了一下，抬起头来说："夏钧，我和你分手并不是因为钱。"

"那是什么原因？"

"我……我喜欢上了别的人……"

"不可能！你在骗我，对不对？蓝澜，你别骗我了，我们马上就结婚，好不好？"夏钧一把抓住蓝澜的手。

蓝澜挣脱开来："你放手，夏钧，我们已经分手了，我们都有权利重新选择，请你以后别再来找我……"说完转身扬长而去。

"蓝澜，我是不会放弃的！"夏钧冲着蓝澜的背影喊。

"随你！"蓝澜连头也没有回。

蓝澜沉浸在与清杨的交往中。当初和夏钧分手后，蓝澜着实也难过了一阵子，多年的感情，因为房子的问题迟迟不能有个归宿，她本来已经厌倦了等待，而夏钧却将好不容易凑来的首付款在股市里打了水漂，彻底断了她尽快结婚的念想，她再也消磨不起了，只有选择离开。就在那些日子里，这个叫清杨的男人不经意地就走进了她的生活。起初，也无非是一起吃个饭，聊聊天，打发一下时间，可后来，她却发现她有些喜欢上了这个男人。以至于那晚无意间看到清杨和晓寒拥抱在一起，她实在难以接受，好在后来清杨说了，他和晓寒只是工作上的关系，况且晓寒是有夫之妇，他怎么可能和她有什么关系呢？她就当他的解释是对她的表白。两人从那以后竟然越走越近。

和清杨坐在一起边吃饭，边聊天，蓝澜早就把见到夏钧时的不快忘了。吃完饭，两人说笑着走向停车场，突然，旁边窜出一个人来挡在前面，"夏钧！"蓝澜吓了一跳。

"蓝澜，我们俩好好谈谈行吗？"夏钧低声地请求。

"我跟你已经没有任何关系了，你别再来纠缠我！"蓝澜不理会夏钧忧伤的目光。

清杨冷眼看着眼前的一幕，他明白过来，这一位就是晓寒以前说过的蓝澜的男友。

“你我没有什么好谈的，清杨，我们走。”蓝澜不想再废话下去。

“呵呵，蓝澜，怪不得你这么无情，原来是傍着大款了！能在这种地方吃饭，蓝澜你可真有眼光！”夏钧突然一把抓住蓝澜恶狠狠地说。

“你……”蓝澜的心里就像被针扎了一下，原来爱情真是这样，不爱了，就只有伤害了。委屈的泪在眼眶里打转，她强忍着。

这个时候，清杨当然不可能再袖手旁观了。

“请你放开她。”声音不大，却有分量。

“你谁啊，我们的事你最好别管。”夏钧并不买清杨的账。

“我是她的男朋友！有权利要求你别对我女朋友动手动脚吧？”

“清杨……”蓝澜一声轻呼。虽然她和清杨认识也有些日子了，但清杨对她一直是若即若离的，有时看似很热情，有时又没来由地冷落她，两人的关系也就这样不明不白着，说是恋人，却分明感到中间有一层隔膜，说是朋友，却彼此习惯着用身体来温暖对方。现在突然听到清杨明确地说她是他的女朋友，她差不多要喜极而泣了。

“怎么，不愿意做我的女朋友吗？”清杨皱了皱眉头。

“没有，没有，我不是这个意思……”

“夏先生，你看到了，蓝澜现在是我的女朋友，所以请你自重。”

落日从停车场的西边照了进来，经过酒店玻璃的反射，有一缕落在了清杨的身上，清杨脸上的棱角更加分明，目光冷峻，左边的眉毛边一颗黑痣若隐若现，夏钧突然有种熟悉的感觉掠过心口，这个人在哪儿见过吗？他心里升起一丝疑惑，不由得松开了手，眼看着清杨携了蓝澜走远。他想起了，刚才蓝澜喊这个男人叫清杨，一个念头在心里一闪而过。

夏钧没有回薛家去，他去了夏秀花住的地方。

夏秀花已经吃过了饭，正无聊地看着电视。这个三居室对于她来说过于空荡，而陪伴着她的，也总是电视，偶尔出去下楼走走，遇上个人，她刚想开口打个招呼，人家却总是面无表情，她只好讪讪地将要出口的招呼收了回来。她不习惯这样的生活，她更喜欢人们在村头村尾遇上了总会站着说说话的那种生活，虽然日子清苦些，但人们的脸上洋溢着温情，不像这城里，人人都是一副被别人欠钱没还的苦相。

夏钧的到来让夏秀花很高兴。刚开始时夏钧天天来看他，陪她说会儿话，带她去街上逛。她是个明理人，城里不能和乡下比，人人都在争分夺秒地工作，她不能天天缠着夏钧。所以她跟夏钧说不必天天来看她，她一个人清静惯了，有时间赶快给她找个媳妇来才是要紧的。本来夏钧最近也忙，就隔三岔五过来一次。

母子两人其实也没有多少话要说，就这样坐在沙发上看电视。其实作为母亲，只要儿子能陪她坐会儿也就很满足了。

“妈……”

“嗯……”

“妈，我想问你件事……”夏钧有些迟疑，他不知道该不该跟妈妈提起往事。

“哦，什么事，你说吧。”夏秀花把电视声音调小些，转过脸来。

“妈，我记得我小时候有个哥哥叫清杨，对吧！”

夏秀花一怔：“你怎么想起这事来？”

“哦，没什么，我只是突然想起来，随口问问。妈，我记得我哥哥的左眉毛边有个黑痣，是不是啊？”

“嗯，是的，你记性倒好，这么多年了，我以为你都忘了。”夏秀花叹了口气。

“我怎么会忘了呢，尤其那颗痣，哥哥嫌它不好看，嚷着要让村里的王大爷点石灰水给取掉。你说那叫喜上眉梢，是好痣，所以他才没有取掉……”

“呵呵，是啊，那时候你们俩啊，真让人头痛……”夏秀花的脸上泛起了笑意，回想着当年虽然艰辛却苦乐融融的日子。

“妈，那你为何当初要把他送还给人家呢？”

夏秀花沉默了一下，她叹了口气，说：“唉，柳儿，你也知道，那个时候他出了车祸，我们根本没有钱给他看病，他的亲生父母正好来找他，而且又有能力把他送到大医院给他看病，为了他好，我只能把他还给人家。柳儿，他和你一般大，你说他现在也应该结婚了吧？”

“你知道他亲生父母是哪里人吗？后来他的病看好了没？”夏钧急切地问。

“柳儿，你今天突然问这些是什么意思啊？”夏秀花觉得夏钧今天突然说起这个事肯定另有目的。

“妈，我跟你说个事，我也只是猜测……”

“你说吧……”夏秀花不解地等待夏钧的下文。

“妈，我今天遇到个人，我觉得他有可能就是清杨！”

“什么？”夏秀花只觉得晴天一声雷，她一把抓住夏钧，“你说什么？”

“妈，你先别激动，我也只是觉得像。他的左眉边有个痣，而且我也听到别人喊他清杨，所以我觉得……”

“他在哪儿，你带妈去看看……”夏秀花霍地站起来。

“妈，你看你，早知道你这样我就不告诉你了。你别急，我先慢慢打听清楚了，再带你去好不好？毕竟现在他不是你儿子了……”

“他不是我儿子了，是啊，他不是我儿子了……”夏秀花喃喃着，“我怎么有脸去见他呢……他有病了我都没钱给他看，还把他送了人……”颓丧地又坐了下去。

夏钧理解母亲的反应。她含辛茹苦地把清杨拉扯到十几岁，她当清杨是自己的亲儿子，最后却因没钱给他治病而不得不将他送还给亲生父母，这对谁而言都是无法磨灭的痛。

“妈，你别这样，如果真是他，我想他不会怪你，相反他还应该感激你对他十几年的养育之恩。不过，现在重名重姓的人那么多，我也就是猜想……我会好好打听一下他的情况的，你先别急，好吗？”

夏秀花蹒跚着走进卧室，从枕头下抽出张照片来，坐在床沿，用粗糙的手一遍遍地摩挲着照片。她别无选择，就像当初她只能将清杨送还一样。

夏钧跟了进来，坐在母亲的旁边，一只手搭在夏秀花的肩头："妈，不管他是不是清杨，你还有我啊！"

夏秀花擦了擦眼角的泪："你看，他那年只有十三岁啊，却被车撞了。唉，这都是命啊！"

夏钧的目光也停留在那张已经泛黄的旧照片上，突然，他眼前一亮："这不是蓝澜的朋友晓寒吗？"那个和年少的清杨站在一起的女孩不就是晓寒吗？虽然和现在的晓寒有很大的差别，但无论岁月如何雕琢，那双眼睛还是让夏钧一眼就认了出来。这样说来，晓寒应该是知道清杨的情况了，夏钧心里有了底。

五十二

韩箐的妈出院时大夫再三强调不可操劳、不可生气，韩箐的爸找韩箐商量着想让他妈在韩箐家养一段时间的病，不然回家之后看到家里的活又会忍不住忙起来。

韩箐吞吞吐吐地说明意思后，等着听晓寒的奚落，谁知晓寒答应起来比上一次还爽快："好吧，人这一辈子一命二运三风水，四积阴德五读书，我这人看来是命啊运啊都不济，遇上了个现代版的陈世美，那就权当积点阴德吧！"

"晓寒，其实你早就盼着离婚，是吗？"

"是又如何，不是又如何？"晓寒明显在挑衅。

"无论是不是，都说明我是个傻瓜。"韩箐将被子一捂，转过头去，传来沉重的叹息。

晓寒的心里升起一丝残忍的快感，心却疼得要流出血来。

家里多出个人来，况且这样尴尬的情况下，晓寒只好尽量少待在家里，有时回家晚了，再加上喝点酒，韩箐的妈就皱眉头，跟韩箐说："这晓寒现在怎么回事啊？一个女人家一天有多少事忙着不着家，还喝酒，你也不说说，她以前可不是这样的啊？"其实韩箐心里更难受，他不是没说过，可他还没开口，晓寒转过身来，眼角含笑道："韩箐，别忘了我们都要离婚了。我们女人和男人不一样，你们男人还没离婚就已经有人投怀送抱了，可女人不行，一过三十就是明日黄花了。我得抓紧时间重新物色人选啊，等手续办了我也好有个归宿！"

韩箐无言以对。

秋意越来越浓，人们开始穿上秋衫，下班时间已过，同事们陆陆续续地离开，晓寒百无聊赖地关上电脑。韩箐的母亲还没有走的打算，晓寒也不清楚心里到底是希望她走还是别走，虽然现在一天到晚回家"演戏"很累人，也很滑稽，但说实话，她更惧怕每天回家和琅琅独自看落日西沉，夜色渐深。在这一点上，晓寒倒真羡慕蓝澜，蓝澜和夏钧在一起的时间和她与韩箐结婚的时间差不多一样长，然而，蓝澜说不爱了，就可以断然抽身而去，而自己，却不得不与这个背叛了爱的人共用一个卧室至今，这就是有无一纸婚约的区别吗？这个时候，是回家继续"演戏"，还是找个朋友解解闷呢？妈妈家是不能去的，爸妈说了，婆婆来了，下班就别再来回跑，早点回去做饭去！

晓寒边思量着找谁一起吃饭，边走出单位大门。

"晓寒！"晓寒抬头，一个身影在那向她招手，多么熟悉的动作啊！晓寒笑了笑。

蓝澜走了过来，脸上有一丝不好意思，但却也掩饰不了洋溢着的幸福。她就像当初一样随意地挽起晓寒的胳膊："你不会生我的气了吧！"

"哼……"晓寒佯装生气。

"好了吧，我知道误会你了……我请你吃饭就算给你赔罪好不好？"

"好吧，那就请我吃饭，地方可得我定啊……"晓寒一副想要狠狠宰蓝澜一刀的表情。

"行行，不过呢，你得先陪我去买衣服。"

"没搞错吧，怎么你倒和我讲起条件来了啊？"晓寒夸张地叹了口气。

"嘻嘻，好晓寒，帮帮忙嘛！"蓝澜嬉皮笑脸的。

原来，清杨的父母过几天要来了，清杨准备让父母见见蓝澜，特意叮嘱蓝澜打扮得得体些，其中的意思不言而喻。

“哦，这样啊，这样‘划时代’的见面，是得好好地斟酌一番。我打电话把薛妍叫上，群策群力，一定让你未来的公婆为你倾倒！”

“晓寒，你什么时候这样贫嘴了啊，这可不像你啊？”

“呵呵，我也得与时俱进，不可以吗？”

“当然可以了，太可以了，不过晓寒，你说薛妍她会不会怪我啊？”

“怪你什么？”晓寒奇怪地问，随即明白过来，“没事，虽然夏钧现在是他哥了，但我想这不应该影响我们三个人的交情，对吧，这本来是两回事嘛。”

果不其然，薛妍接了电话很快便赶了过来。

蓝澜不厌其烦地试穿一件又一件的衣服，晓寒和薛妍坐在店里的小桌前，喝着水，看蓝澜灿烂的笑容在脸上荡漾，有一句没一句地闲聊，说得最多的，无非还是薛妍家里那些乱七八糟的事。薛妍说不光李明，她也快要崩溃了，她现在正在找房子，这次是打定主意搬出来了，她算是看明白了，夏钧不是一个省油的灯，他这是想着法儿报复他们，想让他们一家不得安宁。既然这样，她就躲开她，爸对他纵容，就随他去好了。

“薛妍，要不让你爸和夏钧的妈去谈谈，我感觉夏阿姨应该是个深明大义的人，这些事，她可能还不知道呢。”

“哪能不知道啊，她现在都住进我们家向阳小区的房子里了，你说这算什么事啊？我那次和你去找她时，也是感觉她不是贪慕虚荣的人，谁知道……唉，反正人心难测啊！”

“又说谁呢，不是在说我吧？”蓝澜像一只花蝴蝶一样飘过来。

“说差点成了你婆婆的那个夏秀花！”薛妍没好气地说。

“她怎么了，她其实很好的啊！说真的，我和夏钧好时，她对我比我妈对我还好呢，以后我有机会要去看看她的。”蓝澜边说边前前后后地转了几圈，“看，这件怎么样？”

“很好，你穿什么都好。”晓寒和薛妍同时说。

“真的？”

晓寒和薛妍使劲地点点头。

蓝澜为了慰劳晓寒和薛妍，请她俩吃火锅。看着蓝澜神采飞扬，和前些日子真是判若两人，晓寒就觉得这爱的力量就是大，同样的道理，若有什么能让一个女人一夜之间变老，那恐怕就是对爱的绝望吧，就像她，这些天简直都老了一大截了。

“蓝澜，你这速度也太快了吧，你可得慎重！”薛妍婆婆妈妈地劝道。

“这叫速战速决，你没听说过现在流行闪婚吗，我这还算慢的呢。”

“我觉得闪婚还是太轻率了，不太靠谱。”

“错了，粮食经过漫长的发酵可以成为美酒，也有可能变成一坛老醋，时间长并不一定酝酿出芳香，我和夏钧不就是活生生的例子？”

“我说不过你……什么时候带来让我们也见见，是什么样的男人让我们蓝澜乱了分寸？”

“晓寒认识的，你让晓寒给你说说吧。”蓝澜冲晓寒做了一个鬼脸。

晓寒心里笑了一下，她明白，她和蓝澜看似一如当初的亲密，其实蓝澜心里并未真正释怀。人与人之间的关系就是那一层纸，捅破了，再糊起来，终究不再如前了。

“是吗，晓寒，你怎么认识的？”薛妍很感兴趣。

“他是这次投资开发凤凰山的乙方代表，你说我能不认识他吗？”晓寒假装听不出蓝澜言语之间的喻意，随意地说。

“哦，那他很有钱了？”薛妍瞪大了眼睛。

“看你俗气死了，我又不是看上他的钱！”蓝澜不屑地瞪了薛妍一眼，眼神里却是抑制不住的喜悦。

晓寒不想发表任何的看法，她只想置身事外，这些乱七八糟的事本来与她毫不相干。

五十三

虽然晓寒想置身于事外，但事实上别人却不想让她这样。夏钧来找晓寒了，这让晓寒再次感到意外。

夏钧开门见山：“你认识清杨吧？”

晓寒在心里很快地盘算着，难道他知道蓝澜和清杨在一起了？

“是啊。”

“你和他小时候是同学！”

晓寒心里一惊，这事他怎么会知道呢？

看到晓寒的表情，夏钧拿出一张照片。

晓寒睁大了眼睛，眼神定格在那张有些发黄的照片上，玉兰花、天真的笑脸、十三岁的记忆……所有的一切恍若重新出现，晓寒一阵眩晕。

“你怎么会有这张照片？”晓寒紧张到几乎不能呼吸了。

“这个小男孩就是现在的清杨，对吧？这个是你！”夏钧指着照片，用毋庸置疑的口气说。

“是。”晓寒不明白夏钧究竟想干什么。

“那么，现在和蓝澜一起的那个人就是清杨了！”

晓寒点了点头，在这种情况下，她觉得没有必要隐瞒什么，说：“你该告诉我你哪来的这张照片了吧？”

“果然如我所料……天啊，竟然是他，怎么会是他呢？”夏钧不知是由于激动还是气愤，说话有些语无伦次了。

“是谁？”晓寒被夏钧弄糊涂了。

“晓寒，我还有个名字叫清柳，夏清柳！他叫清杨，我叫清柳，你明白吗？这张照片是清杨小时候的……”

晓寒呆在了那里，比当时得知夏钧是薛妍同父异母的哥哥时更震惊。天啊，夏秀花竟然就是清杨的养母！这么说，当年清杨告诉她那个疼爱他的母亲就是夏秀花？是夏钧的亲生母亲？晓寒简直不能相信世界上有这么巧的事。

然而事实的确如此。

“我和他一起长大，小时候一起上树掏鸟窝，一起下河捉河蟹，一起给猪割野草……我太熟悉他了，虽然过去了十几年了，但那天我一看到他的眉目我就觉得我肯定认识他，可看他的表情应该早不记得我了，怎么可能呢？我们在一起生活了十三年啊，他难道真记不起我来了吗？还是我的变化太大了？”夏钧很想不通。

“十三岁那年的车祸让他失去了记忆，”晓寒叹了口气，“他也不记得我！”

“不可能，他亲生父母不是有钱给他看病吗，怎么还会这样？”

“夏钧，是真的，他早已经忘了十三岁之前所有的经历，你，你母亲，还有这个地方……”

夏钧显然没料到事情会是这样，他陷入了深思。

“夏钧，我倒觉得有些事过去就让他过去吧，旧事重提未必是好事。”

“这我知道……但我妈这些年心里太苦了，她常常一个人看着这张照片掉眼泪。她从来没有把他当成别人的孩子啊，再加上她这些年一直内疚自己在清杨生死未卜的情况下就把他送还给亲生父母，觉得是自己对不起清杨……”

“嗯，我理解。”

“晓寒，你帮帮忙，你和清杨以前是同学，现在又在工作上有来往，你能不能找个机会让我妈见见他？”

“这……”晓寒有些为难，“夏钧，不是我不帮忙，清杨他现在根本记不起以前的事了，他的父母也没有告诉他曾经被遗弃过。你说，我让他以什么名义去见你的母亲呢？”

“只是见下面，我只是想让妈知道他过得好，让妈心里不再内疚，我们不会多说什么话的，好吗？”夏钧一脸焦灼。晓寒暗想，没想到薛妍看不起的夏钧，却是这般为母亲着想。

“那好吧，我只能找机会试试。不过夏钧，蓝澜现在……”晓寒迟疑了一下，思量着该如何开口。

“蓝澜和清杨在一起，我知道！”夏钧接口，“我想过了，既然他们一个是我失散多年的哥，一个是我曾经爱的人，那我当然希望他们能幸福。你放心，我会努力地说服自己接受这个事实的。”

五十四

晚上，韩箐照例睡在卧室的地板上。也许已习惯这种状态了，有时候戏演得太真，连自己都相信了，无爱无恨、无悲无喜的生活未尝不好，晓寒已经学会不去想谁是谁非，只想尽快地入睡。

夜凉如水，韩箐坐在地上，看着秋月透过薄纱照进卧室。这本该是温情的地方，现在却变得如此冷寂，床头的结婚照本来都取掉了，怕母亲猜疑又挂了回去，那个依在身边笑靥如花的晓寒，此刻，就睡在身边的那张床上，眉头紧锁。韩箐轻轻地拉过被角，将晓寒露在外面的胳膊盖上。

恍惚中，晓寒听到韩箐的叹息，睁开眼，正迎上韩箐的目光，清丽的月光落在他那略显忧伤的脸上，眼角好像有泪光闪动。看到晓寒睁开眼睛，韩箐慌乱地转过头去，就势倒在地铺上。很快，地上传来沉睡的鼾声，让人觉得很不真实。

看着包裹着韩箐的被子轻轻地起伏，晓寒的心在那一刻竟柔软起来。

晓寒站在街边的梧桐树下，梧桐树梢上稀稀落落地缀着焦黄的枯叶，在秋日的阳光下透出一抹温暖来。

清杨的车子开了过来，晓寒打开车门，坐了进去。

“今天怎么有兴致约我？”清杨转过头来。

“闲来无事，想带你去乡下看看山野风光，你有空吗？”

“只要你有兴致，我就有空！”

车子驶出城区，一路向南。

“怎么会突然想要带我出来玩呢？不会还有别的事吧？”

“只是玩不可以吗？”晓寒反问。

“当然可以，那你准备走到哪儿算哪儿，还是有目的地呢？”

“暂时没有明确目的……不过有个小镇，周围景色不错，而且那里有一种小吃，鸡蛋醪糟，鸡蛋是纯天然家养土鸡蛋，醪糟也是本地出产的糯米自己酿造的。我吃过一次后一直念念不忘，带你去尝尝如何？不过，那里有点远，你不介意吧？”

“我倒希望这路没有尽头，就和你一直这样走下去。”

“又胡说八道了！”晓寒转过头去看窗外。

“好，不说！行了吧……你和老公怎么样了？”

“我打算原谅他！”

“为什么啊？晓寒，你能从心里原谅他的背叛吗？”

“那有什么办法，清杨，婚姻不是两个人的事，还有孩子、双方的家庭，现在我们家的情况不允许我有任何的事情来增添麻烦。其实，面对丈夫的背叛，大多数的女人只能选择隐忍……我又为何不能呢？”

“晓寒，不一定非得隐忍！我说过，只要你愿意，我随时会给你依靠！”清杨猛然一个急刹车，将车子停靠在路边。

“清杨，不可能的……也许，从内心来说，是我真的不想放弃他吧。清杨，我们今天不说这些好吗？”

清杨叹了口气，重新启动车子。

两人陷入沉默。

临近中午时，车子到了那个小镇。

今天好像是逢集，并不宽敞的街道上还算热闹，晓寒和清杨穿过人群，来到一个卖鸡蛋醪糟的小摊前。

"你让我开这么远的车，就是来吃这东西？"

"你尝尝嘛，挺好吃的。"晓寒不理清杨的唠叨，要了两碗。

本来开了这么长时间的车，清杨也渴了，他先用勺子舀了一点点尝了下，觉得味道还可以接受，便大口大口喝了起来。喝完抹抹嘴，有点疑惑："有你说的那么好吗？我怎么没觉得？"

"你好吃的吃多了，当然就尝不出这独具山野特色小吃的美味了。"

"刚才可能喝得太快了，没有尝出来，那再来一碗我仔细品尝一下？"

晓寒哧地笑了起来："算了，喝一肚子水，走路肚子都会咣当咣当响，我们再吃点别的东西吧。"

两人在街道上转了两个来回，也没找到晓寒想吃的东西，她好像猛然想起什么似的："哦，我有个朋友家在离这不远的村子里，他不常在家，只有她老妈一个人，我带你去她家蹭一顿正宗农家饭。"

清杨犹豫："这样不好吧，要不我们回去，你想吃什么我请你。"

"没事，走吧走吧！那个地方其实也是属于凤凰山系，景色很好，说不定你看看又会发现新的商机呢？"

"唉，好吧，反正我算是明白了，今天我是你找的免费车夫啊！去哪儿你说了算！"

路在一弯阳光里延伸，随意、亲切。刚开始时路还算平缓，两边是一坡坡的黄豆地，豆荚毛茸茸的，已饱满得像随时会爆裂，远看黄灿灿一片。越靠近山里，路越难走，两边出现了树林，红叶像火一样"燃烧"在路的两边，偶尔的几声鸟鸣，划破一片静寂，几番回旋，空落落地消失在山林的深处……高大的柿子树，挂满了青黄相间的柿子，柿叶已经开始飘零，也许某一夜，一场不期而至的秋霜，将染红这一树的硕果。

"怎么样，我没骗你吧，这一路景色是不是很好？"

"嗯，确实不错，这确实应该和凤凰山同属一个山系，你看，山上的树还是以松树、栎类树种为主。"

"清杨，我们要去的村子叫杨柳村。"

“杨柳村！那里肯定有很多的杨树和柳树。”

“是啊，若是春天来这里，到处飘舞着柳花，那是多么美的景象啊！”晓寒神往状。

“那明年春天我带你来看！”

“好啊，下次来时把蓝澜也带上。”

“晓寒……”

“嗯。”

“我爸妈过几天要来，我准备让他们见见蓝澜。”

“嗯，这是应该的啊。”

“我年龄也不小了，爸妈总是催着结婚，可这些年我很少遇到能让自己动心的女人，现在遇到了，可是太晚了……蓝澜是个热情的女人，也许她能用她的热情温暖我冷寂的生活，你能理解吗，晓寒？”

“我知道，既然决定和她在一起了，就好好待她，不然这样对谁都不公平。”

“我会努力的……晓寒，其实你应该明白，无论怎么样，你都在我心里……”

“清杨！”

“好了，那我们今天不说这些了，只管尽兴地玩。”车子明显地快了起来。

车子穿过那片树林，晓寒看到一辆红色的车子停在路边的场坝里，看来，夏钧应该把一切都安排好了。

清杨下车来，用手抚摸着一棵高大挺拔的白杨树，举止四望，正是中午时分，有淡青色的炊烟在村子上空升起。狗慵懒地卧在院落的大树下，嗅到了陌生的气息，警觉地睁开眼，叫了几声，听到主人的呵斥，又不情愿地回到窝边继续打盹，一切都显得那么悠闲和随意。

晓寒径直领了清杨走向村子后面的那个干净整洁的院落，那一排篱笆墙边各色的菊花开得正浓艳。

“采菊东篱下，悠然见南山，说的就是这里吧！”清杨由衷地赞叹。

院子里静悄悄的，隔着掩着的柴门，晓寒喊：“有人在家吗？”

“谁啊？”一个苍老的声音从屋子里传来。声音里，是抑制不住的紧张与激动。

其实，夏秀花隔着格窗已然看到了有人来造访。当夏钧特意又将她从城里送了回来，安排这一场见面时，她的心就没有再平静下来。一大早，她就起来将屋子收拾了一遍又一遍，她甚至想到村口去等，十几年的光阴啊，每一天她都会想念的儿子，终于要回来了。虽然夏钧说他已不再记得这里，虽然夏钧说他今天只不过当作一个过客来这里坐坐。

夏秀花从屋子里走了出来，她不能慌张，就当是一个路人来讨碗水喝罢了。

“夏阿姨，您还认得我吗？我和您儿子是朋友，又来打扰您了。”

“哦，我知道，我知道，你们快进来。”夏秀花忙不迭地说，眼神却没有离开过在院子里东张西望的清杨。秋风在树梢沙沙作响，斑驳了一地的阳光。

“阿姨，这是我朋友，清杨！”晓寒把清杨拉到夏秀花跟前。

“阿姨好！”清杨礼节性地问候了一句。

夏秀花怔怔地望着清杨，一时呆在了那里，嘴唇抑制不住地颤抖。

晓寒忙拉住夏秀花的手晃了晃：“阿姨，我们出来转时间长了，肚子都饿了，想在您这里吃顿饭，方便吗？”

“哦，方便，方便！”夏秀花如梦初醒般地回过神来，慌慌张张地折回屋里，又是找水杯倒水，又是擦凳子让他们坐。

“阿姨，您就别忙了，我们坐下说会儿话吧！”晓寒拉住夏秀花的手，她能感觉到夏秀花的手在颤抖。

“不，不，你们坐，我去给你们弄吃的……”夏秀花慌乱地往屋外走，差一点被门槛绊倒。

晓寒的心里一阵心酸，可怜天下父母心，虽然是养母，但十几年的时间，总是付出了太多的感情啊。

“你这朋友的母亲看到你怎么这样激动？不会是你和朋友的关系非同

寻常吧？”清杨凑到晓寒耳边不怀好意地说。

“嘿嘿，这次你倒真说对了。”晓寒的神情半真半假。

清杨不屑地撇了撇嘴，自顾自地找了把已经剥落了土漆的小木凳坐了，打量屋子里简单的陈设。

厨房里，夏秀花在努力地克制着自己想叫一声儿的冲动，是他的杨儿，那眉目，那神情，那眉梢的黑痣……只是他却不记得她了，若不是那场该死的车祸，她怎么会忍心母子分离，让她苦苦煎熬这么多年。现在老天总是开眼了，在她有生之年还能见到杨儿，唉，忘了就忘了，晓寒这孩子说得也有道理，我们不能破坏他平静的生活，只要他过得好就行了，本来生死未卜，不曾想这辈子还能见见他，她也该知足了。夏秀花撩起裙角拭了拭眼角的泪。

清杨四处看着，又转到院子里，晓寒跟了出来，问：“清杨，你觉得这个地方如何？”

“嗯，很好啊，山清水秀……”

“还有呢？”

“还有啊，有一种久违的亲切感……”清杨眯起眼睛抬头，群山如画屏般围起的一方天空，几朵白云悠悠地浮在上面，来时的那条路如丝带一般地挂在半沟，“如果能和喜欢的人在这样的地方相伴终老，也许才是人生最浪漫的事……”

“呵呵，可多少人向往城市的繁华，为了这个目的，一步一步地沿着这条小路走向小镇、走向县城、走向都市……然后一去不返。”

“城市曾经是文明的象征，可现在却成了追逐名利的战场，更大的问题在于人们明明知道城市匆忙的脚步会让人们逐渐失去自我，却还趋之若鹜。晓寒，说真的，我也早就厌倦了商场的尔虞我诈，可却无能为力，其实我很喜欢你们这里，生活闲适，没有所谓的快节奏，自从第一次来我就喜欢上了这里，这也是我来这里投资的原因。”

“呵呵，你就别得了便宜还卖乖，如果真让你在这里娶妻生子，日出而作，日落而息，你倒未必愿意，你并不是个能耐得住寂寞的人！”

“哈哈，晓寒，你好厉害，能看到人的心里去啊！”

“切。”晓寒转过头去，不再搭理清杨。

两碗西红柿鸡蛋面端到那张旧的方桌上，桌面上还依稀可见当初用小刀刻画过的乱七八糟的印痕。这些凌乱的刻痕里，应该有清杨当初的杰作吧？晓寒这样想着，抬头看了一眼站在一旁的夏秀花，她正满眼柔情地看着清杨，一副看不够的神态。

“阿姨，您来坐吧。”晓寒拉夏秀花坐在旁边的凳子上。

“怎么样，还吃得惯吧？”夏秀花盯着清杨紧张地问。

“嗯，很好吃，真的很好吃，晓寒，你也吃啊……阿姨，你做的面条真的很好吃，我妈都从来没做过这么好吃的面条，等以后凤凰山的餐馆建成了，我请你去做面点师，好不好？”清杨说。

“好，好。”夏秀花背转身去。

清杨一连吃了两碗，腰都要直不起来了，说：“晓寒，今天跟你真没白出来。你知道，我自从来这里，就天天在饭馆里吃饭，都要忘了家的感觉了，在家里吃饭的感觉就是好！”

“哦，只要你不嫌弃，我可以天天给你做的。”夏秀花急忙说。

“每天都跑这么远，就只为吃顿饭，这也太奢侈了吧？”清杨不解地看着她。

“哦，是这样的，我现在多数时间都是住在城里，家里也就我一个人。如果你想吃家常菜，你可以随时到我那里吃的。”夏秀花急切地说。

“哦，可以这样吗？”清杨把目光转向晓寒，晓寒只有点点头。

“晓寒，我们是不是该走了？”清杨突然语气冷淡下来。

“别啊，再坐会儿嘛！”夏秀花一再挽留。

看到清杨似乎失去了刚来时的兴致，晓寒也不好再说什么。

夏秀花一直把他们送到村口，午后的村庄一片静寂，人们大多去了地里劳作，就连狗都懒得叫了。晓寒理解夏秀花此时的心情，作为一对失散多年的母子，最可悲的事情可能就是多年之后再次见面时，却已成陌路。晓寒故意放慢脚步，这里看看，那里看看，以留出点时间让夏秀花再好好看看清杨。夏秀花看着清杨的背影，高大、挺拔、健壮，一如村口的白杨树，那个吃着自己奶水长大的男孩，什么时候已然长成了一个男人？

纵然千般不舍，却终得挥手告别。

清杨的车子一开走，夏秀花的手挥着挥着，再也忍不住了，眼泪就流了下来，夏钧从山坡上走了出来，紧紧地揽住母亲的肩头。

车子内，清杨突然一个急刹车："晓寒，今天为什么来这里？"

晓寒一愣，随即说道："让你尝尝正宗的手工面啊！"

"真是这样吗？"清杨的口气有些奇怪。

"是啊。怎么了？"

"晓寒，从一开始我看不懂你，到现在我更加看不懂你了。你今天费尽心机地带我来这里，究竟是什么意思？你想让我干什么，你直接说好了，何必要这样拐弯抹角呢？只是，你枉费了我的一片真心，原来，你一直在作弄我……"

"没有，不是的……我没有什么目的。"

"晓寒，你的朋友是蓝澜的前男友，这个女人本应该是蓝澜的婆婆，对吧？"清杨点燃一支烟。

"什么"晓寒大惊失色，"你怎么知道的？"

"你看看车后面。"清杨揶揄地说。

晓寒慌乱地回头一看，在路的尽头，夏秀花和夏钧还站在那里。天啊，夏钧这个时候出来干什么？不会等着车子走远些吗？

"我可以为了取悦我喜欢的女人做任何事，可我不喜欢被人欺骗！晓寒，你下车吧！"清杨叹了口气。

"清杨！"

"不管你是什么目的，我不想听你任何的解释，我们之间的缘分就此结束。晓寒，人不能太聪明，你辜负了我对你的信任，好自为之吧！"

晓寒默默地下车，站在路边。看着清杨关上车窗玻璃，绝尘而去，她心里阵阵疼痛。清杨，我该如何向你解释，我又怎么能向你解释得清？

五十五

车子内，晓寒始终沉默不语。

“对不起啊！”夏钧深表歉意，却不知该如何安慰晓寒。

“没事。”晓寒挤出一丝笑来，原本就是两个不相干的人，分手也是必然的，然而，心里却分明有着无法言说的失落，她忙把话题引开，“阿姨怎么不回城里去？”

“她让我过几天再来接她……”夏秀花是昨天由夏钧送回来的，说好今天见过面等晓寒他们走后，他们也还是要回城里的，然而，夏秀花却舍不得离开这个已经沾染了清杨气息的小院，她说她要一个人再待几天，好好感受清杨留下的气息。“晓寒，这次真多亏了你，能在这里再次见到清杨，我想我妈这辈子也就没什么遗憾的了……”

“我理解阿姨的心情，只不过可能以后我就不能再带清杨去到阿姨那儿吃饭了……”

“晓寒，这事现在不重要，我担心这样会不会影响以后你和清杨在工作上的相处？”

“应该不会吧，他应该不是那么小气的人。”

“哦，那就好，不然我的罪过可就大了……”

晓寒艰难地笑了一下。

突然电话响了，晓寒拿出手机一看："浪漫满屋，我等你。"

晓寒的唇角掠过一丝冷漠的笑意来，说："夏钧，进了城你直接送我去浪漫满屋！"

"浪漫满屋"是个颇有情致的餐馆，坐落在滨河大道。记得和韩箐谈恋爱那会儿，因为韩箐没有房子，两人无处可去，大多数约会都是在街头随便地吃点小吃后沿着滨河大道压马路，那时候滨河大道还没有现在这样繁华，路过"浪漫满屋"，隔着大大的落地玻璃窗，能看到铺着滚金镶边的桌布垂到地上，桌上放着精致的酒杯和精致的点心，俊男靓女两两相对，含情脉脉，想来那里面的爱情也一定是无比甜蜜的。韩箐信誓旦旦："等咱有钱了，我请你天天去'浪漫'。"然而，有多少钱才算有钱呢？结过婚后才知道，结婚之前若办不到的事，别再指望着结婚后实现，晓寒苦笑了一下。

当晓寒推开那扇玻璃门，就如同走进了一个久远的梦境，厚实的地毯、轻柔的音乐、迷蒙的灯光、浅紫色的薄纱一层层堆积起来的帷幕、鲜花的芳香……然而，晓寒的心却平静得没有一丝波澜。韩箐说得对，这里是适合情侣的地方，不适合他们这些米面夫妻，想象一下，在迷离的烛光下，看到的依然是那个千日一面的面孔，情趣会从何而来？

晓寒在服务生的指引下来到一张桌前，那是用轻纱隔开的雅座，里面烛光摇曳，一大束的粉色玫瑰用紫色的缎带束着，馨香四溢，一个人影端坐其中。轻纱撩开，晓寒径自到对面落座。"这种地方怎么适合我来，你不会是发错信息了吧？"晓寒把头转向窗外，那一条他们走过了无数次的滨河大道，此时人影稀疏，柳树的叶子最经不起秋风，早就只剩下光秃秃的枝条在暮色里摇摆。

"晓寒，今天是我们结婚六周年纪念日，你忘了吗？"韩箐眼里流过一丝失落。

晓寒心里一疼，她是忘了。但她想要忘了的何止这样的一个日子，她还要忘了从相识到现在所有的时光与记忆。她笑了起来："都要离婚了，你倒记起结婚纪念日来了，那你准备选哪一天做我们的离婚纪念日呢？"

“晓寒！”韩箐面露尴尬，“我们今天不说这些事，好吗？”

晓寒粲然一笑：“好吧，那我们喝酒！”

对着摇曳的烛光，晓寒晃了晃酒杯，殷红的葡萄酒便被一饮而尽，却分明有着难言的苦涩。滨河大道的路灯亮起来了，那些手挽着手走向夜色的男男女女们，有朝一日是否会有如她一样的悲凉？

“晓寒，你真的不恨我吗？”韩箐终于说出那郁积心底的疑问。

“你的爱原本对我来说就是一场意外，如今，你不过是将它收回，我有什么好恨你的呢？”晓寒幽幽地说。

“嗯，你能这样想，我也就放心了……你和那个叫清杨的人还好吧？”

晓寒一愣，旋即一笑：“嗯，还好。呵呵，谢谢你的关心，临离婚了，还在替我考虑后路，来，我敬你一杯。”说完又一杯酒一饮而尽。

“晓寒！”韩箐心如刀绞，欲语却休。

“别拿这种眼神看我，我喝多了，会以为你对我旧情难忘呢，哈哈……”晓寒自斟自饮，又灌下去一大杯。

“好吧，我陪你一起喝。”韩箐面露酸楚。

“呵呵，韩箐，别愁眉苦脸的，不知道的人还以为是我有了外遇要弃你而去呢！其实夫妻过日子不过是搭伴而已，谁和谁不是过啊，过不好就散呗，你至于这样吗？这种氛围、这种浪漫、这种伤心欲绝的表情以后你就多给田思思表演吧……”

“晓寒，我今天不想和你吵架，你难道不想给彼此留点美好回忆吗？”韩箐无奈。

“美好？哈哈，韩箐，你和别的女人上床时是否美好？”

韩箐脸色青灰，唇角在猛烈地颤抖，最终没有说什么，端起酒来一饮而尽。

晓寒的心在滴血，却唇角轻轻上扬，一脸的风轻云淡：“你这算是最后的晚餐吗？”

韩箐不语，晓寒遂沉默下来。他们各自喝酒。

直到餐馆要打烊，两人才跌跌撞撞地走了出来。午夜时分，冷气袭人，晓寒打了个寒战，韩箐连忙脱下外套披到晓寒的身上，晓寒却一把扯下来，扔回给韩箐：“韩箐，你别假惺惺的了，你累不累啊？你以为你这样做就能弥补你对我的伤害吗？你妄想！韩箐，我恨你，我永远不会原谅你！”晓寒一把推开韩箐，却站立不稳，一下子跌坐到地上，顿时，所有的委屈、心酸一齐涌上心头，眼泪汹涌而出……

“晓寒！”韩箐一下子六神无主，“怎么了，哪儿摔疼了吗？”

也许压抑得太苦，宣泄的闸门一旦打开，便再也止不住，所有刻意伪装的坚强，在瞬间坍塌。秋风里，韩箐紧紧地将晓寒搂在怀里，任由她的双拳捶落在他的身上，哭了个天昏地暗……

昏黄的路灯将他们的影子变短又拉长，晓寒伏在韩箐的背上，似乎已沉沉睡去，夜风漫卷起一地的落叶……

开门声惊动了韩箐妈，她匆匆地披着一件衣服起床来开门，看到二人大吃一惊：“怎么回事啊，喝成这样？”

韩箐将晓寒放到床上：“妈，你去睡吧，她和我今天下午吃饭时喝了点酒。”

“喝了点？你看她烂醉如泥的样子……她以前可不喝酒的啊，你怎么能让她醉成这样呢？”韩箐妈嘀咕着走开了。

韩箐轻轻地脱掉晓寒的鞋子，拉过被子盖在她身上，用手轻轻地拭去她眼角未干的泪痕。晓寒，难道我这样做错了吗？

“韩箐……”晓寒的嘴角轻轻动了下。

“晓寒，我在……”韩箐握紧晓寒冰凉的手。

“韩箐，我冷，好冷啊，你抱抱我啊……”韩箐俯下身子紧紧地抱住晓寒。

晓寒翻身，两只胳膊便缠在韩箐的脖子上，熟悉的气息便迎面扑来，韩箐的唇猛地落在晓寒的眼角，然后是脸、脖颈之间……晓寒的身体瞬间变得灼热，不自觉地回应着，她踢掉被子，两条腿紧紧地箍住韩箐……

韩箐却陡然地放开了手，滑落在床边，靠在床沿双手紧捂住脸：“对不起，晓寒……”

五十六

蓝澜打来电话，抑制不住喜悦，说："晓寒，清杨向我求婚了！"

晓寒轻笑："好啊！"

"清杨说过几天他父母就要来了，说不定我们很快就会订婚的！"

"嗯，好啊！"

"你在干什么啊？心不在焉的样子！"蓝澜不满地抗议。

"要开会，我在准备材料呢！你说吧，我在听。"

"哦，那你忙吧，改天请你和薛妍喝茶。"蓝澜以最快的速度结束了通话。

窦主任走了进来："晓寒，下午开座谈会的事你通知林先生了没？"

"哦，还没呢。"晓寒正在为这事发愁。自从那天从夏秀花家回来，清杨和她真的如同陌路，看她的目光冷冷的，还夹杂着不屑，虽然彼此因为工作上的事不可避免地接触，但他却从不多看她一眼。本来嘛，他早已不再是当初那个愿意告诉晓寒秘密的清杨，而是林氏集团未来的接班人，高高在上，而她晓寒，只不过是一个普通的员工而已。

"窦主任，还是您亲自给他打电话吧！"

"怎么了，我手头还有很多事呢，你赶快打吧，好让人家也有个准备！”窦主任挥挥手走了。

晓寒硬着头皮拨通了清杨的电话。

“什么事？”很冷的口气。

“和景区农户见面协商搬迁事宜的座谈会已经安排好了，今天下午在我们单位会议室举行……”

“我下午有约，没有时间！”电话断了，晓寒怔怔地拿着听筒听着里面的嘟嘟声，心里顿觉他不可理喻！

晓寒只有将结果汇报给窦主任。窦主任眉头紧皱：“这次座谈会牵扯到景区内二十多户农户的搬迁问题，他之前不是说好要亲自和农户见见面，沟通一下的吗？我们好不容易磨破嘴皮子把这些‘老爷’请来了，他却不来了，这些有钱人啊，真不是个东西！”

“要不，您亲自打电话说说。”

“算了，他不来损失的是他们，我们顶多再跑跑路而已。小王，通知下午的座谈会取消……”窦主任为了次座谈会心没少操，却不料临到跟前被林清杨一句没空就打发了，他实在气不过。

“取消？那怎么行呢？那些农户住得分散，大家不知跑了多少山路，费了多大精力，好不容易做通他们的思想工作，答应坐下来谈谈，这次取消，恐怕就再也召集起来了！”晓寒着急地说。

“那有什么办法，我们不过是负责协调工作，现在我们把我们该做的已经做了，人给他请来了，既然他林先生不来做个表态，农户们心存疑虑，不愿意搬迁，影响了工程总体进度，也赖不到我们头上。”

“那……等等，我再打电话试试……”

这次座谈会的利害晓寒自然清楚。在凤凰山景区的各个沟沟岔岔里，散落着二十来户的农户，他们祖祖辈辈日出而作，日落而息，靠着几分薄田度日。这些年来，随着通往凤凰山景区公路的铺设，这些农户们的脑子灵活了，从前住在与世隔绝的大山里，现在他们开始外出打工，或者干脆举家迁到山前的镇子去，世面见得多了，自然，他们也学会了利用时机。本来他们早就厌倦了大山里的日子，但真的有人出面有组织、有规模地让他们全体搬迁时，这些见过世面的人们脑子在飞快地转动，转动的结果就是，他们拒绝搬迁。说生生世世在山里习惯了，你看这山多绿，这水多清，这简直就是天然的氧吧啊，现在大城市的人都时兴往山里跑呢，说他们生是山里的人，死是山里的鬼，他们哪儿也不去！那些本来已经搬迁出去的人也又举家回来了，因为他们知道凤凰山这次如此大规模地开发，让他们搬迁势在必行，他们想的并不是青山绿水中那些充足的氧气，他们要的只是更多的补偿！当然，其中有些确实是因为一旦搬迁出来，没有了那几分田地，就没有收入的来源。鉴于这种状况，市里也专门召开会议研究过了，决定在给予搬迁补偿的基础上，给他们以后可以在景区做生意的优惠政策。有些农户口风开始松动，说只要补偿合理，同意搬迁，当然，这些具体的优惠政策还得林氏集团亲自表态才行。这件事本来就相对滞后，再拖下去，可能局面更不好控制，也有些人专门从中煽风点火说给多少钱都不会搬迁，虽然明知道是冲着钱来的，但如果众口一词，可真不好办了。

晓寒回到办公室，思忖了下，又拨通了清杨的电话。

“不是告诉你们没时间吗？”依然是冷冷的声音。

“林先生，首先，我是凤凰山公园管理处的工作人员，按照单位安排给您通知关于召开搬迁户见面座谈会的事，请您态度不要那么强硬；其次，今天的座谈会之前是和您沟通过的，已经通知了所有的农户，他们正在从山上往市里赶，如果您不到，失约在您；最后，现在取消会议可能会引起农户的猜测与不信任，以后的搬迁工作可能会有新的麻烦，从而影响工程总体进度，事关后期工程能否顺利开展，希望您能抽出点时间来和搬迁户见面！”

那边沉默了一下，说：“好。”电话又挂了。

晓寒蒙了，这算是答应了，还是没答应呢？

整个中午，晓寒都忐忑不安。座谈会一切都准备就绪，涉及凤凰山景区内二十三户搬迁户全部到了，管理处人员经过十几天的奔波、苦口婆心的动员，才得以让这些人聚在一起，但万一林清杨不来，可怎么办呢？

会议室里充斥着闲谈声、喝水声、吃水果的声音，还有噼噼啪啪的嗑瓜子声，满屋烟雾缭绕。

小王想要阻止大家吸烟，窦主任说：“算了，别看这些山里人其貌不扬，他们一个个心里如意算盘可精着哩！明明知道这次搬迁对他们来说是千载难逢的好机会，政府给他们找重建的地方，又答应给补偿费用，可现在又拗上了，说离不开山里了。他们是抓住我们的软肋了，想借机敲一笔，别去招惹他们，他们现在是爷啊！”

时间一分一秒地过去，晓寒心里越来越没底，会议室里的人们好像也开始有点焦躁不安。

突然旁边的窦主任猛然地站了起来，大步流星地迎了出去，晓寒一抬头，看到门外走廊上来了几个人，中间正是林清杨，她的一颗心总算是才放了下来。

座谈会刚开始时，有几个农户是油盐不进。不管你说什么，他们都说老先人祖祖辈辈在山里住惯了，人不能忘本，他们哪儿都不去，并一再强调并不是多少钱的问题。

坐在清杨左侧的一个人开始动之以情，晓之以理，从双方利益关系上分析搬迁会给当地，尤其是他们农户带来经济的发展和生活环境的改善，并承诺凤凰山公园建成后，愿意在景区从事经营活动的人，将优先提供场地，并给予一定的优惠措施，比如不征收管理费，免交水电费……

有人说：“谁知道你们啥年月才能建成啊？再说我们也不是做生意的料，还是靠我们那几分田地吃不肥，饿不死，就好。”众人随声附和。

林清杨笑了一下，说：“话既然说到这儿，看来你们真不是因为钱的问题，那我们的补偿金也就没有必要再增加了。我理解你们‘故土难离’，你们如果实在不愿意搬迁，我们也不能勉强，我们只要将设计图纸稍做改动就行，你们所住的地方我们将保持原有的状态。”

有人开始在底下小声嘀咕，不是说非搬迁不可吗？其实后山的人想搬到前山，前山的人想搬到山脚，靠天吃饭的日子是过够了，这样拗着，无非是想多要些补偿费，如果真的不搬迁了，他们肠子都会悔青的。会议室里开始出现小小的骚动。

林清杨点燃一支烟，不再说话。

别看林清杨说得很随意，大不了改改设计图纸，但事实上，改动的不是图纸，而是相关部门的论证、手续的重新审批等一系列事情，一点的改动将是一大笔钱；更重要的是，如果不把这些人搬迁出来，以后景区的管理也是一件麻烦的事。

这似乎是一场心理意志的较量。林清杨坐在前面和窦主任商量着图纸如何改动才能不再涉及这些农户。

越来越多的农户沉不住气了，过这个村，就没这个店了，这是老话了，人不可太贪心，见好就收吧！

最终的结果是二十三户全部同意搬迁。

林清杨说："既然大家这样通情达理，我也不会亏待大家，你们的搬迁补偿费我们将再增加百分之五。"大家更是心怀感激，说林总大人有大量，为了避免夜长梦多，都当场签订了协议。

窦主任长长地舒了一口气，这事情一日不解决，他一日不得安宁。他对晓寒说："晓寒，给家里人打个电话说一声，为庆祝这次座谈会的成功，林先生请大家晚上一起去吃饭。"

"哦，我有事，就不去了，你们去吧！"晓寒收拾东西准备下班。

"那怎么行啊？今天多亏你说动了林先生来了，不然我们这些天的辛苦白费了不说，这事还不知道要拖到猴年马月才能解决。再说了，这么快地解决这件事，没有了后顾之忧，林先生他心知肚明，是应该好好谢谢你，没有让他错失这次机会。"

"呵呵，窦主任，这不过是我的工作。我真有事，先走了。"晓寒提包离开。剩下莫名其妙的窦主任站在那里一脸不解。

五十七

从单位的楼门里出来，晓寒松了一口气，随即，却心头一沉。昨晚所发生的一切她依稀还记得，韩箐竟然拒绝和她欢爱，她清晰地感觉到了韩箐的胳膊从她的身上无力地滑落，她心如刀绞。韩箐，看来他和那个叫作田思思的女人并不是逢场作戏，而是真正地爱上了那个女人，他甚至不愿再碰她的身体了。那一刻，她所有的坚强、自尊、骄傲，都被那双断然放开的手践踏得一文不值，那么，无论是刻意隐藏的哀伤，还是假装的淡漠，统统都没有了意义。看来，始于秋季的爱情，最终只能在这样的季节结束，犹如树叶枯萎了就只能等待零落的宿命，再无挽留的余地。

这时她的手机猛然响起。

“晓寒，是我，夏阿姨。”

“哦，你好，夏阿姨！”

“晓寒啊，你那天不是说以后有机会还要带清杨来吃我做的手工面吗，今天行吗？”夏秀花的声音里充满了期待。

“您不是还在乡下吗？”晓寒有点疑惑，前天夏秀花并没有一起进城啊。

“我自己昨天坐车到城里来了。”原来，夏秀花本以为见了一面了却了心愿，从此就不再和林清杨牵扯不清了，可谁曾想看着清杨一离开，她便抑制不住地开始想念他。她在那个有着清杨气息的小屋子里再也待不下去了，匆匆赶回城来。

晓寒面露难色："阿姨，那天您也看到了，清杨以为我骗了他，和我绝交了，所以……"

"哦，我知道……真对不起啊，这孩子……你这会儿下班了吧？那你来我这吃饭吧，我给你做手工面。"

晓寒想想这会儿还真无处可去："好吧，夏阿姨，我一会儿就到。"

夏秀花的房子宽敞明亮，家里整洁有序，生活所需要用品一应俱全，看得出，夏钧对他母亲照顾得很是周到。晓寒一进门，夏秀花热情地拉着晓寒的手表示欢迎。

"阿姨，夏钧不常在家吗？"晓寒环顾四周，家里太整洁了，就像是样板房，却缺少了居家过日子的随意与温馨。

"呵呵，这孩子，偶尔来住住，柳儿多数时间都在他爸那边……"

"哦，夏钧对您可真好，把您从乡下接来享清福了……"

夏秀花苦笑了一下："是啊，柳儿这孩子生性善良，对我一直也很孝顺。只是他不知道我并不喜欢这城里的生活，整天就待在这笼子似的房子里，连个说话的人也没有。他偶尔来一下，也好像满腹心事，我看他每天好像也很累的。我在乡下住惯了，可他不甘心，为了他能安心，我只好假装在这儿享清福了。我只盼望着他不要再给他爸找事，就这样过一天算一天吧，这城里的日子怎么感觉这么长啊，老等不到天黑。"

"夏阿姨，难道您真的不恨薛伯伯？"

"呵呵，你们还年轻，总爱计较爱啊，恨啊的，其实人怎么活都是一辈子。等你们到了我这岁数，你们会发现，爱与不爱真的没有那么重要，生活总能继续下去的。你先坐着，我给你煮面条去。"

爱与不爱真的没有那么重要吗？晓寒怔怔地坐在那里。

热气腾腾的面条爽滑可口，晓寒连连称赞。夏秀花慈爱地坐在一边，说："清杨小时候就最爱吃我做的鸡蛋面了，可那时候家里穷，自家养的几只鸡，下的蛋却舍不得吃，全拿去换了油盐，只有他们哥儿俩过生日时才做一顿鸡蛋面，就那他们俩都欢天喜地的……杨儿边把面条吸得滋溜溜，一边说，妈，等我长大了有本事了，我们天天吃鸡蛋面……”夏秀花的脸上浮出笑意来，却又撩起衣襟抹了抹眼角。

“阿姨，您就别伤心了。您也看到了，现在清杨多有本事啊！他是那年出了车祸失去记忆了，不然他一定会天天来吃您做的鸡蛋面的……”

“是啊，是啊，其实我应该高兴才对，我还以为这辈子都再见不到他了，老天待我还是不薄的。”夏秀花不好意思地笑了笑。

“阿姨，清杨和夏钧两个是同一天过生日啊？”

“是啊，他们俩生日是一天的。”

“这么巧啊，既然清杨是哥哥，那应该是您捡到清杨后才生的夏钧了？”晓寒随意地说。

“你说什么？”夏秀花大惊失色。

晓寒疑惑地看看夏秀花的神情：“怎么了？”

“谁跟你说清杨是我捡来的？”夏秀花神情紧张。关于捡到孩子的事，就连村上人也都只是猜测，并不十分确定，她是怎么知道的？

晓寒明白过来，夏秀花一直以为没人知道清杨是她抱养的孩子，反正清杨现在已记不得以前的事了，跟她说说也无妨。晓寒告诉夏秀花：“清杨自己告诉我的。”

夏秀花再次震惊：“什么，你是说清杨告诉你他是我抱养的？”

晓寒觉得也没有必要隐瞒什么，便告诉夏秀花关于十三岁那年她与清杨之间的对话。她告诉夏秀花，年少的清杨在知道自己的身世之后内心是如何的挣扎、矛盾、痛苦、惧怕，却又坦然地接受这一事实，晓寒说：“清杨他并不介意您不是他的亲生母亲，他其实很爱您的……”

夏秀花顿时泪雨滂沱：“唉，真是造化弄人啊！”她想说什么，但是又咽了回去。

晓寒默默地递过去一张又一张的纸巾，好不容易夏秀花才平静下来。

“那年我带清杨来城里读书，清杨也跟我提起过你……你和他是同桌，对吧？他说你对他很友好，你们常在一起做功课，一起玩，还说你善解人意……呵呵，晓寒，过去了这么多年，我看你还是很善解人意，听夏钧说你已经结婚有孩子了，你一定很幸福吧？”

“呵呵，还好。”面条突然就噎在晓寒的喉咙，难以下咽。

夏秀花自顾自地说着：“等哪天夏钧和清杨两个孩子都成家了，我也就放心了……晓寒，你知道清杨有女朋友了吗？”

晓寒一愣，点点头：“嗯，好像是有了。”

“哦，有了就好，也老大不小的了。”夏秀花如释重负地叹了一口气，“你看这夏钧，因为房子的事把蓝澜这么好的孩子给耽误了，现在没了个着落，我看着心急啊！其实我挺喜欢蓝澜这孩子的，唉，看来我和她是没有婆媳的缘分。但愿清杨的婚事能顺当些，不要有那么多的波折才好……”

晓寒含糊地点点头。如果有一天夏秀花发现蓝澜现在又成了清杨的女朋友，和她再续“婆媳”之缘，她该是忧是喜呢？

五十八

这天天气一改连日的阴沉，出奇的好，蓝天纯净如洗。

林氏集团的董事长林之源和夫人雅琳坐在后排的车上。雅琳看着车窗外林立的高楼、店铺、一晃而过的街心花园，一切都是那么陌生，不由得陷入了沉思……林清杨开着车，一脸的笑意，时不时转过脸来逗坐在前排的欣欣：“欣欣，喜欢这里吗？”

欣欣今年五岁多，是个很顽皮的小姑娘，她点点头：“喜欢！不过，叔叔，你都这么久没有回去看我了，你不想欣欣吗？欣欣可想叔叔了。”欣欣噘起了小嘴。

“叔叔也想欣欣啊，这不是让爷爷奶奶带你一起来了吗？来，亲叔叔一下。”清杨歪过头去，把脸凑在欣欣的跟前。

欣欣欢快地亲了下清杨，并“咯咯”地笑起来。

车子到了酒店门口停下来。

“爸，我带你和妈先上去休息一下，然后再下来和大家见面吧，你们坐了这么长时间的车了。”

林之源转过脸看了一下雅琳，她似乎还陷入在某种回忆里，只好说：“好吧，我和你妈带欣欣自己上去行了，你先去安排吧。我们这是家宴，不要太声张才好。”

“好的，爸，都已经安排好了，宴会时间还早呢，我陪你们上去吧！”清杨从车上抱下小欣欣。

“欣欣，下来，自己走，怎么还让叔叔抱啊？你看你，手里拿的果汁，小心洒到叔叔的身上……”雅琳疼爱地说。

“不嘛，我就要叔叔抱嘛！”小欣欣撒娇着用胳膊紧紧搂在清杨的脖子上不愿松开。

“呵呵，我抱，我的小欣欣，我不抱谁抱啊？”清杨在欣欣的脸上使劲地亲了一下，欣欣又“咯咯”地笑起来。嘴里满是果汁甜丝丝的味道。

林之源夫妇的房间在八楼。窗外就是滨河公园，里面的几个孩子在荡着秋千，还有几个老头老太围着一个拉二胡的老头咿咿呀呀地唱着戏……河对面高楼林立，那是这个城市的新开发区，整个城市在晚秋的阳光下露出温暖来。“没想到这个地方变化如此之大啊！”林之源感叹道。

“爸，你来过这个地方吗？怎么没听你说过？”清杨停止了和欣欣在沙发上的打闹。

“哦，没……没有，我怎么可能来过这里呢！现在到处到一样，城市建设越来越快，变化肯定会很大了……”林之源连忙解释。

“是啊，我和你爸这些年基本上都是在南方发展，这北方的城市我们还没有来过呢！哦，清杨，你电话里不是说在这儿找了个女朋友吗？今天是不是让我们也见一见？让我们也看看我儿子这么多年等待的是怎么样的一个女人？”雅琳忙打圆场，并将话题引开。

“妈，你别急啊，你会见到她的。不过，爸，妈，说真的，我第一次来这个地方时就对这个地方有似曾相识之感，好像我曾来过这里一样，爸，你是不是也种感觉？”

雅琳的脸色瞬间变得苍白，手抖了一下，差点把水杯失手掉到地上。

“妈，您怎么了？”清杨林连忙扶住她。

“你妈坐车累了，你先和欣欣玩一会儿，我陪你妈去卧室休息会儿儿。”林之源扶着雅琳走进了卧室。

“之源，怎么办？难道清杨能想起以前的事了？他怎么会对这个地方有似曾相识的感觉呢？他在哪儿投资不好呢，偏偏要选中这里！我当初就不让他来这个地方，你还说孩子大了，该放开手脚了，现在倒好，他如果真想起以前的事来，可怎么办啊？”雅琳坐在床沿，双手捂面，“我真不敢想象清杨知道了我们曾经遗弃过他，他会有什么反应！”

林之源坐在床边，轻轻地将雅琳揽入怀里：“不会的，他只是说似曾相识，说明他并没有想起什么啊，你就别自己吓自己了，这事过去这么多年，我们都要忘了，他肯定不会再想起的。今天怪我，说漏嘴了，以后我一定会注意的，你不要太担心，好不好？”

雅琳抬起头来，无助地看着林之源：“你说，如果清杨真知道了我们曾经遗弃过他，他会理解我们当时的无可奈何吗？他会恨我们吗？”

林之源紧紧地搂了搂夫人：“你放心，他不可能知道的！”

欣欣对楼下公园里的秋千产生了兴趣，到底是小孩子，感觉不到累，嚷着要下楼去玩，清杨只好答应一会儿等爷爷奶奶休息好了，一起下楼后亲自带她去玩，她才勉强答应。

清杨看了一下表，宴会开始时间快到了。其实他不是个喜欢热闹的人，父母千里迢迢赶来，他希望能让他们好好休息一下，其他的事以后再说，但人在江湖，在商场打拼，和官方往来，应酬就在所难免。得知林氏集团的董事长要亲临本市，市里领导早就做好了接待的准备，清杨也是盛情难却，不能拂了人家这番好意，他只得安排今天让父母和大家见上一面。

清杨敲了敲卧室的门：“爸，妈，好一些了吗？时间差不多了，我们可以下去了吗？”

林之源夫妇走了出来：“你妈就是坐车时间长了，休息一下就没事了，我们走吧，别让人家等我们。”

刚从电梯出来，小欣欣便欢快地自己跑了出去。

“你小心点儿，小心跑丢了……”雅琳连忙喊。

“妈，让她去吧，跑不丢的……”清杨笑着说，“你和爸慢些走。”

一楼的餐厅里客人来得已经差不多了，除了市里的领导、旅游局局长、管理处窦主任，还有的多是这多半年来清杨新结识的本市的一些公司老总。市领导对林氏集团董事长及夫人的到来表示了热情的欢迎，林之源夫妇对当地政府给予林氏集团的大力支持表示感谢，大厅里热闹非凡。

欣欣却觉得好无聊，她一边喝着果汁，一边偷偷地溜到门边，她突然看到她在楼上看到的秋千就在马路对面公园里的那排柳树下，她兴冲冲地推开门向外跑去。突然，“啪”的一声，撞到了一个人身上，手里的果汁便哗地洒落出来，洒了那个人一身，随即，一个礼品盒便跌落在地上，只听到什么东西破碎的声音，有液体便从礼品盒里溢了出来，酒香弥漫开来。

蓝澜一袭长裙，目瞪口呆地看着这一切，她简直要崩溃了。这两瓶酒可是特意准备送给清杨爸爸当作见面礼的啊！再低头看看自己的长裙，裙子上都是一块块暗红的果汁印，这让她怎么见未来的公公婆婆呢？

“这谁家的孩子啊，有人管吗？没长眼睛吗？”蓝澜气急败坏，她冲上去抓住欣欣的肩膀摇了几下。

欣欣吓呆了，怔怔地站着，任由蓝澜摇晃，眼泪在眼眶里打着转。

清杨的母亲雅琳正在和一个客人客套，突然回头没看到欣欣，生怕她跑丢了，急忙出门来看，正好看到门外的一幕，雅琳匆忙快步走了出来。

“欣欣，怎么了？”欣欣一看到奶奶，终于“哇”的一声哭了出来，甩开蓝澜的手跑到奶奶的身边。

“这是你家孩子啊，你看看，走路不长眼睛，把我的东西都碰掉摔碎了，还有我的衣服，你看，弄得这么脏了……”

“对不起啊，孩子小，不懂事，把你东西弄坏了，我们赔你就是了，但你不该拿孩子出气啊，孩子还小……”

“小？小就可以随便往人身上撞了吗？什么逻辑嘛？你说现在怎么办吧？”

雅琳本来看到刚才摇晃欣欣的一幕就已经气愤不已，现在听这个女人又是这种态度，她实在不想和这种人多费口舌：“那你说吧，你这酒，还有衣服一共多少钱，我赔你就是了。”

“赔我？那耽误我的事怎么办？”蓝澜一想到她要这副样子去见清杨的父母心里就来气。

“那你说怎么办？”雅琳自知今天遇上个无赖了，没想到一个年纪轻轻的姑娘，却是如此不讲理。今天他们刚到这地方，再说里面还有好些有头有脸的人来给他们接风，不能因为这事扫了大家的兴，她只好强按下心里的怒火。欣欣在一旁睁着一双惊恐的大眼睛，突然转身跑进大厅里去。

双方正僵持不下，欣欣拉着清杨的手跑了出来。

“叔叔，就是这个阿姨欺负我……”欣欣好像从来没受过如此委屈，还在抽泣着。

“什么？你叫他叔叔？”蓝澜大惊失色。

“蓝澜，怎么回事啊？你怎么和我妈吵起来了？”清杨真搞不懂，蓝澜怎么会和自己的妈吵起架来呢？

“什么？”蓝澜震惊，她不相信地看了看雅琳，雅琳看起来是如此年轻，怎么可能是清杨的妈呢？在她的想象中，清杨的妈至少会和夏钧的娘年纪一般大啊！

“妈，这是蓝澜，就是我跟您提起过的……”在这种情况下，清杨不得不把蓝澜介绍给母亲，“都是误会，蓝澜也是急着想来见您，才发生了这样的事。”

“这可真是一次别开生面的见面啊！清杨，你可真有眼光！”雅琳甩下一句话，带着欣欣走了。

蓝澜惊慌失措地看着清杨：“对不起，我真不知道她会是你妈……”

“算了，别说了……”

“清杨，你妈一定对我的印象很不好吧！”

清杨苦笑了一下：“你先回去换衣服吧，等有机会我再安排你和他们见面。”清杨转身走了。

蓝澜自知今天犯了个愚蠢的错误。

五十九

晚上，欣欣搂着清杨的脖子不放，一定让清杨陪她睡觉，雅琳笑着说：“那你就陪陪她吧，你不在她天天念叨你呢。”

“叔叔，奶奶说你要结婚了，你结婚了会不会不喜欢欣欣了啊？”

“怎么会呢，你永远是叔叔的宝贝啊！欣欣啊，今天你不小心碰到的那个阿姨你觉得好不好？”

“不好！”欣欣回答得毫不犹豫，并噘起了小嘴。

清杨好不容易哄着欣欣睡着后，回到客厅，发现母亲还在等着他。

“妈，累了一天了，你们怎么还没有休息啊？”

“清杨，我们母子好久没有好好聊聊天了，我想和你再说会儿话。来，坐到这边来。”

清杨坐到母亲的对面。

“清杨，关于你说的那个女孩子，我觉得她不适合你。”

“妈，今天的事完全是个意外。”

“我知道……但我不能允许一个对欣欣不好的女人进入我们林家。你也应该清楚，发生了这样的事，且不论这个女人人品如何，欣欣肯定是不会接受她的！”

“妈，她会对欣欣好的……”

“清杨啊，一个女人不论容貌如何、家境如何，最重要的是心地善良。今天的事你亲眼看见了，她抓着欣欣的肩膀使劲地晃，这是一个大人该对小孩子的方式吗？她以后会对欣欣真心实意地好吗？你这是怎么了，千挑万选地看中这样一个女人，你真是太让我失望了！”

林清杨无言……

咖啡厅里，蓝澜看着一言不发的清杨，实在沉不住气了：“你倒是说话啊？我们的事你跟你父母说了没啊？”

“蓝澜，发生了那天的事，你给我妈的印象实在太不好了，现在提起这事不合时宜。”

“那天，我怎么知道她是你们家的小孩子啊？我又不是故意的！”蓝澜对清杨的态度很不满意。

“不管她是谁家的孩子，毕竟只是一个小孩子，你怎么可以那么用力地晃她呢？万一吓出什么毛病来怎么办呢？”

“好了，好了……不就是晃了几下吗？就是千金之躯，不至于连这也承受不住吧！不是没出什么毛病吗？你说吧，让我什么时候去见你的父母？”

清杨长叹了一口气：“蓝澜，这事以后再说吧！”

“不行，你今天非得说清楚不可！”蓝澜霸道地说。

清杨沉思了一下：“蓝澜，我母亲不同意我和你结婚。”

蓝澜冷笑起来：“清杨，我怀孕了，你看着办吧！”

清杨冷冷地站起来：“你放心，我会负责的！”转身离开。

林之源洗了澡出来，看到夫人雅琳站在窗前发呆。

“你怎么还不休息啊，今天去凤凰山转了一天还不累吗？”

“之源，要么我们撤资，要么让别人来这里接手清杨的工作，让清杨跟我们回去！”

“为什么？”林之源不解。清杨之前的分析报告他早就评估过了，今天他又跟随清杨去凤凰山亲自视察了工程的进展，一切都出人意料地顺利，并且清杨又有了新的设想。这个地方虽然不是很大，但地处中国地理版图的中心地带，位置得天独厚，在凤凰山整条山系下面，蕴藏着大量的锌矿。清杨正在和当地政府商议关于锌矿开发的问题，希望能取得凤凰山系矿产的开发权，这不能不说清杨有着敏锐的眼光，这也是他这次亲自前来的一个原因。现在正是关键的时候，怎么能让清杨离开呢？

“之源，你不能理解，作为一个母亲，是多么怕自己的孩子知道他曾经被父母遗弃过！从那天我一踏上这块土地，我的心就开始不安，尤其那天又听清杨竟然说他对这里似曾相识，你不知道我的心里有多紧张，难道这里有什么能唤起他的记忆？我真的很怕！”

“你就别瞎想了，这事都过去这么多年了，早已是物是人非了，能知道当初事情的人很少，只要我们不说出来，这就是一辈子的秘密了。至于清杨说的似曾相识，那只是随口说说，表示他喜欢这里罢了，你别往心里去。好了，睡去吧，明天我还要和清杨去见个人。”

“之源，还有件事，就是关于清杨女朋友的事。我想了想，清杨这孩子年纪不小了，难得有结婚的打算，我得尊重他的选择，那个女人以后对欣欣不好的话，欣欣我们来带，但我们对她一无所知，也不知道品行方面有什么问题，你让手下人打听打听。”

“知道了，明天我就安排。”

六十

凤凰山上的建设出现了点纠纷。在施工过程中，施工人员和原来景区寺庙里的人发生了冲突，双方僵持不下，窦主任接到电话后立即带晓寒他们赶去，协调处理景区内的纠纷现在是他们的首要职责。等他们到时双方几乎要兵戎相见了，好在景区内的几个男同事因为长时间在山上，和寺庙里的人都比较熟悉，好说歹说双方才平静下来。不一会儿，林清杨也接到报告赶来了。他近几日有些忙，因为牵扯到矿产的开发，政府比较谨慎，协商几乎毫无进展，这让清杨多多少少有些烦躁，蓝澜以为他在故意躲着他，对他一再相逼，要他给个交代。他林清杨经历过的女人不是蓝澜一个，比她难缠的女人他一样可以快刀斩乱麻，从来不拖泥带水的，然而，也许他真的是倦了，他想找个女人安安稳稳地过日子了，可说服母亲需要时间啊，这些天他东忙西忙的，哪有工夫说这些啊？今天的事让他更为恼火，这些人真是吃饱了撑得慌，好好的事总有人出来捣乱。

等处理完山上的事情，太阳都要落山了，西边山头的那一片火红，很快地湮没在灰蒙蒙的夜幕里，晓寒疲倦地向单位的车子走去。天色一暗，晓寒的眼睛就有些模糊不清，施工的地方，凹凸不平，晓寒深一脚浅一地凭着感觉跟在其他人后面。突然一个踉跄，差一点被绊倒，一个人从后面一把抓住了她，“谢谢啊！”她感激地说。

“不用！”冷冷的声音，竟然是林清杨。晓寒愣在那里。

林清杨却没有松开手，一直把晓寒拖到车跟前。打开车门，把晓寒推了进去。

“我要去坐我们单位的车！”晓寒要下车。

“你别忘了，你骗了我一次，难道就这样算了吗？”

“那你要怎么样？”

清杨不说话，从外面关上车门。转到另一边坐到驾驶座上。

夜色渐浓。

群山如鬼魅般一个紧挨着一个，把山里的夜遮得一片幽暗。车子划破一片暮色，绕过一道又一道山坳，但身后随即又被一片暮色所包裹。山是死一般的沉寂，这条沿山而上的公路两侧，昔日里繁茂过的红花绿叶早就衰败在一场又一场的秋霜中，这四季的轮回是不是就像人生，或许更像感情？车子内清杨仍然一言不发，渐渐地，随着摇摇晃晃的车，晓寒似乎处于一种无意识的状态，她感觉似乎正在穿越一条没有时空概念的隧道，时间、空间都是凝滞不动的，就这样没有开始，没有结束，也无须去面对不可知的未来。

“晓寒，你还不打算告诉我那天你的目的吗？”清杨突然开口。

“没有目的！”

“呵呵，好，不管你有没有目的都无所谓，我决定不计较了，不过你得给我帮个忙……”

“什么？”

“蓝澜怀孕了……”

“哦。”晓寒不明白，清杨为何要告诉她这事。

“可我父母不愿意接受她，我该怎么办？”

“很简单，你得为自己的行为负责！”

“是吗？可我并不很爱她。”清杨笑了笑。

“现实的生活中，爱与不爱其实没有那么重要，清杨！”

“那你告诉我，什么才是最重要的？”车子猛然停住，清杨转过脸来盯着晓寒。

“现在说服你父母接受蓝澜才是最重要的！”晓寒回答得毫无表情。

“哦，是吗？那我请你帮我去说服我的父母，如何？”清杨挑衅地看着晓寒。

“凭什么？”

“凭你是蓝澜的好朋友啊！”

“你……”晓寒简直又要崩溃了。

清杨不再言语，重新启动车子……

城里已是华灯初上。窦主任照例安排了晚饭，但晓寒不想吃，一个人从饭店里溜了出来。

“晓寒。”晓寒回过头，是清杨。

“我们走走啊！”

夜色中的街道有些冷清，只有一辆辆的车子在路上穿行，晓寒和清杨漫无目的地走在人行道上。清杨看到了街道对面的那个公园，玉兰花早已随风逝去，就连叶子也早已零落成泥，只剩树干光秃秃地挺立在那里。

“我们去公园坐坐吧！”清杨说。

晓寒的心又一痛。难道在他的心灵深处，有些事真的不曾彻底遗忘？

清杨看到晓寒走下人行道，夜风吹散晓寒的长发，晓寒的背影时而清晰时而模糊。

“晓寒！”清杨不由得喊了一声。

晓寒停下来，转过身：“怎么？”脸上是淡淡的笑意。晓寒忘了她是站在路中间。

“晓寒！”清杨一下子冲过去，把晓寒使劲往前一拉，晓寒便扑倒在清杨的怀里。一辆车发出刺耳的刹车声从晓寒的身后疾驰而过。

街道、行人、疾驰的车……刺耳的刹车声、人们惊慌的议论声……清杨的眼前闪过一幕一幕，空白的大脑开始一片模糊……有细细的汗珠渗出他的额头。

“晓寒，告诉我，这是怎么一回事？”桌上的咖啡已经放得冰凉，清杨一脸的疲倦。“昨晚，我头脑中一直出现一些莫名其妙的画面，而这些画面中，为何总会有你？”

晓寒轻轻地摇摇头。

清杨的嘴角流露出一丝苦笑。

“晓寒，其实从去年冬天，我第一眼看到你，我就觉得熟悉，因为你的神情中有许多让我不舍的东西。晓寒，你也有这种感觉，对吧？”咖啡屋冷清而安静。清杨的双手紧紧地握着晓寒的手，目光焦灼而坚毅。

晓寒看着这个从十三岁起就出现在她生命中的男人，岁月并没有对他有太多的雕琢，他的面庞依然清秀而俊朗，目光深邃得好像要看到她的心里去。

其实，晓寒也知道，当她被清杨拉向他的那一刹那，她的心仿佛也就掉进了另一个生命的轮回，所有刻意隐藏起来的渴望，所有伪装出来的淡漠，在那一刻，轻而易举地崩溃。当十三岁那年，清杨对她说“晓寒，快乐点”的那时起，她青涩的心中便幻化出这样的画面，而这样的画面，温暖了她整个青春岁月。然而每当她回到家里，一弯清月透过阳台照到她的脸上时，她睁开眼，月亮正好落在墙上挂着的那块表上，聆听着钟表沙沙的移动声，她看着这月光下睡在地板上的韩箐，虽然这个男人背叛了她，但她依然不想放手啊！她不得不努力地摇摇头，逝去的岁月，再也回不去了。

晓寒轻轻地抽出握在清杨掌中的手，将目光移向清杨身后的那一束花藤。她怕被他看穿她所有的心思。

清杨，何苦呢！人这一生需要忘记的和该记取的一样多，有时候，遗忘是为了更好地记取……如果我告诉你关于春日里的玉兰花，告诉你那个雪天一个男孩和一个女孩的故事，那么，我要不要告诉你那个你只愿告诉我的秘密？如今，你已不再是那个骑着一辆破旧的自行车想做一个警察的清杨，而我，再也做不回那个多愁善感的小女孩！时光改变的不只是容颜啊，更多的是生活的轨迹和人生的际遇！你现在是林氏集团的接班人，而且蓝澜已有了身孕，我若告诉你这些，你能接受你的妻子曾经是你弟弟的恋人吗?

“晓寒，我不知道你在逃避什么，但总有一天我会弄清楚的！”

六十一

薛妍和李明终于从家里搬出来了。夏钧现在更多的时间是待在家里，楼上楼下地晃悠，态度也来了个大转弯，对薛妍妈叫阿姨叫得很亲切，甚至对薛风说他准备把姓改过来，不过现在改个姓手续繁多，有些麻烦，他正在托朋友办理，这让薛风心情大好。现在夏钧已经成功说服了父亲对家里大动干戈地重新装修，为了施工方便，他建议让薛妍暂时搬出去，说是等装修好了再搬回来，很显然，他这一切都是有预谋的。李明的脸色一天比一天阴沉，薛妍理解李明现在复杂的心情，她终于下决心在外面自己租了一套房子。薛妍要搬出去时，薛风也没有挽留，只是薛妍妈大骂女儿没本事，就这样轻易地放弃这偌大的家产。薛妍告诉母亲，人这一辈子钱是可以再生的，感情却不是的，丢了，就再也找不回来了。

搬出来后，日子倒过得轻松起来，李明也不用再借故晚归，房子虽说没有别墅气派，却有温情，两人的感情又日渐丰盈起来。偶尔回去看看父母，母亲总是哭诉夏钧如何在一步一步地策划着要逼她离开，但她发誓要死守她的家业，薛妍无语。

果不其然，房子在装修后，夏钧并没有提出让薛妍搬回去，而是把家里所有门的钥匙都换了。对这一切，薛风并不是不明白夏钧的心思，但薛风有他的道理，这些年儿子在外面吃苦受累，是应该有所补偿的，反正这些迟早都是他的，就由着他去弄吧！女儿终究是有外心的，没听过一个笑话吗？说是一个人为了还债，让女儿嫁给了那个债主，以抵债务，没想到新婚第二天早起，女儿便问男人，我爸欠咱们多少钱，可不能就这样算了！薛妍现在回家的次数越来越少，还能指望着她以后为自己养老送终啊？想到这些，薛风自然就更加觉得还是儿子好了。薛妍妈为了表示抗议，早就和他分居了，老夫老妻了，分居就分居了吧，反正现在也没有那个精力了，现在就等着夏钧快些结婚，早点能让他抱上个孙子，他死也瞑目了。

“妈，这个我知道，她之前是有个男朋友，在一起几年时间，但他们已经分手了啊！”清杨没料到父母竟然会去调查蓝澜。

“清杨，据我所知，她是在遇到你之后才迅速和他男朋友分手的，你难道不觉得她这样做看中的是你的家世吗？”

“妈，她与男朋友分手与我无关！”清杨不满地说。

“好，即便是这样，这样一个轻率的女子，谁能保证她对你是真心实意呢？毕竟她和前男友在一起那么长时间，你不怕当年小柔的事再次重演吗？”

清杨呆在那里。当年他深爱的小柔就是在结婚之际离他而去，就是因为前男友的出现。他怎么能忘了？他那时是那么用心地爱着小柔，所以小柔的离去他才会心痛，从此多年不再说爱，直到来到这个地方，他的心才又开始柔软起来。晓寒，这个谜一样的女人虽然让他困惑，但她说得对，蓝澜需要的是婚姻，他应该对蓝澜负起责任来。也许，他早就过了对爱认真的年纪，遇上下一个，也不一定真能爱得起来。

“妈，不管怎样，蓝澜怀孕了，我会尽快和她结婚……”

“怀孕！”雅琳大吃一惊，回头看了一眼同样惊愕的林之源。

雅琳沉吟片刻：“清杨，你和她在一起的时间不长，你能了解她多少，你怎么能确定她有没有再和前男友纠缠不清呢？”

“妈，你为什么会对一个并不了解的人怀有如此的敌意呢？”

“我承认我对她有成见，但清杨，她真不适合你，你把手头的事交给下属，我们尽快离开这里！”

“妈，这和我的工作有什么冲突吗？”清杨不解。

“不要问为什么，我不喜欢这里，更不会允许你娶一个这里的姑娘，从此和这里牵扯不清。”

“这里怎么了，我怎么觉得这里如此熟悉、如此亲近呢？”清杨的情绪一下子激动起来。

雅琳的头“嗡”的一声，脸色瞬间变了。林之源赶紧过来一把扶住她。

清杨也被吓坏了：“妈，您怎么了？”

“清杨，你怎么能用这种口气和你妈说话？”林之源喝道。

母亲如此激烈的反应让清杨始料不及，母亲对蓝澜有偏见还可以理解，怎么现在又对这个地方充满了敌意呢？

接到蓝澜的电话，晓寒被蓝澜的语气吓坏了，匆忙赶了过去。

蓝澜一脸落寞地坐在窗前。

“怎么了？”

“我怀孕了！”

“哦！”晓寒暗自松了一口气。

“怎么，你不觉得吃惊？”

“呵呵，这有什么好吃惊的，人之常情，很正常嘛！”

“也是，你孩子都那么大了，我怀个孕有什么大惊小怪的。”蓝澜自嘲地笑了笑，“只是清杨的母亲来找我了！”

“什么？”这回晓寒可真是大吃一惊，“她找你做什么？”

“她说要给我一笔钱，让我离开清杨！”

“孩子呢？你没告诉她你怀孕了？”

“说了，她说她正因为知道我怀孕了，才决定给我一笔钱的……”

“怎么会有这种事啊……你怎么说的？”

“我没说什么，她让我好好考虑考虑……”

“林清杨呢？他怎么说啊？”

“他最近一直忙，只是说让我再等等，你说他是不是故意在躲着我呢？”蓝澜可怜巴巴地看着晓寒。

“你也别急，林清杨是个负责任的人，我想他一定会说服他父母的，你得给他时间啊！”晓寒只能这样安慰她。

“和夏钧在一起的几年时间，因为居无定所，生怕出个意外弄出个麻烦来，所以一直很小心的。和清杨在一起后，总觉得没有了后顾之忧，就放松了警惕，谁知，竟真的怀孕了……”蓝澜很无奈，很显然，对这个意外，蓝澜也不知道该是喜是忧。

“蓝澜，你是真的爱林清杨吗？”

蓝澜笑了笑：“晓寒，你应该知道，一旦有了孩子，两个人之间就不再是单纯的感情问题了，我得为了我的将来、我的孩子考虑！”

“那你打算怎么办？”

“没想好，反正我不会放手的，至少为了孩子！”

晓寒便不再说什么。难道真的如夏秀花所说，在现实的生活里，爱与不爱并不是最重要的？

其实，晓寒自己也是自顾不暇。这几个月来，除了晚上不再和韩箐相拥而眠外，生活貌似没有多大的改变，韩箐依然对她关心、体贴，甚至给她准备卫生巾、洗内裤，但却始终不曾和她欢爱。晓寒也渐渐习惯这种生活模式了，心情舒畅时，两人一个躺在床上，一个躺在地上，还可以说会儿话，然而，这些温情的表演后面蕴藏的往往是更大的隐讳，晓寒不知道她该如何应对。她甚至希望生活哪怕就这样貌合神离，只要能继续下去。然而，韩箐的妈已将归期提上了日程，她一走，韩箐便没了继续留在家里的理由，他就可以不用再小心翼翼地讨好她，他就可能堂而皇之地去和那个女人约会，不再有所顾忌……想到这些，晓寒的心就如刀绞一般地疼。

六十二

看着清杨最近常失神，雅琳不禁有些担心。

“清杨，我知道你想在事业上有进一步的发展，我们可以去别的地方啊，只要你愿意，你甚至现在就可以接手你父亲的公司。这个地方本来不是你该来的，反正现在谈判陷入僵局，我和你爸商量过了，我们撤资！”

“撤资？那怎么可以，我们已经投入不少了。”

“清杨，我只希望你能快乐啊，其他的都不重要。”

“妈，为什么这个地方本来不是我该来的？那我该去什么地方呢？你能告诉我你为什么如此不喜欢这里吗？说真的，这几天我脑海里总是浮现出一些奇怪的画面，一些奇怪的念头，可总是一闪而过，我捕捉不到……这种感觉从到这儿就一直有，现在越来越强烈了。妈，你能告诉我这是为什么吗？还有，我遇到一个人，我总是对她莫名地感到亲切，觉得好像认识了许多年一样。妈，我对十三岁之前的记忆是一片空白，难道她会是我十三岁之前认识的……对，一定是这样的！妈，你去见见她好不好，看你认识不认识她，也许你以前是见过她的！”清杨为他的突发奇想而欣喜若狂。

雅琳再一次震惊，她的声音都在颤抖：“一个人？是什么样的人，多大的年纪？你们是怎么认识的？”

“她是凤凰山景区的一个工作人员，她也是蓝澜的朋友，年龄应该和我差不多吧。妈，和我去见见她好不好？你不知道，这事已经让我困惑好长时间了，我不相信我会对一个素昧平生的人有这种感觉，妈，我只想知道我和她之间到底是怎么一回事？现在只有你能帮我解开心中的疑团。”清杨苦苦地相求。

原来是为了一个女人！雅琳的心稍微平静了下来。按年纪来算，她肯定不会是当年抱养过清杨的那个人了，十多年前也不过是十几岁，不会和清杨的身世有什么牵扯的。

“那你自己怎么不问她呢？”雅琳觉得奇怪。

“我不止一次地问了，但她总说不认识我，可我感觉到她似乎在逃避什么……”

“傻儿子，你小时候一直在我身边，怎么可能在相距这么远的地方有认识的人呢？你对人家有好感，并不能说明之前你们一定要认识啊！”

“不一样的，她给我的感觉真的不一样的……妈，你不能理解那种感觉的……”

雅琳再次担心起来，难道清杨又喜欢上了另外的女人，一个蓝澜还没有了断，怎么又和别的女人牵扯不清了呢？我得尽快让清杨离开这里，不然这样下去不知道会发生什么事！

雅琳深思了一会儿，也好，不妨去看看这个女人，也就此断了清杨的胡思乱想。于是她说：“我可以去见见她，但如果她与你的记忆毫无关系，你必须答应我跟我离开这里。”

“好，我答应你！”清杨点头答应。如若这一切根本就是自己的凭空想象，那么这里也没有什么值得留恋的了。

晓寒万万没有想到林清杨的母亲会约她见面。

晓寒如约而至，雅琳已坐在那里了，她冲晓寒漫不经心地点了点头，示意晓寒坐下来。

“您好，您找我有什么事？”晓寒之前见过清杨的母亲，不过当时离得远，当时的人又多，晓寒还要忙于手头的工作，看得并不是十分清楚。今天面对面地坐着，晓寒才明白为什么蓝澜说那天她怎么也没想到会和清杨的妈吵架，她看起来是如此的年轻，但姣好的面容之上，却自有威严，这让晓寒的心里有些不安，她揣测不到今天的见面所为何事。

“你叫李晓寒？”雅琳上上下上地打量晓寒一番，不过一个很普通的女子而已。

“是的！”

“你和清杨认识多久了？”

多久呢？该说从十三岁时起，还是说去年的冬天？

“我在凤凰山景区售票，林先生前来投资，我们就认识了！请问您想知道什么？”

“就是想随便聊聊，你不要那么戒备。”雅琳笑了起来，“听清杨提起你，说你让他有一种似曾相识的感觉，就想看看到底是一个什么样子的女人，会让我的清杨如此……清杨没跟你说起他这种可笑的感觉吗？”

“呵呵，他说过……我这人长得太普通，算是长了张大众脸吧，所以他才会产生错觉吧！”

“嗯，我想也是……清杨自幼跟我在南方长大，怎么可能认识这里的人呢？李小姐，既然你也知道清杨的想法荒唐可笑，你就应该明确告诉他，让他别再有这些乱七八糟的想法！而且，据我所知，你已为人母，你最好别纠缠到别人的情感里面去！”雅琳说得不动声色，在晓寒听来却已是对她的羞辱了。

“我是什么样的人，不劳您提醒，怎么做，也不用你来教我。林先生有什么想法更与我无关，我还没有左右别人思想的能力！如果没有其他的事，我先走了。”晓寒觉得这个女人简直不可理喻。

雅琳听出了晓寒的不快，却宽容地一笑：“李小姐，请少安毋躁，我还有一件事呢？”

“什么事？”

“我听说蓝澜是你的朋友？”

“是的！”

“我想请你告诉她，不要再和清杨纠缠下去，让她接受我的提议！”

“这件事我恐怕不能转告，不过作为蓝澜的朋友，我恳求您试着去了解她，况且她现在已经怀孕了……”

“你们不要动不动就拿怀孕来威胁人，既然没有能力养活，取掉个孩子是轻而易举的……”

“既然取掉个孩子是轻而易举的，那么当初您为何不在孩子没出生时取掉却要生下来，然后又遗弃呢？”晓寒也许是被雅琳的态度激怒了，有些口不择言。

“什么？”雅琳像被雷击中了一样，脸色怪异地看着晓寒，“你什么意思？”

“对不起，我没有什么意思，只是想说，那些不管是曾经还是现在已然进入我们生命的东西，是根本抹杀不掉的，即使消失了，但留在心里的伤痕却是永远无法弥合的。我想这一点您应该比我更有感触，您何不成全他们呢？”

雅琳重新打量起对面的这个女人。她是低估她了。难道清杨的感觉是对的，她在暗示什么？她既然知道清杨的身世，那她为何会对清杨一再否认？

“你到底是谁？你还知道什么？”

“我是清杨十三岁那年的同桌！”事已至此，晓寒觉得也没有必要隐瞒什么，“是清杨亲口告诉我他曾被自己的亲生父母遗弃……”

“怎么会这样？你是说在我们认领清杨之前，清杨就知道我们曾遗弃了他？”雅琳简直不敢相信这一切，“他是怎么知道的，是他的养母告诉他的吗？他那么小，就知道自己被父母遗弃了，一定伤心死了，当时，他一定很恨我们，是不是？”雅琳突然失控地一把抓住晓寒的手，“你告诉我，他还跟你说什么了？”

“清杨虽然知道自己是被父母遗弃的，但他却相信你们一定是有苦衷的，他说他并不恨你们……”

“是吗，他真是这样说的吗？”

“嗯，是的。”晓寒重重地点点头。

“我们对不起他啊！”雅琳痛苦地捂住了脸，开始低声地抽泣。

晓寒叹了口气，轻轻地递过去一张纸巾。

过了许久，雅琳才将情绪调整过来，说：“唉，看来这世事冥冥之中自有定数啊！”她深深地叹了一口气，那些不堪回首的往事历历在目。

六十三

雅琳出生在江南一个小镇，兄弟姊妹一共五人，母亲在连着生了三个女儿后，又生了两个儿子，她是家里最小的女儿。自小出落得亭亭玉立，两个姐姐早早嫁人生子，生活过得都不是太如意，眼看着两个弟弟长大成人，又要娶妻生子，家里的日子更是拮据。父母把希望都寄托到她身上，希望她以后能找个有钱的人，好给两个弟弟换来彩礼。

雅琳在上初中后就去距小镇十多里的县城读书，初三那年，校门口新开了一家小书店，店主是个从乡下来的青年名叫林之源，他当时也就是十七八岁的样子，长得白白净净，高高大大的，雅琳经常和同学们去他的书店租些书来看，一来二去就熟识起来。一日雅琳在学校逗留的时间长了，从学校出来时遇上了几个流里流气的青年拦住去路，他们嘴里不干不净，还对雅琳动手动脚。雅琳惊慌失措时，林之源从店里跑了出来，挡在了雅琳前面，那几个流氓一看竟有人想充当英雄，便一哄而上，把林之源打得鼻青脸肿的，这还不算，那之后还隔三岔五地来书店捣乱。每每遇到这种情况，放学后，雅琳总是默默地帮林之源收拾那些被撕坏了的书。

都是情窦初开的年龄，两人心里渐渐生出好感来。后来雅琳跟父母说初三要毕业了，学习紧张，每天来回奔波太远，她和同学合租房子住在学校附近方便复习，父母也没多想就答应了。从那时起，一放学雅琳便到林之源那里给林之源做饭，之后看书，偶尔待得晚了，便住在了那里。那个年月人们思想还比较保守，一时风言风语渐起，很快传到了雅琳父母的耳朵里，雅琳的父母除了大骂自己的女儿外，还将林之源骂了个狗血喷头，一个没有钱又没个正经职业的人，还想拐他们的女儿，他们扬言若再发现两人在一起，非打断他的腿不可。

雅琳生性泼辣，自知学业不一定有所成，经父母这样一闹，也没脸在学校再待下去，便索性不读书了。父母无奈，知道女大不中留，只好忙着给她物色了一个年纪大了她近二十岁的老男人，只因那人给他们家一笔不菲的彩礼。雅琳一怒之下跑去找林之源，说如果他真的喜欢她就带她私奔。林之源自幼父母双亡，寄居在亲戚家，也是看尽了人情冷暖，好不容易遇上个不嫌弃自己的女子，怎么舍得让她嫁给一个年纪能当她父亲的人，自然也是求之不得，于是草草计划了下，两个人便在一个夜里离开了故乡。但因为雅琳家里已经收了人家的彩礼，对方岂能就此罢休，发动了很多的人四处寻找他们，他们只能是东躲西藏，辗转于不同的城市。好在林之源会点木匠活，还可以做点零工为生。

直到有一天雅琳惊觉自己怀孕时，已经五个多月了。这个意外让这两个少年手足无措，毕竟他们自己也才都是十几岁的孩子啊，他们不知道该如何面对这个不请自来的小生命。林之源说等他赚够看大夫的钱就带雅琳去看医生，就这样一天拖一天，雅琳的肚子越来越大，也许是与生俱来的母性，雅琳不忍心打掉孩子，她说这是他和林之源爱的结晶，她要生下来。看着雅琳跟着他风餐露宿，不但没有一句怨言，现在还要为他生孩子，林之源在心里发誓，一定要让雅琳过上好日子。后来林之源打工的时候遇上一个人，说是他乡下的亲戚家要做一些家具，看到林之源做的家具样式新，就想介绍林之源去。林之源便又带着雅琳去了乡下，那是他们私奔以来过得最幸福的一段时光，因为林之源见识多，做的家具样式新颖，庄子里很多人家都叫他去做家具。每天林之源去做工，雅琳就留在家里做好饭，然后等他回来。雅琳就想，如果真能和林之源在此终老一生也是好的。

可谁想到，都说天下很大，可他们从南跑到北，从城市跑到农村，依然能遇到熟人，雅琳在去镇上买东西时遇到了一个远房亲戚，他并一再地劝雅琳回去。雅琳回来后一说，林之源心生不安，知道这里也不能久留。偏偏雅琳生产在即，就在他们刚跑到镇子上时，雅琳肚子开始痛起来。因为手头拮据，只有找了家小诊所为雅琳接生……而雅琳生孩子时难产，花光了他们仅有的一点积蓄。林之源看着这个刚来到人间的小生命发起愁来，他们连自己都难以养活，怎么再养活这样一个脆弱的小生命呢？林之源好不容易说服了雅琳，最终，两人把孩子遗弃在那个小诊所里，偷偷地溜了……

晓寒没有料到，眼前这个雍容华贵的夫人，在年轻时竟经历过如此狼狈的往事。

也许压抑在心中太久，一旦说出来，倒觉得轻松了些。雅琳擦了擦眼角的泪，继续缓缓地诉说。

丢掉孩子后，他们还是走到哪儿算哪儿，好在林之源头脑灵活，经常做一些小本生意，终于在几年之后有了一些积蓄，也是在这个时候，他们才敢回到他们的老家去，事已至此，雅琳的父母也接受了他们。林之源靠着这些积蓄，很快地发展起来，没有几年，已经开有好多家的公司。然而，在两人生活趋于平稳后，却迟迟怀不上孩子，经检查才知道，当年在小诊所的那次难产，已严重伤害了雅琳的子宫，从此，她将终生不孕。这一结果犹如晴天霹雳，使得他们的生活阴云密布。雅琳开始无休无止地想念那个被他们丢弃的孩子，整日以泪洗面，林之源也因思子心切，郁郁寡欢。于是，事隔十三年后，他们又辗转前来找寻当年遗弃的孩子。

“我们几次去那个小镇，还有周围的村子，可是总没有一点着落。眼看着我们就要绝望的时候，突然来了个女人，说她就是我们孩子的养母……其中的原因你应该知道，清杨被车撞了，司机跑了，她没有足够的钱来为他治病，她只有把孩子还给我们……她说了她是如何捡到清杨的，如何把他一点一点地养大，我们知道她这些年不容易，要给她钱，可她一分都不要，说是让把钱留着给孩子看病……看得出，她也很爱清杨，但为了清杨不再和这里有任何的牵扯，我们要她以后不许再向任何人说起此事，她也答应了……后来，清杨的伤是好了，却莫名地失去了记忆，这也许是老天对我们的怜悯，让以前的事从他的脑海里全部消失，让我们不用再担忧清杨因我们曾遗弃他而对我们憎恨或者拒绝……这些年，清杨也从没有怀疑过他的身世，可是，他现在却说这里让他似曾相识、这里有个人让他似曾相识，难道这是定数吗？让他鬼使神差地来这里，是让他要想起以前的事吗？”雅琳猛烈地摇摇头，“不，我一定不让他知道这事的，他会恨我的，他会怨我隐瞒了他这么多年的……李小姐，我求求你，你不要告诉清杨，好不好？”

“你放心好了，我不会告诉任何人的……”晓寒无法拒绝，况且她从来就没有打算要告诉清杨。每个人都有自己不为人知的暗伤啊！当初的一念之差，就是雅琳一生无法愈合的暗伤！

“如果您的父母当初没有反对，何来这么多的曲折，您现在又何苦为难自己的儿子呢？”

“你是在威胁我吗？”

“我并没有这个意思，我只是不希望人世间有太多的情非得已与悲欢离合！”

雅琳沉默了许久，她说：“好吧，我暂且同意他们的婚事，但请你转告蓝澜，一定要善待欣欣！”

“欣欣？”

“是啊，就是清杨的女儿！”

清杨的女儿！清杨不是没有结婚吗？他怎么会有女儿？晓寒不敢相信。

雅琳捕捉到了晓寒的诧异：“怎么了，清杨没有告诉过你们吗？”

原来，当年林之源夫妇一边苦苦地找寻清杨，一边又收养了个女儿，就是小柔，他们对小柔视同己出，疼爱有加。等找到清杨后，两个孩子便在一起玩耍，一起上学，小柔乖巧可爱，清杨对这个小妹妹也是万般宠爱。林之源夫妇看在眼里，喜在心上，他们在心里暗自盘算，以后就让小柔做他们的儿媳妇。他们本来想等两个孩子长一些再说，可等大一点时，小柔却有了男友，这让清杨备感失落，看到儿子郁郁寡欢，林之源夫妇将小柔的身世告诉小柔，并希望她断绝和男友的往来。也许小柔是为了报答他们的养育之恩，居然答应了，并且按他们的意愿和清杨越走越近。清杨本来就喜爱这个妹妹，现在更是全身心地投入，两人朝夕相处，又处在恋爱的时期，不久，小柔便怀孕了。本来林之源夫妇想让他们尽快结婚，小柔却说要等孩子生下来后再举行婚礼，反正已经是一家人了，他们也就没有坚持。可没想到，小柔在生下欣欣后，林家举家上下筹备她和清杨的婚事时，却给清杨留下一封信离家出走了，她说是忘不了男友，这个孩子留给林家，权当是为了感谢林家这些年对她的养育之恩……这件事对清杨的打击几乎是致命的，那些日子他几天几夜不吃不喝只是抱着欣欣发呆。

“经过那件事后，清杨的身边开始不停地换着女人，却绝口不再提结婚。他这样，我们也很担心，后来他突然说他要结婚时，我们也感到欣慰，但那天，我看到蓝澜那么粗暴地对待欣欣，我一下子就反感起来，欣欣不光是我的孙女，也是我的外孙女啊！你说，我怎么能不心疼、不生气呢？我怎么放心让她来做欣欣的后妈呢？我想，清杨也不会接受一个对欣欣不好的女人的！所以，李小姐，如果蓝澜想让我们从心底接受她，请她好自为之，善待欣欣！”

晓寒机械地点点头，这一切都太出乎意料了！

雅琳心事重重地回到住的地方，刚打开门，清杨就迎了上来：“妈，你们见过面了吧！你认识她吗？她怎么说？”

雅琳躲开清杨急切的眼神：“我不认识她，她也明确地告诉我，她自小生活在这里，根本不可能认识你，这一切都是你的错觉！”

清杨眼里的灼热开始褪去。他颓丧地把自己扔到沙发上，难道这一切真的只是自己的错觉？

“清杨，我想过了，我同意你和蓝澜的婚事了。你约个时间带她过来吧，趁我们在这里，也见见她的父母，把日子定下来……” 雅琳靠在沙发上，疲倦地闭上眼睛，半天不见清杨答应，疑惑地睁开眼，“怎么了，我跟你说的话你听到没？”

“妈，你能给我说说我小时候的事吗？”清杨突然问。

“清杨，你这是怎么回事？你忘了以前的事，这么多年都平静地过去了，现在你为什么非得将一个陌生的女人和你的记忆纠缠在一起呢？现在，你要问的事已经问了，我也决定答应你和蓝澜的婚事了，我跟你父亲已经说了，你把这里的工作交给别人，我们离开这里！”

“好吧，我会安排的！”清杨似乎也感到累了，疲倦地闭上眼睛。

六十四

林清杨漫无目的地开着车子在街上游荡。天气已进入暮秋，这个城市也开始变得冷清而寂寥，或许，是该离开的时候了。突然，他看到路边一个熟识的身影，心里不觉一动。

夏钧感觉到有辆车跟在身后，于是走上了人行道，可还是感觉到车子不紧不慢地跟在他的身后。他很奇怪，索性停下脚步转过身。车子在他的身后也缓缓停住，车窗玻璃落下，露出林清杨的脸来。

“你好，我们能聊聊吗？”清杨友善地说。

夏钧犹豫了一下，拉开车门坐了进去。

车子开出市中心，沿着滨河路缓缓前行，两人都沉默着。

“你想聊什么？”终于夏钧沉不住气了，打破了沉默。

“我想知道那天晓寒为什么要带我去见你的母亲！”

“为了满足一个母亲的心愿！”

“你母亲的心愿吗？你母亲为什么要见我？”清杨一头雾水。

“清杨，你真的一点也想不起以前的事了吗？”

“以前的事，你是说多久以前的事？”清杨不明白夏钧想说什么。

“你的童年，你十三岁以前的事！”夏钧一字一句地说，虽然晓寒一再地告诫他别告诉清杨，但今天是清杨自己来问的。他们曾是最好的兄弟，事实终归是改变不了的，况且，他也不忍心看着母亲为了思念清杨而苦苦煎熬。

“你知道我以前的事？你怎么会知道的？”清杨的声音在微微颤抖。

“因为我们曾在那个叫杨柳村的地方一起生活了近十三年！”

“什么？”车子猛然停住，“不可能的，不可能的，我从来没来过这里，你肯定是认错人了！”清杨摇头。

“即使我认错了，那晓寒呢，我母亲呢，她们怎么也会认错呢？”

“你是说晓寒之前真的认识我？”清杨的头又开始隐隐作痛。

“是的，是她最早认出你的……”

“难怪我感觉好像在哪里见过她一样，可她为什么从不承认呢？”清杨感觉很疑惑。

“那是因为她不想打破你现在平静的生活！”

“这到底是怎么一回事，我怎么会和你生活在一起，我怎么又会认识晓寒的，而你的母亲为什么又要见我呢？你能说清楚些吗？我一想到这些，就头痛欲裂，你告诉我啊？”清杨突然一把抓住夏钧急切地说。

“清杨，那天晓寒带你去看的那个人不但是我的母亲，而且，她还是你的养母！”

“养母？”清杨彻底蒙了。怎么又出来个养母？

风将破败的落叶一次次地卷上天空，又落下来，漫起经年的尘土……夏钧向清杨讲起了曾经的过往，讲母亲是如何含辛茹苦地将他们拉扯长大，讲母亲在将他送还后又是如何内疚、自责，讲母亲在许多个夜晚对着唯一的照片发呆……

“本以为人海茫茫，今生将不再相见，却不料，那天我去找蓝澜时看到你后，就觉得你很面熟，可你已完全不认识我了。我不敢确定就是你，就去找母亲，在母亲那里我看到了一张照片，上面有你和晓寒。于是我想晓寒和你有工作上的往来，肯定是知道你的，果然不出我所料，晓寒她真的早就认出你来了，可是你失去了记忆，已经不记得她了，她也不想再旧事重提。最后，经不住我和母亲的再三恳求，她才为了了却我母亲的心愿，答应带你去见见我母亲！”

清杨一言不发地听着，两眼直直地盯着前方，突然发疯了一般地发动起车，车子沿着滨河路疾驰起来。

“你要干什么啊？”夏钧被清杨的神情吓坏了，他明白清杨此时的心情，他一定难以接受这样的事实，“清杨，你不要这样，你当年失去记忆就是因为车祸，你难道要再制造一起车祸吗？”

“啪……”夏钧的头被重重地撞到了前面的玻璃上，又反弹了回来。清杨猛然刹车，车子停了下来。

“你下车，我不相信这些胡说八道的事……”

蓝澜听到晓寒说林清杨的母亲终于不再反对他们的婚事，长长地舒了一口气。

“你真的想好了吗？你真了解他了吗？”晓寒有些担忧。在晓寒的心里总觉得这事有些轻率。

“其实晓寒，我也不知道到底爱清杨多少，更不知道清杨爱我多少，但你知道，我不能再等下去了。这些年不管是为了结婚，还是为了房子，我已经累了，我不想再漂了……爱本来也就是很虚无的东西，我也不要想得那么清楚……”

晓寒理解。很多时候，相爱多年只是一厢情愿！

“不过，蓝澜，欣欣，就是那个小女孩儿，你一定要对她好些……”

“欣欣？就是那个死丫头啊，害得我差点儿和清杨结不成婚，她是谁的孩子啊，我凭什么对她好？”

“她是……林清杨的孩子！”晓寒说得有些迟疑。

正如晓寒的预想，这消息就像一个晴天霹雳。蓝澜无论如何也不会想到会是这样。在相处中，林清杨从来没有提及他还有个女儿啊！

“你怎么会知道？你明明知道，你怎么不早点告诉我？”

“我也是听清杨的母亲说的，之前我也不知道啊！”晓寒急忙辩解。

“哼，谁知道啊，李晓寒，其实我早就知道你和清杨关系不一般，你们经常在一起，你以为我不知道吗，就别再假惺惺的了……”

“你……”面对蓝澜的不可理喻，晓寒无言以对。

突然，门口撞进一个人来。清杨双眼猩红地出现在她们的前面。表情怪异得让两人大吃一惊。

“你怎么会来这里？你来找蓝澜吗？”看到清杨这种怪异的表情，晓寒心里不由得紧张起来。

“林清杨，你这个骗子！”蓝澜正在气头上，猛地站起来抓起桌上的茶水，晓寒忙伸手去拦，可已经晚了，林清杨也不躲避，茶水便不偏不倚地全洒在清杨脸上。

蓝澜也才意识到自己做得太过分了，她手足无措地看了看晓寒。晓寒更是不知如何是好，慌忙拿起纸巾，给清杨递了过去。

清杨一把抓住晓寒的手腕：“跟我走！”

“你干什么啊？”晓寒挣扎着，手腕被清杨捏得很紧，稍一用力便觉得痛。

清杨铁青着一张脸，一言不发地拽着晓寒向外走去，好像没有看到蓝澜的存在。

“林清杨，你这个混蛋！”蓝澜气急败坏，“李晓寒，你这个假正经的女人……你们合起来作弄我……”

林清杨像没听到似的将晓寒拉到车跟前，打开车门，把她塞了进去。

“你这是怎么了啊？你这样会让蓝澜误会的……你开慢些好不好，这样太危险了……”晓寒不明白清杨这是发的什么疯。

“你是怕我再出一次车祸，将记忆撞回来吗？”清杨突然冷冷地说。

“你说什么，我不明白。”晓寒强迫自己镇静下来，一只手揉搓着红肿的手腕。

车子一直驶到城外，沿着上山的公路疾驰而上。那些曾经葱茏的树木，在萧瑟的风中已然失却了最初的生动。

看着清杨阴郁的脸色，晓寒不禁有些害怕，她没见过他有过如此的眼神，难道他想起什么来了吗？车子一直驶到山顶才停下来，林清杨下车来一把拉开车门把晓寒拽了下来。山顶风很大，也很冷，晓寒不禁哆嗦了一下。

“你说，你到底认不认识我？”林清杨恶狠狠地盯着晓寒。

“认识啊，怎么了，你为什么明知故问？”晓寒躲闪着他的目光，故作镇定。

清杨的唇角露出一抹惨淡的笑来，说：“李晓寒，你还是不肯跟我说实话，是吗？不错，我是林清杨，我就是那个因为一场车祸失去记忆的林清杨！”

“你怎么知道的？”晓寒失声叫了起来。

“因为我今天下午去找了夏钧！”林清杨的目光缓缓地掠过起伏的群山，在暮色中显得苍茫而幽远。难怪这里的一切都是那样亲近而熟悉，原来，他曾在这样的大山里生活了十三年啊！而他，对曾经的一切竟然一无所知！痛苦涌上了清杨的心头。

“清杨！”看着清杨因痛苦而扭曲的脸，晓寒惴惴不安。“夏钧跟你说了什么？”

“他跟我说什么不重要，重要的是我知道了你一直在欺骗我，你明明知道我以前的事，你为什么要一再地拒绝我，不告诉我以前的事？”

“你让我告诉你什么？告诉你你曾说过要和我一起长大，告诉你曾经只是一个骑着破旧单车的穷小子，还是告诉你曾经被你父母遗弃？”压抑了这么久，晓寒也觉得要崩溃了，所有的委屈连同泪水一齐倾泻而出，“清杨，你现在是林总，是来投资的大老板，你高高在上，你觉得如果我告诉你这些，你会信吗？”

清杨痛苦地闭上眼睛，说：“不错，我不会相信，我怎么能相信我的父母会将刚出生的我遗弃，我怎么会相信我空白的记忆里原来有那么多的人，那么多的事……”清杨的拳狠狠地砸在旁边的一棵大树上，顿时血便从手背渗了出来。

“清杨！”晓寒一声惊呼，“你不要这样，清杨，你想知道什么，我全部告诉你……”

风一阵紧似一阵，天空阴沉，看来，今夜要落今年的第一场雪了。迎着凛冽的山风，晓寒开始讲述，讲述这埋藏了十多年的故事。

故事从那年刚开学开始，她说了数学老师如何“不务正业”地在数学课上出了道智力测试题，她说了关于一张明信片上的两句诗，她说了春天来临时盛开的那两株玉兰花，她还说了那个飘雪的冬天，以及冬天里他只愿向她说的那个秘密，还有那次的挥手告别……

“清杨，那次车祸让你失去了记忆，又让你重新回到你的父母身边，这也许是天意如此，让你全身心地开始本该属于你的新生活……清杨，你之前就已经知道了你是母亲抱养的孩子，但你为了不让养母担心、难过，你掩饰了自己的伤心，假装不知道真相……清杨，你的父母最怕你知道他们曾遗弃过你，怕你会恨他们，现在你既然知道了，这件事又过去这么长的时间，你现在能不能也假装什么都不知道，就让这过去的一切都成为过去，好吗？”

清杨冷漠地摇了摇头，说：“他们当初抛弃了我，又故意隐瞒了我的过去，让我的人生出现大片的空白，我怎么还能假装什么都不知道地去面对他们？”

“这也就是我一直不愿意承认认识你的原因啊！他们不告诉你那是因为爱你，因为爱而做的事，哪怕是错的，却也是情有可原的。清杨，前些天你的母亲来找我，向我说起以前的往事，那真是一段不堪回首的经历，你的父母当初将你遗弃实在也是情非得已啊！你知道吗，人的一生，最让人心疼的不是离别，而是情非得已！”

“那你呢？你不告诉我也是因为爱我，你一次次地拒绝告诉我真相，是不是也是情非得已？”清杨紧逼着晓寒。

“我？”晓寒一下子慌了神，随即平静了下来，“清杨，我告诉过你我是个随遇而安的女人，况且，我有家、有爱人、有孩子，我觉得很满足，很少有什么事能在我心里激起波澜，爱从何说起，情非得已又从何说起呢？”

“可你的丈夫已经背叛了你，你就别再自欺欺人了，我不明白你还有什么不忍放手的呢？”清杨步步紧逼。

“他即使背叛我，可他现在依然还是我的丈夫、我孩子的爸，而你，却是我好朋友的未婚夫！”

“你明知道我不爱她的，晓寒，你难道不知道我的心思吗？只要你愿意，我带你离开这里，好不好？”

晓寒却笑了：“清杨，我们早已过了那种冲动的年纪了，至少我不是了，三十岁的已婚女人，已经没有精力去追寻那些虚幻的誓言了。”

“其实，我说的没错，你不忍放手是因为你还爱着他，对吧？”清杨落寞地说。

“清杨，你为什么非得要那么残忍地揭开我的伤疤，不错，我还是爱着他，你会觉得我很没出息，对不对？但清杨，爱虽然是一件很高贵的事，却往往要靠一个人的卑微来成全，而我，只能选择卑微！”

清杨仰天长叹：“好吧，随你……时间不早了，我们下山吧！”

下山的路上两人再度陷入沉默。

韩箐莫名地心神不宁，坐立不安。他烦躁地点了支烟站在阳台上抽，窗外已是万家灯火，晓寒今晚去了哪儿？这段时间虽然两人依然不咸不淡，但却默契地按时回家，晚上也尽量少出去应酬，即使在一起无话可说，只要待在同一个屋檐下，就会很安心。可今晚晓寒怎么到这会儿还不回来，该不会是有什么事吧？韩箐正胡思乱想时，突然看到楼下一辆车由远而近，停在了大门口，借着路灯，韩箐看到晓寒走下车来，另一边的车门也打开，那个叫清杨的男人走了出来，从车前转过来，一只胳膊撑在车上，拦住晓寒的去路。

“晓寒，明天带我去……吃手工面吧！”清杨说得有些艰难，显然说出这句话要经过内心的挣扎、煎熬、犹豫、迟疑。

“真的吗？”晓寒露出欣喜的神情，她没想到清杨如此平静地接受过去的生活。

“是的，我想过了，也许是命运要我经历截然不同的两段生活，这些都是我不可或缺的生命历程，我应该感谢上天给了我两个如此爱我的母亲，对吗？”

“那么，你一定也不会再责怪你的亲生父母，不会告诉他们你已经知道真相了，对吧？”

看着晓寒充满希冀的眼神，清杨说：“是的，晓寒，是你教会了我面对所爱的人该如何宽容……谢谢你！”目光坚定而明澈。

六十五

阳台上的韩箐，心里酸楚难过。晓寒，还是和这个男人走到一起了。

酝酿了一整天的雪，在夜深人静的时候悄然而至。韩箐倚在窗前，飘荡的雪花在街角昏暗的灯光下漫卷。那张大床上，晓寒轻轻地翻了个身。韩箐回过头来，轻轻地叫了声："晓寒！"

"什么事？"黑暗中，其实晓寒也是难以入睡。

"晓寒，我妈准备要走了……"

"是吗？"

"是的。这几个月，难为你了，谢谢你！"

"难为我？呵呵，只是怕你已经急不可耐了吧！你放心，以前说好的事我不会反悔，等你妈走了我们就去办手续。"

"晓寒……"有泪悄然滑落，韩箐的心从未有过地痛。

对突然出现在面前的清杨，夏秀花激动得说不出话来，更没想到的是，这次的相见不再是陌生人的"偶遇"，而是他来认他这个娘了。清杨说，虽然他还是不记得当年的情形，但他知道在那个年月收养一个孩子并养大是如何艰辛和不易，虽然他现在无法再喊出那个他曾叫了十三年的

"妈"，但在他的内心深处将一直感激她，敬重她……夏秀花老泪纵横。清杨能真切地站在她的面前，即使称她为"阿姨"，她已经很满足了。她手忙脚乱地为他洗水果，为他削苹果，因为内心的激动差点儿削到了手，夏钧笑着接了过去。

"妈，还是我来吧，你日日夜夜地想念清杨，现在就好好和他说会儿话吧！"

夏秀花抹了抹眼角，拿出一张泛黄的照片来递给清杨，说："这是你留给我的唯一一张照片，这些年啊，我只要一想你，就拿出来看看，越看却越想你……"

清杨的手缓缓地摩挲着照片上那个笑容灿烂的少年："这就是我吗？旁边的这个，就是晓寒吗？"他回头看了一眼晓寒，晓寒点了点头。那该是一段怎么样的岁月呢？看着看着，他眼角就开始泛出泪光来。他失去的，何止只是一段记忆，而是曾占据他生命的人啊！他忘了他们，可他们的记忆里却永远有他存在……清杨俯在夏秀花的肩头终于哭出了声来。

晓寒看着这一切，恍若隔世。

从夏秀花家出来，清杨长舒一口气，说："谢谢你，晓寒！"

"谢我什么？"

"谢谢你帮我找回我的记忆，让我的人生不再有缺憾。虽然我现在还是想不起具体的细节，但我知道那一定是一段充满温情的日子……我现在才明白，我为什么会千里迢迢来这里，原来是命运在冥冥之中指引我来寻找我失去的记忆……"

"是的！但是清杨，那毕竟是一段永不再来的记忆，已与现实无关。"晓寒回道。

清杨点点头，神情凝重："我懂！"

六十六

薛家的别墅已是焕然一新，一切都是按夏钧的意思布局的。正午时分，太阳穿破冬日厚厚的云层出来了，空气不再冷得尖锐，薛风走到屋外的平台上，活动活动筋骨。夏钧从二楼的阳台看到了，走了下来，对薛风说：“爸，我想和你商量个事……”

“什么事？”薛风眼睛微闭，抬头看了看太阳，到底是太阳啊，即使在雪后初霁的日子里，也能让人感觉到温暖与舒服。

“我想让妈搬过来一起住！”

“搬来？”薛风没明白过来，“搬到哪儿来？”

“爸，你看房子已装修好了，薛妍和李明又搬了出去，这么大的房子就我们三个人，怪冷清的。我妈呢，一个人住那么大的房子也怪冷清的，不如把她接过来一起住，也好有个照应。”

薛风皱了皱眉头，说：“夏钧，你不是小孩子了，想事情怎么不用用脑子？我和你妈都离婚这么多年了，现在老都老了，又把她接来住，这成什么话吗？”

“这有什么啊，反正你们现在都老了，也不可能干出别的啥事来。平时你们三个人一起喝喝茶、聊聊天，我也可以陪你们打打麻将啊……”

“姓夏的，你不要得寸进尺啊……”此话正好被刚睡醒午觉的薛妍妈听到，她趿着拖鞋就从屋子里冲了出来，“你怎么会厚颜无耻到如此地步！你住我的，吃我的，把我的女儿赶走，现在是不是又想赶走我啊，我就知道你没安好心……”

“你别忘了，当初要不是你抢走了我爸，现在住在这里的本来就该是我妈！”夏钧毫不示弱。

“住在这里的应该是她，那我呢？我辛辛苦苦这么多年，如今让你坐享其成你还不知足！薛风，今天你是要我，还是要他，你给个准话！”薛妍妈几乎已经歇斯底里。

“既然话说到这份上，爸，今天你也给我一句话，要我妈，还是这个女人？你若接我妈回来，我保证以后会孝顺你和妈，但如果你要这个女人，那我今天就离开这里，从此我们父子一刀两断！”夏钧说得更是斩钉截铁。

“你们……”薛风没想到会出现如此激烈的局面，一时气急攻心，眼前一花，身子向前一俯，竟一头栽到平台下去，“老头子……”薛妍妈一声尖叫。

“爸……”夏钧也被这突如其来的大祸吓傻了眼，赶紧打电话叫救护车。

医院里，急救手术室外，夏钧像热锅上的蚂蚁般惶恐不安，他怎么也没想到父亲会被自己逼得心脏病突发，摔下平台去，平台至少有两米多高，而且是头先着地。万一有个什么好歹，他该如何面对薛家的人，如何面对母亲？爸，对不起，你一定要没事才好，他在心里暗暗祈祷。

薛妍和姐姐也赶来了，扶着母亲坐在一边的长椅上。

急救室的门打开，走出来个护士，问他们：“请问谁是病人的家属？”

“我是！”夏钧急切地说。

“我们都是。”薛妍也急切地说，“我爸情况怎么样？”

“病人需要输血，血库紧张，你们家属中有血型匹配的吗？”

“我是他儿子，我的肯定行，抽我的吧！”夏钧抢着说。

“那好吧，请跟我来。”

“我也去，李明，姐，你们照顾好妈。”薛妍也紧跟了去。

夏钧和薛妍被带到采血室采样化验。

不一会儿，一个护士拿着结果出来，说：“薛妍，请进来。”

“护士，先抽我的吧！”夏钧冲到前面，“我是男人，身体好。”

“你是夏钧？”护士扫了一眼化验单，又抬头看了看夏钧，“对不起，你的血型和病人不符！”

“什么，我是病人的儿子，怎么会血型不符呢？护士，你们一定是弄错了！”夏钧一把抓住护士。

“护士，他是我哥，血型怎么会和我爸的不符呢？你们会不会真的弄错了呢？”薛妍也被这个结果弄糊涂了。

“你们还要不要抢救病人了，”护士生气地摔开夏钧的手，“这种人命关天的事，我们会弄错吗？”

薛妍愣在了那里，虽然她对夏钧感到厌恶，但他毕竟和自己是同一个父亲，况且当日也是她出面去找他的，现在突然出现这样的事，这是她万万没有料到的。

同样惊愕的还有夏钧自己。他忘不了薛妍看他时鄙夷的眼神。他靠在医院的墙上，瘫软地滑落到地上，狠狠地揪扯着头发，怎么会这样，怎么会这样呢？

“你这个骗子！”薛妍妈和姐姐冲了过来，“你这个野种，把我们家害得好惨！”薛妍妈连哭带闹地撕扯着夏钧。

夏钧猛然地站起来，向外面跑去，身后，传来她们的咒骂声。

夏秀花还沉浸在和清杨相认的喜悦里，看到夏钧衣冠不整地出现在自己面前，着实吓了一跳。“这是怎么了？”

“妈，你告诉我，这到底是怎么一回事？我到底是谁的儿子？”夏钧的眼睛血红，“妈，你为什么要骗我，我根本就不是薛风的儿子！”

夏秀花的心猛地一沉，一个踉跄，跌坐在地上。

“妈，你告诉我，这是为什么啊？”夏钧声泪俱下，声嘶力竭。

夏秀花心如刀绞，为什么呢？当薛风要认这个儿子时，夏秀花一开始断然拒绝，她能拒绝得了任何条件，但她不能眼睁睁地看着儿子的婚事因为房子的问题而迟迟不能解决，她怎么能忍心看着儿子痛苦、煎熬、难过呢？

“妈，那你告诉我，我父亲到底是谁？”

夏秀花看着夏钧因痛苦而扭曲的脸，摇了摇头。

“钧儿，都怪妈，这一切都是因为我当初一时糊涂才造成的，这也是命啊，人强不过命，命里注定没有的强求不来……我们回去吧，离开这里……”

几天来，夏钧不吃不喝，他无法接受这一事实，他，薛风唯一的儿子，竟然是个冒牌货。他不但堂而皇之地登堂入室，盛气凌人地指责别人，用尽心机地赶走薛家的人，可最终，自己算是个什么东西？这是不是一个天大的笑话呢？他也无法责怪母亲，当初母亲是为了他才让他认这个爹的。看着母亲一边垂泪，一边收拾东西，关于他亲生父亲的事，她绝口不提，任他怎么追问都不开口，只是一个劲地抹眼泪，他该责怪她什么呢？怪她在那些艰难的日子里，没有恪守妇道呢，还是怪她让他错认了这个爹呢？夏钧欲哭无泪。

突然门外传来嘈杂的声音，随即便是咚咚的砸门声，夏钧疑惑地打开门，薛妍妈冲了进来，身后跟着薛妍、薛妍的姐。薛妍妈一进门就破口大骂：“夏秀花，你怎么还赖在这儿，看你装得柔柔弱弱的，真没看出来你这样不要脸！从哪儿找个野种来骗我们薛家的钱，也不好好想想自己做的见不得人的事，还想着住进我们家去……”

“没有，我没有想住到你们家里去……”夏秀花呆立在屋子中央不知所措。

“哼，你没有？你可真有本事，随便弄个野种，调教出来要害得我们家破人亡，你还敢说你没有？”

“不许你骂我妈，这一切都是我的主意，与我妈无关！”夏钧拦在夏秀花的前面。

“你本来就不是个好东西，不想想自己的身份，还敢得寸进尺，真是老天有眼啊！现在好了，真相大白了，你哪儿来的滚回哪儿去！”薛妍妈一屁股坐到沙发上，大手一挥，“薛妍，叫人来把门上的锁换了，把这些东西扔出去，我们薛家的房子，不允许外人住！”

薛妍的姐拿起家里的东西就往门外扔。

“你干什么？”夏钧冲过去夺下过她手里的东西。

“姐，”薛妍拉了拉姐，“你看他们都已经在收拾东西了，你就让他们自己弄吧。”

薛妍妈瞪了一眼薛妍，说：“没出息的东西，自己都被这个野种赶出家门了，还帮着别人说话，他们这种没良心的东西不会记你的好的！”

“对不起，对不起，都是我不好，我们这就走，就走……”夏秀花老泪纵横……

六十七

夏秀花一夜之间苍老了许多。她一点点抹去桌上、窗台上、炕沿边的灰尘，房子空置了才几个月，已经落满了尘埃，墙角出现了蛛丝，走时还是菊花盛开，现在已是万物凋敝，像是做了一场梦般漫长。

夏钧不是蹲在墙角一个劲地抽着烟，就是如困兽一般地在房子里瞎撞，他不再问母亲任何问题，他不能再逼着母亲流泪了。即使在这种情况下，母亲还是不愿告诉他自己的亲生父亲究竟是谁，只要他一提起，夏秀花除了落泪，还是落泪。他看过母亲太多的泪，他不想再看到了。

“什么？”晓寒大吃一惊，“你说夏钧根本不是你爸的儿子？”

“是的。”薛妍肯定地点了点头，“要不是这次我爸受伤住院，我们家里人还不知道呢。”

“那你爸知道了吗？”

“嗯，知道了，我妈已经说了。这事对我爸打击很大，躺在床上整天不说一句话。真是知人知面难知心啊，当年我爸在城里，她一个人在乡下，谁知道她和谁鬼混生出来的孩子啊，亏我爸还歉疚了这么多年。”薛妍长叹一声。

怎么会这样呢？晓寒也难以接受这一事实。夏阿姨，那样一个和气的人，怎么会做出这种事来呢？

突然电话响了。晓寒看了看号码，对薛妍说："你先坐，我接个电话。"她站起来走到外面说了几句，随即又进来，"我有点事，得先走了，我们以后再聊吧！"

"谁啊，这样神秘？你不会也赶时髦，发展什么情况了吧？"薛妍不屑地撇了撇嘴。

"我倒想有啊，老天不给我这个机会啊！"晓寒夸张地叹了口气。

几分钟后，林清杨的车子出现在晓寒的面前。

"我去了夏阿姨那儿，她没在家，听邻居说她搬走了。这是怎么回事，你知道吗？"清杨一脸焦灼。

"清杨……"晓寒欲言又止。

"你说啊！"

"夏阿姨回乡下去了……"

"为什么啊？"清杨不解。

"具体我也不知道，好像是因为夏钧的事……"

"夏钧，他会有什么事啊？"清杨想不明白，"晓寒，你陪我去看看她好不好？"

"我婆婆明天要回乡下去了，今晚在外面订了饭，"晓寒面露难色，"你自己去吧！"

清杨看了看时间："时间还早，我保证在吃晚饭前一定赶回来！走吧，陪我一起去吧！"

看着清杨期待的眼神，晓寒只好点头答应。

……

两人一路静默。

"晓寒，我发现你和我在一起时总是心事重重，有什么事吗？"清杨突然问。

"呵，没啊……"晓寒掩饰地笑笑。

"晓寒，过几天我要走了，离开这里。"清杨幽幽地说。

“你早应该这样了。蓝澜呢，她去见你的父母没？”

“没有……她说我欺骗了她，对她隐瞒了欣欣的事，她说她要重新考虑这件事……”清杨自嘲地笑了笑。

“哦……”

两人再度陷入沉默。

“清杨……”晓寒欲言又止。

“什么？”

“你心里要有个心理准备……夏钧他不是薛风的亲生儿子！”

“什么？”清杨糊涂了，“怎么会有这种事？”

“我也不清楚，你打电话之前我才听薛妍说的……所以夏阿姨才搬回乡下去的……”

车子速度明显慢下来，随即又疾驰起来。

村子里一片静寂，竹篱笆前的菊花早已凋残在一场又一场的风霜里。夏钧坐在炕上，隔着格窗上的玻璃，看着母亲佝偻着身子机械地挥着扫把，一下一下地扫着落了一地的树叶，仿佛要扫净心里所有的哀伤往事。

“阿姨！”隔着篱笆，清杨的笑脸露了出来。

夏秀花如梦初醒般地抬起头来。

“阿姨，我们今天又来吃你做的手工面了。不过，我今天还带了酒，夏钧，我们哥儿俩今天可要一醉方休啊！”清杨冲还来不及向里躲闪的夏钧扬了扬手，夏钧挤出一丝难看的笑来。

晓寒帮夏秀花在外间的厨房里做饭，清杨和夏钧坐在炕上的小桌前默默地喝酒，几杯下肚，两人的话多了起来。

“夏钧，听哥的，别怪阿姨。我们都大了，成人了，我们的父亲是谁早就不重要了，重要的是这个含辛茹苦地把我们养大的妈！”

“我不怪她，我仔细回想了一下，当初她是不同意我去认薛风的，她也说了我不是薛风的儿子，可我还以为她说的是气话。后来，她也是为了让我从此过上好日子，才同意的，其实，是我自己贪图虚荣才走到这一步的。”夏钧猛地将一杯酒灌入口中。

厨房里，夏秀花一直红着眼睛默不出声，双手不停地和面、揉面。晓寒也不知道该说什么才好，是该假装什么都不知道，还是说几句安慰的话，似乎都不合时宜，也只好跟着一起沉默。

突然，门外传来一声轻轻的咳嗽声，夏秀花触电般地身子一震，慌张地抬头向外看去，眼睛直直地盯着外面的来人，手一哆嗦，擀面杖“啪”的一声掉到了地上。晓寒被夏秀花的举动吓住了，疑惑地转过头去，天啊，院子里站着的，竟然是薛风！

看着这曾经熟悉的小屋，薛风百感交集。三十年的时光，这里的一切并没有多大的改变，只是屋子后面的那一排白杨树更高更壮了，还有，这个曾被自己抛弃的女人，也已是华发早生，满面沧桑。

“妈，怎么了？”里间的夏钧显然是听到了擀面杖落地的声音，边问边走了出来，一只脚刚跨出门槛，另一只脚却定在半空中。

“我来看看你们娘儿俩……”薛风看了一眼夏秀花，夏秀花的泪已不争气地流了下来。

三人就这样静静地站着……

六十八

“薛伯伯，外面冷，到屋里再说吧！”晓寒连忙把薛风请进屋子，清杨起身相迎。

“对不起……”夏钧看到薛风的额头还包着一块纱布，心生愧疚。

“不用说对不起，你说得对，是我对不起你娘啊！”薛风叹了一口气。这些天，薛风躺在病床上，所有的过往如同电影一般一幕幕地在脑海回放，这些年来，他从未如此仔细地回想他的一生。当他得知夏钧竟然不是自己的亲生儿子时，他再一次气极攻心，晕了过去，差点儿就再没有醒来。他愤怒到了极点，也恨到了极点，他觉得这是他一生中莫大的耻辱。按时日计算，夏秀花怀上夏钧时他们并未离婚，那么说，夏秀花在还没有和他离婚时就与别的男人有染，并怀了野种。可恨的是她竟然厚颜无耻地说这个野种是他薛风的儿子，亏得这些年来他还心生歉疚，觉得误了她的一生。想他薛风聪明一世，被这个阴险的女人算计了一场！直到有一天夜里，他从噩梦中醒来，看到黑漆漆的夜，一种孤独和无助突然就充斥着他的心，就在那一刻，他想到，当日的夏秀花，一个妇道人家，在一个个没有他的夜里，是否也会有如此的惶恐和无助，况且那里山大沟深，夜色应该是更加幽暗吧？房前屋后的那些白杨树叶总会在夜风里发出“啪啪”的声音，是不是更显凄凉呢？也就是从那时起，他开始回想，回想他在夏秀花的生活中究竟扮演了一个什么样的角色？他什么都不曾给她，他又有什么理由来恨她呢？

“秀花，夏钧不是我儿子，我不怪你。是我对不起你，我常年在外不回家，你一个妇道人家不容易，是该有个人来照应着的。”

“你说什么？”夏秀花的脸色瞬间苍白，嘴唇在颤抖，身子也在颤抖，心在那个瞬间四分五裂地痛。

薛风并没有注意到夏秀花的神色，说：“你还是和夏钧回城里去住吧，那套房子还是你们的。我也没有几天活头了，看着你老有所靠我也就放心了……”

“什么是没有几天活头了，你现在不是已经好了吗？对不起，都是我，都是我害了你！”夏钧没料到那一摔会如此严重。

“呵呵，不关你的事，是我自己本来就有病的……肺癌，已经到晚期了，我早就知道，这也是我对你这样纵容的原因……”

“肺癌……没几天活头了……”夏秀花嘴里喃喃着。

“这没什么，人迟早都是要死的，只是这一辈子对不起你……唉，这也是老天对我的惩罚吧，让我没有儿子以继香火，我真是难以瞑目啊！”薛风仰天长叹。

“不，不，你有儿子的，你有儿子的！”夏秀花突然疯了般地哭喊，“清杨，清杨就是你的亲生儿子！”屋子里顿时静下来，似乎连呼吸声都停了下来，大家面面相觑。突然说出了这个压了自己几十年的秘密，夏秀花虚脱似的扑通一声跌坐在地上。

“妈！”夏钧扑过去一把抱住她，清杨傻傻地站在那里，一脸茫然。

“都怪我啊……”山风在窗外肆虐，夏秀花一声长叹，时光仿佛回到了多年前。

那一年夏秀花和薛风离婚后，才发现已经怀孕好几个月了，哥哥嫂子苦口婆心地劝她趁早打掉孩子，以后再嫁也少个拖累，可夏秀花坚决不同意，她宁可不再嫁也要生下这个孩子。第二年的春天时，山桃花开遍房前屋后，夏秀花生产在即，是哥哥拉着牛车赶到镇子上，那时镇子上人烟稀少，他们没有多余的钱，只能找了家私人的小诊所，由一个妇人负责接生。就在当夜，便生下一个孩子来。夏秀花累得筋疲力尽，迷迷糊糊地睡着了，突然听到开门诊的两口子在争吵，还夹杂着孩子的哭声，仔细一听才明白过来，原来是两个外地口音的年轻人生下孩子后，将孩子遗弃到门口就不见踪影了。这开门诊的夫妇看着嗷嗷待哺的孩子一筹莫展，那年月生活困难，人们都是自顾不暇，哪有能力再去收养别的孩子？两人对孩子的何去何从争论不出个结果来，最后决定乘着夜色将孩子抱到大路上去，但愿他能遇到个好心人给抱养了去。谁知孩子哭个不停，想来是饿了，夏秀花初为人母，听着孩子的哭声，动了恻隐之心，对那两口子说，把孩子抱来给她，先给他喂点奶吧……孩子已经好长时间没吃妈妈的奶了，夏秀花一抱上他，这孩子的小脑袋便拼命地往夏秀花怀里拱，嘴到处乱蹭，叼住奶头便不愿再放开，那一刻，夏秀花眼神中充满了柔情，这样一个可爱的生命若放到大路上去等人来捡，万一等不到好心人怎么办呢，难道就由着他挨冷受饿？夏秀花看了看旁边熟睡的儿子，养一个也是养，两个也是养，我就权当一次生了两个孩子吧！

夏秀花的哥哥睡在隔壁的房间，听闻此事一骨碌爬起来，说："你一个妇道人家自己带一个孩子都不容易，怎么还要再养个别人的孩子？"气得他哥连骂带说，可夏秀花心意已决，说吃苦受累是她自己选择的，她会自己承担，以后不麻烦他就是了，哥哥只好由着她。

对这个决定那两口子自然是求之不得的，夏秀花说："我既然抱养了他，他就是我夏秀花亲生的儿子，这事天知地知，你知我知，你们就说我生了双胞胎，我不希望这事给孩子以后的生活有什么影响。"那夫妇二人连连保证，答应决不对任何人再提及此事。

就这样，在一个阳光很好的春日，夏秀花坐着牛车回家了，车上并排放着两个孩子。三月的村子里，飞满了杨花柳絮，夏秀花便给两个儿子取名为清杨、清柳，这里面寄予着她最朴素的愿望，希望他们有强壮的生命力，无论在多贫瘠的地方都能茁壮成长。

那是一段艰辛的岁月，夏秀花生性刚烈，为养活两孩子，她宁愿自己起早贪黑，没日没夜地干活，也不愿向亲戚开口。这期间也有人上门提亲，但她都拒绝了，一门心思全用在俩孩子的身上，看着他们哥儿俩一天天地长大，所有的辛酸都被消磨得无怨无悔，夏秀花觉得很欣慰。

可谁想到，就在两个孩子十三岁那一年，镇子上传出风声，说是有一对夫妇在寻找他们当年遗失的孩子。这个消息犹如晴天霹雳，让夏秀花六神无主，两个孩子是她的命，她是无论如何也不会送还给别人的。迫于无奈，她只好找他哥商量，最后决定把清柳寄放到哥哥家，自己带着清杨去城里读书，这样就可以掩人耳目，不会引起人们的猜测，等过了风声再说。

然而，厄运再一次降临到了夏秀花的身上，清杨出车祸了，肇事司机跑了，清杨躺在医院里生命垂危。虽然夏秀花变卖了家里所有能换钱的东西，但远远不够，看着沉睡中的清杨，夏秀花欲哭无泪。“建议尽快送孩子去外面大医院治疗，不然会耽误了的……”大夫的话清晰而残忍地回响在耳边，那一夜，夏秀花整整坐了一个晚上，她做出了一个决定，做出这个决定很艰难，但她别无选择！第二天一大早，她回了趟镇上，找到那对夫妇留下的联系方式，告诉他们，自己就是当年收养他们孩子的人，那对夫妇立即赶来，仔细询问了许多当时的具体细节，又有小诊所当日接生的老妇人做证，那一对夫妻喜极而泣，当即将清杨送往省城的医院。临走，拿出一笔钱来，作为报酬，夏秀花摇摇头，说：“留着给孩子看病吧……”

那个女人几经犹豫，最终还是开口说：“我希望给孩子一个全新的开始，你从此就忘了他吧！不要再来打扰他……”夏秀花含泪答应，她别无选择！就这样，母子天各一方，夏秀花没有问他们是哪里人，要把孩子带去哪里，只知道他会活过来，在一个她永远不知道的地方。

“其实，是我骗了他们，清杨是我的儿子，他们的儿子是清柳啊！但我有什么办法呢，我不能眼睁睁地看着我的儿子被老天带走，他才十三岁啊！为了救清杨，我只能欺骗他们……”夏秀花声泪俱下。

“那你为什么不来找我？”薛风的声音在颤抖。

“我去找过你……我好不容易打听到你的住处，刚走到大门外，就看到你们一家四口从里面走了出来，你们欢天喜地的……我就站在你们门前的那棵树下，可你却没有看到我，只顾低着头一个劲地逗着你的宝贝女儿说笑。我想喊，却喊不出来，只能眼睁睁地看着你们走远。我的心里突然好恨，我的儿子躺在医院里生死未卜，你却在这里乐享天伦，我恨你，我要你与儿子永世不得相见！”

“唉，归根结底，都是怪我啊……”薛风老泪纵横，浑浊的目光转向清杨，“你就是……清杨？”

六十九

清杨像没听见似的呆在那里，目光空洞。

“我不相信，你们就会信口开河！”清杨突然一把抓住晓寒，“我们走，我再也不要来这里，我不想再听你们胡说八道！”

“清杨，我说的是真的，真的是真的啊……”夏秀花早已是泪流满面，哀戚地看着清杨。

晓寒心有不忍地说：“清杨，你听阿姨说嘛，你别激动好不好！”

“你走，还是不走？”清杨的目光冷得吓人。

晓寒匆匆回头看了一眼夏钧，他还呆在那里，面无表情，看不出是喜是悲。

“你喝了酒的，别开车好不好？我们走到镇子上去坐车！”晓寒拽住要开车门的清杨。

清杨一把拉开车门，把晓寒塞了进去，使劲地关上门。看着清杨铁青的脸，晓寒把话硬生生地咽了回去。

因车速太快，车子一路颠簸，晓寒几次欲言又止，她明白此时清杨无法抑制的悲伤。最近一段时间，发生在清杨身上的任何一件事，无论是谁，在一时之间都是难以接受的，况且这样的状况接二连三地发生，事实如此真实而残酷，连晓寒这个局外人都觉得这一连串的变故让她措手不及。她不再想说什么，任由清杨疯狂地开着车在蜿蜒的山路上发泄着心中的愤懑，其实，生本不乐，如果真的出了什么事，真能一了百了也好，她闭上了眼睛，靠在了座椅上。

突然，晓寒感觉到车子慢了下来，渐渐停了，她疑惑地睁开眼，清杨点着一支烟狠命地吸，车内很快便充斥着香烟的味道。晓寒忍不住咳嗽了起来，清杨回过头，冷冷地看着她："这一切你早就知道，是吧？"

"我怎么会知道？我也是今天才知道啊！"晓寒很奇怪清杨怎么会问这样的问题。本来晓寒晕车，又加上烟味，觉得一阵恶心，她连忙打开车门跳了下去，蹲在路边干呕。

"你不要逃避，你告诉我，还有什么是我不知道的，你都告诉我！"清杨从另一边也下车来，一把抓起晓寒，冲着晓寒大吼。

"你这是干什么！我不过是你曾经的同学，一个你生命里早就遗忘的人，我怎么会知道你的身世！"晓寒也生气了，她一把推开清杨。

"是的，我是早就忘了你，可你为什么又要出现在我的生活里，自从去年我第一次看到你，然后鬼使神差般地跑这儿来投资，这一年来，真是'惊喜'不断。你莫名其妙地带我去看你所谓朋友的母亲，然后告诉我一个陌生的女人竟然曾养育了我十三年，是的，你让我找回我空白的记忆，也让我知道我还有一个养母，让我知道我曾经被父母遗弃，现在，这个养母又变成了我的亲生母亲！哈哈！晓寒，你是谁，你凭什么要破坏我平静的生活，一层层地剥去我光鲜的身世，告诉我不但曾遭遗弃，还是被调过包的冒牌货！"

"清杨，你公平些好不好，是我要闯入你生活的吗？那不过是一次意外，我不过是替我的朋友见一个网友而已，我有什么错吗？从一开始是你被你那种似曾相识的感觉所左右，我告诉过你什么了？不错，确实是我带你去见夏阿姨的，但你让我怎么拒绝一个老人的苦苦哀求？她养了你十三年，分离时你生死未卜，难道她不该看一眼她曾经付出过心血的孩子吗？而我所知道的，也是仅此而已，其他的，我也是现在才知道的啊！”

晓寒也觉得委屈，这一路走来，自己莫名其妙地趟入关于清杨身世的浑水中，自己的事情都弄得心力交瘁，偏偏今天听这个说一个秘密，明天那个又说一段往事，这一件件都牵扯到一段不为人知的往事，都会让她唏嘘感慨一番，而面对当事人清杨，她却要装作一无所知，生怕一不留神露出点破绽来。这件事比她所知道的更复杂、更曲折，这每一件事都会引起轩然大波，更别说这几件事叠加起来……知道得越多，承受得越重，有时候她宁愿她什么都不曾知道！现在还要被清杨责难，一股伤心不由得从心头升起，晓寒蹲到地上，将头埋在两膝之间抽泣起来，寒风吹得她瑟瑟发抖。

清杨看着她的样子，心不由得柔软起来：“外面冷，到车里去吧！我吹吹风，清醒一下。”

晓寒抬起头，眼眶里充满了委屈的泪水：“清杨，我知道你心里难受，但我真的是除了你当日亲口跟我说的你是抱养的外，其余的具体情形也是那次你母亲见我时告诉我的，我也告诉你了啊，至于今天的事，我也很震惊……”

“啊……”清杨放开喉咙，冲着大山一阵狂喊，“为什么，为什么这么多年我都生活在一个又一个精心编织的谎言里？”

“那是因为大家都爱你！”晓寒站在他的身后说。

“爱我？”清杨转过身来，紧紧地盯着晓寒。

“是的，因为爱，所以只要你能活命，宁愿从此永不相见，独自忍受相思之苦，因为爱，不想让往事给你的生活带来阴影，所以才不去再触及记忆。这一切，难道你都不觉得是用心良苦吗？”

“是的，确实是用心良苦啊！你明明知道我们之间的故事，却一再地否认，让我迷惑、猜测，对你充满想一探究竟的欲望，试图接近你、靠近你，你却假装不解风情，欲擒故纵……李晓寒，你到底想怎么样，他们骗我是因为爱我，那你骗我又是因为什么？”

“我从没有骗过你，只是不想提起从前的事而已。”

“你为什么不想提起？你不是说事情一旦发生了，不管你愿不愿意接受，事情就在那里，你怕我会破坏你平静的生活吗？”

“我只是不想破坏你平静的生活！”晓寒无力地说。

“可你已经破坏了，自从去年冬天你第一次出现在我面前时，我的生活轨迹就已经改变了！”

“清杨！”晓寒低喊。

“晓寒，我现在终于明白为什么我会对你感到熟悉、亲近，总想看到你的笑脸，原来，你一直在我的心里。晓寒，发生了这么多的事，谁是谁非我不想再追究了，我带你离开，我们去一个没人知道的地方，我们重新开始，好吗？”清杨突然情绪激动，紧紧地搂住晓寒。

晓寒的身子在清杨的怀中微微颤抖，她有多久没有被拥抱了？她本以为在她的生命里，爱与不爱早就无关紧要，她一个人不需要有谁来温暖，但此刻，她才知道，原来，她所有的坚强都是假装的，她还是会迷恋一个温暖的怀抱，她想要有一个男人来依靠。

“晓寒，结束你貌合神离的婚姻，跟我走吧！”清杨在她耳边低语。

晓寒的身子猛然一震，像是从梦中惊醒，一把推开清杨，躲开清杨受伤的目光：“清杨，我们回城吧！”

韩箐不停地看着表，已经过去半个多小时了，晓寒还不见来。韩箐的爸妈倒不怎么着急。

“韩箐啊，明天我和你妈走了，你可得好好对晓寒。这孩子心地好，你看你妈这次来住了这么长时间，人家也没说什么，现在啊，这些城里的媳妇哪个能和乡下的婆婆在一起待这么长时间的啊？”韩箐的爸感慨。

“是啊，不过箐啊，我发现晓寒这孩子话怎么越来越少了，一天到晚心事重重的？我看她事情也多，你可得好好关心她，别让她累着了。”韩箐的妈也不住地叮咛。

“是，爸、妈，你们放心，我会对她好的。你们坐会儿，我去看看，说好六点的，她怎么还不来啊？”

韩箐站在门口，掏出电话刚要打，就看到晓寒从一辆车里下来，另一边下来一个男人——又是那个男人！林清杨！

“晓寒……”清杨欲言又止。

“清杨，快乐点！这是你曾经告诉我的！纵然这个世界有太多事让我们无法选择，但我们依然可以选择让自己快乐点！”

“谢谢你……我会的……再见……你也要快乐啊！”清杨扬了扬手，看着晓寒走远，唇角露出一丝惨淡的笑来。

七十

今年的冬天似乎多雪，雪落了一场又一场。年关将至，人们都在忙碌着置办年货，大街上，到处熙熙攘攘，有人迎面涌来，有人在身后推挤，雪花乱舞，平添了些热闹，一串串火红的灯笼彰显着节日的喜庆，可晓寒却分明感到孤单。韩箐在父母走后就又搬出去住了，走时甚至没有丝毫的留恋，几天之后，两人协议离婚。只是双方恪守协议，暂不告诉孩子和双方的家长。晓寒也向单位请了长假，奔忙了这么多年，最终又得到了什么，她想一个人好好地想想。过去的几个月里，她天天宅在家里。前几天韩箐打电话征求晓寒的意见，想带孩子去乡下住几天，按照以往的惯例，每到过年时，晓寒也会跟韩箐回老家去住几天。晓寒迟疑了一下，还是同意了。琅琅走时一脸的兴奋，这多多少少让晓寒感到有些失落。家里一下子就更冷清了。

雪在纷纷扬扬地飘落，晓寒突然感到莫名的悲愤，其实，对于谁是谁非，晓寒早就觉得不重要了，既然韩箐能不动声色地放弃他们的感情，又能如此轻易地放弃婚姻，那么，她又何苦再留恋？但在某一个瞬间，晓寒还是会莫名地泪流满面。她怕看到那张床，床头的结婚照因怕孩子疑心，依然还是挂在那里的，但她惧怕看到，她惧怕家中的那分冷清，就连墙上那面钟表的沙沙声，也会让她心痛。晓寒知道，她唯有逃离，但她却又是如此不甘啊，她该如何对父母说当初那个无悔的选择是一个错误，如何对琅琅解释以后爸妈将不再一起牵着他的手去散步……

晓寒头痛欲裂，电话突兀地响起。

“不是说好不再联系吗？”晓寒看着窗外漫天飞雪。

“我……只是想听听你的声音，想知道你这些天过得好不好？”

“谢谢你，清杨，但你应该知道，我们的故事早在多年前就结束了！”晓寒幽幽地说。

“晓寒，我不会放弃的。”电话里，清杨的声音依然不紧不慢的。晓寒就想到了他那双明亮的眼睛，她轻轻一笑，“清杨，如果你寂寞无聊，请去找别的女人，我不适合和你游戏！”晓寒挂了电话。

“要我怎么样你才相信？”几分钟后清杨发来一条信息。

“四小时后我在江南茶楼等你，若你不到，从此就别再出现在我的生活中！”晓寒看着早已苍茫一片的天空，嘴角露出一丝嘲弄的笑容。

晓寒去了江南茶楼，一个人。在临窗的桌前，能看到大街上人影匆匆，可终究看不清一张张面孔下面，隐藏着怎么样的人心……晓寒不是来等清杨，她只不过来等一个故事的结束！

茶已冰凉。晓寒看了看时间，浅笑一下，起身走出茶楼。从此尘归了尘，土归了土！

往回走时，天空又飘起了雪花，花炮不时地腾空而起，将清冷的天空渲染得分外绚烂，随即，却又归于一片幽暗，空气中到处充斥着硫黄的味道和临街人家电视里喧闹声。

七十一

夜风又开始暖和起来的时候，晓寒坐在黑暗里，眼前的桌上，放着一堆千纸鹤和幸运星。带夜光的小星星，发出清幽的光亮，让晓寒的心一片凌乱。

她终于想明白了一件事，不管发生了什么，都要勇敢面对，逃避不是办法。虽然她仍无法习惯离婚的生活，但却无力改变这一事实，她现在唯一能做的，就是学着遗忘！晓寒不由得露出一丝苦笑，这些东西，都成了一个笑话！她抓起一把星星和千纸鹤，扔向了桌下的纸篓。那些小小的星星，有的躺在纸篓里，有的躺在地板上，依然发出幽幽的青光，晓寒的眼泪又流了出来。

晓寒记得刚结婚那阵子，韩箐常常拿出这些东西，撒落她一身，于是，黑暗中，她可以看到韩箐的眼光迷离起来……虽然这些小星星总硌得她疼，但当他和她摸索着一粒一粒地从床上床下捡回这些发着光的小东西，又一粒一粒地数着放回瓶子时，他们的心中，这些东西已经和他们的爱不可分割。这些小东西，目睹过她全部的快乐啊！

晓寒坐在地上，开始一粒一粒地往瓶子里捡，有几粒滚进了桌子后面不肯出来。晓寒轻叹一声，打开了灯，挪开桌子，突然从桌子夹缝里飘出一张纸来，晓寒随意地扔到一边，却又拿了起来，是一张检验单。

晓寒发疯了似的打开家里所的柜子，使劲地找……终于，她累了，坐在地上，看着一厚沓检验单泪如雨下。原来，一直以来是她忽略了韩箐作为一个男人的脆弱，而韩箐为了保持他男人的尊严，不得已上演一出背叛的戏……

医院门口，晓寒等到从里面出来的韩箐，韩箐一脸的窘迫与惊愕。

晓寒挽住韩箐的胳膊："从今天起，让我来承担一个做妻子的义务，有什么事，我们一起承担，好吗？"韩箐的眼光中都有泪花闪动。

"晓寒，其实我爱你，一直未曾改变，你知道吗？"

"嗯，我也是！"晓寒泪眼蒙眬。

七十二

河堤的杨柳在一场又一场的细雨中绿意渐浓。

晓寒和薛妍坐在小店里的小桌前，喝着水，“晓寒，我准备和李明去北京。”薛妍突然说。

“还是去看病吗？”

“不，这次去做人工授精。”

“哦……”晓寒若有所思，“其实早就应该想到这种办法的。”

“是啊！两个人的婚姻中若没有孩子，总觉得是不圆满的！哎，最近有蓝澜的消息吗？”薛妍问。

“她前些天给我打电话了，她在那边很好的，找到了新的工作，也已经适应新的生活了。”

“唉，真想不通，当日她为什么一意孤行，留下一封信就离开呢？”薛妍不解地说。

“她怀孕了……”晓寒幽幽地说。

“什么？”薛妍大吃一惊，“我怎么从不知道。”

“是清杨的孩子……她在信中说她无法接受清杨有一个女儿的事实，她没有做后妈的心理准备，其实她是无法面对清杨和夏钧是兄弟这一事实。”

“也是，这确实是一件很尴尬的事。”薛妍若有所思。

“你哥……他还好吧？”晓寒迟疑了下。

“你说的是哪个？”

“呵呵，你有几个哥啊？”

“两个啊，你问的是清杨？还是夏钧？”

“两个都问吧！”

“清杨走了，夏钧接替他继续他的投资项目，这个春天可能要开工了……”

“清杨去哪里了？”

“他去年冬天出了车祸，腊月二十七，就是下雪的那天，他开车来我们这里，车速太快。”

晓寒的头“嗡”地炸开了：“他怎么样了？”

“住了整整一个冬天的院，也就是在这期间，夏阿姨、他爸妈、我爸妈、清杨、夏钧也终于接受了彼此的新身份。可清杨不愿意待在这里，伤好后他还是走了，没人知道他去了什么地方……”

有风吹起，街道两旁的樱花便纷纷扬扬地飘起来，在人群之间飞舞，如冬日那一场又一场不期而至的雪……